日子在生花

当代中国文学书库

燕嘉惠 ◎ 著

中国文联出版社

图书在版编目（CIP）数据

日子在生花 ／ 燕嘉惠著．－－北京：中国文联出版
社，2023.3
ISBN 978－7－5190－5119－8

Ⅰ．①日… Ⅱ．①燕… Ⅲ．①散文集—中国—当代
Ⅳ．①I267

中国国家版本馆 CIP 数据核字（2023）第 034599 号

著　　者　燕嘉惠
责任编辑　周　欣
责任校对　阮书平
装帧设计　中联华文

出版发行　中国文联出版社有限公司
地　　址　北京市朝阳区农展馆南里 10 号　　　　　邮编　100125
电　　话　010－85923025（发行部）　　　　　85923091（总编室）
经　　销　全国新华书店等
印　　刷　三河市华东印刷有限公司

开　　本　710 毫米×1000 毫米　　　1/16
印　　张　16
字　　数　210 千字
版　　次　2023 年 3 月第 1 版第 1 次印刷
定　　价　78.00 元

自　序

　　梁衡先生的《把栏杆拍遍》中有一句话："说到底，才能和思想是一个人的立身之本。像石缝里的一棵小树，虽然被扭曲、挤压，成不了旗杆，却也可成一条道劲的龙头拐杖，别是一种价值。但前提是，你必须是一棵树，而不是一苗草。"我喜欢这句话，我亦喜欢树，哪怕是不能成为旗杆而只能成为一条拐杖的树，于是我悄悄地问自己，我可以是什么？原谅我，因为怎么看，我都是乡间田野中的一苗草。

　　我时常举目天空，爱慕大鸟可展翅翱翔；我也会放眼四野，惊羡巨兽能纵情驰骋，那么一苗草，能干什么呢？当这些昔日的文字被我汇集在一起，我突然发现，一苗草亦可开花，一苗草也会结点儿籽粒，原来，一苗草也自有一苗草的无限欢乐与价值。

　　捡拾乡间的往昔，在密密的荠菜花海中，我看到了浓浓的情意，那是我的故乡带给我一生享之不竭的爱的源泉。一点一点地翻阅那些文字，故乡的一草一木、一事一物都向我奔涌而来，再次淹没我本已潮潮的心田。你看，一苗草，可以尽情地用自己的真情去讴歌生命中最初的感动。

　　没有一个人不热爱自己的家乡，因为那些口口相传的故事，让我们的家乡充满了神秘与神奇，而这神秘与神奇就像一根根红丝线，将我们缠绕又缠绕，最后，形成故乡独特的烙印，彻底印在我们的心海间。你看，一苗草，足以去见证一方水土前生今世的不朽传奇。

小百姓的生活，养花种草看美景，随心所欲游四方，写针头线脑儿悟人情世故，叹时光荏苒喜万物变化，悠哉悠哉，逸致闲情，让我的日子开了花。于是，一苗草，就有了自己对于世界的独特感知，拥万物于怀，天地间，我亦是我的王，我可在我的时空里任意纵横，我可在我的天地间沉醉不醒。

　　来一场专属的旅行，那就到西藏，去走走吧！在触手可及的星空下面，做一个关于前生与你相拥的梦；在纯洁美好的雪山间徜徉，满腔敬意地许下一苗草的心愿；掬一捧圣水，洗净蒙尘的双眼，静坐在圣湖边，虔诚地与上苍进行一次忘我的对谈。于是，生活的大手，将醍醐泼洒于我的头顶，对于一苗草的洗礼，至此，开始，从此，不断。

　　我的日子在开花，一苗草呀，确有一苗草的快乐，但梁先生的那句话，我还是喜欢，那就，学着去做一棵树，哪怕只能做拐杖，哪怕被扭曲、挤压，哪怕最终都不会成为遒劲的龙头！

　　今日谷雨，我相信每一滴飘过的雨，都是上苍对大地的鼓励，那就学着去做一棵树，从这个春天，向夏天走起……

燕嘉惠

2022 年 4 月 20 日

●●●●●● 目录

荠菜花上的歌

我是一个怀旧的人，所以我的字典里装满的都是故乡。翻开它，贯穿始终的是无尽的情思。在每一个无眠的夜里，那些事、那些人就会钻进我的脑壳，啮噬着我的思想，让我不得不与他们再次进行灵魂上的对话。

（一）吃

对于小孩子来说，什么能比吃更重要呢？在童年的记忆中，吃又和一个字紧密地连在了一起，那个字就是——偷。

因为父母在外上班，从小我就属于放养型成长的孩子。只要我晚上能按点回来睡觉，基本这一天就无人牵挂，因此，我也就有了更多的时间去干一些让嘴巴更甜的事情。

（1）偷萝卜

现在的孩子永远不会再见到生产队用来堆积麦秸秆的场院了，因为秸秆还田，当然人们也不会再用麦秸秆去烧火做饭或喂牲口了。幼时在我的眼中，生产队场院边上总会堆着两个大麦草垛，就像两座大山，高不可及，长难走完，两个麦草垛中间有一条小道可以通向宽敞平坦的场院。

碾过麦子的场院是跟不上种苞谷了，所以刚好就可以去种冬储菜，萝卜、白菜、蒜苗大片地去种。

十月，收完苞谷之后，大地光秃秃的，麦苗还未长出来，整个野外简直难看极了！但生产队的场院却是绿油油的，一片生机盎然。蒜苗的叶子如剑一般地戳向天空，尽管身形矮小，但毫不阻挡它直指天空的气势。白菜还没包心，肥硕的叶片泼辣地铺在地上，已有洗脸盆般大小了，如果不是紧挨着地面，乍一看，还以为是开了一地硕大的绿牡丹，密密麻麻，看不到边。当然，这些绝不是吸引我和同伴们的东西，吸引我们的永远是正在成长的萝卜。待它们长得有小孩手臂粗细的时候，可怜的萝卜们就成为我们祸害的对象了，因此生产队一定是要派人来看守的，可看守怎能防得住我们这些像猴子一样机灵的孩子呢？趴在麦草垛的那头守候一两个小时那是绝对有耐心的，一有机会，我们便如蝗虫一般扑向菜地、拔起萝卜、拧掉叶子、飞蹿而逃。当然萝卜绝对不能多偷，偶尔打打牙祭还可以，因为谁都知道那是我们生产队所有人的过冬菜。但孩子就是孩子，嘴馋那是天生的，所以冒险也就不会让人感到意外了。

撤离麦草垛中的小道还得向前走，那里是不能久留的，因为一旦被抓到，那是要扣掉各家大人们辛苦挣到的工分的，那工分是年终各家去队上领取来年口粮的凭证，所以一定要藏好萝卜。走到村西口外的路上，在这鲜有人来的地方，大家会将偷来的萝卜破皮开膛之后共享美餐。但这一路是不好走的，因为要从村里经过，不小心就会被逮，于是藏萝卜就成为大家最费神的事了。

有一次，大家把眼睛集中在了我的身上，原因是我穿了件宽大的衣服，而且还穿了条制服裤。我妈算是个挣钱的公家人，所以从小我的衣服穿得还算洋气。在他们还都是一条细松紧带将裤子挂在腰上时，我妈给我做的可是制服裤。文明点说，穿这种裤子是要系裤带的，但小孩子，布条子一系裤子就不会总往下掉了，更关键的是这裤子两旁有裤兜，松紧裤是没裤兜的。于是，他们左右开弓一边强塞一个萝卜，原本还比较宽松的裤子立马前后紧绷，使得整个人变成了扁平状，走路当然也有了问题。从小就喜欢撒开脚丫子跑的野丫头，那天走得绝对优雅，好在前呼后拥，没让碰到的路人看出破绽。

那天的萝卜是甜是辣，早没了印象，但那曼妙的走姿却让我每每想起时就忍俊不禁。当然，当年随那事而来的还有裤兜被扯破而带来的一顿暴揍，因为那时，没有谁一年有几条裤子可以随时去换洗的。

提到生产队的场院，少不了的当然还有饲养室，就是养骡子养马的地方，那里也是我们的乐园，因为那里也有吃的。碰到牛马下崽时，饲养员会给他们单独提供一些精美的食物，当然对于我们这些经常吃不饱的孩子来说，那也是极美的干粮。能够凑到锅边，抓上几把而不至于被打手，我们绝对把那人"爷爷""大伯"叫得山响。而那被我们看成是仙品的吃食，就是今天孩子们连看也不多看一眼的炒黄豆或者炒豌豆。还有一种东西我们也可以吃的，就是给那些下苦力的马儿准备的油渣。生产队轧完油后，会将那些豆渣挤压成车轮大小的饼状饲料，但绝对算是一种精饲料，青黄不接时，那种有着焦煳香的油渣也会成为我们觊觎的对象，嚼在嘴里，油香有味。可劳动要靠马牛，大人们岂容我们这些碎家伙去抢它们的口粮，于是每每有机会偷偷扒下一块油渣，那一定也会成为我们向伙伴炫耀的一种资本。

（2）偷豆角

还有什么比躺在四月的麦田里更让人惬意的呢？尤其是套种着豌豆的麦田。当然，麦子是轻易不能压倒的，毕竟是农村长大的孩子，都知道什么是最重要的。要躺，那是一定要躺在水渠上的。那时田里的水渠是用土堆成的，占地较宽，进去四五个孩子，在茫茫的麦海中，鹰隼的眼睛都难以发现！

麦子已经抽穗，但还正在扬花，而套种在麦田间的豌豆苗已经抽身而起，头部高出了麦尖。豆苗的上端，紫色的豌豆花开得正盛，时不时地引来一些和它一样漂亮的蝴蝶，在微风中一起翩翩起舞。依次向下，是半熟的闪着绿光的豆荚和已经长饱、肥嘟嘟地挂在有点纤细的豆秧子上面的豆角。在这个青黄不接的季节，它们总是诱惑着这群正在长身体却又常常吃不饱饭的孩子。当然，听大人们说，比起二十世纪六十年代的困难时期，此时的生活已经让他们很满足了。尽管馒头不能天天吃，但苞谷面饼饼还是有的。那饼饼在今天有一个非常好听的名字——发糕。放在饭店里，饰以红枣、葡萄干，孩子们吃后总会大叫："真好吃！"但那时，看见那黄黄的饼子，大人小孩的感觉全一个样——胃发酸。辅助胃发酸的，还有那怎么吃都吃不完的红薯。所以这时，豌豆的出现那真是太及时了！

当然，吃豌豆是要有技巧的。豆角发白发黄的，你千万别动，因为那些豆子将要成熟，嚼一口，你的嘴里一天都是豆腥味。绿绿的、像玉石一样翠亮的嫩豆荚，那是最好吃的。摘一个下来，一角对嘴，一手托着豆角，一手在上扶着，上扶手的大拇指撬开对嘴的一角，轻轻一掰，"啪"，四五粒晶亮亮的青豆子直击口腔，一股馨香弥漫开来，那叫一个唇齿留香啊！这样的豆荚皮也是可以吃的，我们绝不放过它们，扔进嘴里，使劲地嚼着，居然有人嘴里的绿汁都冒了出来，引得我们朝天大笑，但嬉笑刚刚开始，就有人嘘指阻止，为什么呀？因为得意忘形的我们忘记了，我们可是趴着水渠潜伏进来偷吃的呀！

当然，待后期麦苗灌浆，任谁也不会再去爬麦田了，哪怕是水渠，因为麦子这种粮食，打从记事起，大家就都知道，绝对不能祸害。

四月的阳光，暖暖地洒在身上，不时有柳絮迎风飞来。水渠干裂的土块上，吃饱了豌豆的我们仰天而躺，闭着眼睛，又开始在海聊那些不知从哪个犄角旮旯里听来的鬼怪故事，最后，在暖烘烘的青青麦秆底下，在阵阵豌豆花香中，沉沉地睡去。

（二）玩

在那个物质匮乏的时代，孩子们想要有个买来的玩具，那真是天方夜谭，于是不甘寂寞的我们从小就学会了自己制作各类我们称之为"耍货"的东西。

（1）拨浪鼓

春天，麦苗泛青。在还很有凉意的春风中，穿行着很多提着竹篮子的大人小孩，他们趁着麦苗还未起身、麦子不怕踩、麦田还能下得去脚时，便争先恐后地去挖野菜。

遍布于我家乡田野之上的最多的野菜是荠菜。今天我们买荠菜，和肉拌在一起包饺子，那是为了尝鲜，那时，却是为了稀拌汤里有点绿色，让人食欲能更强些，让自家的浆水菜缸里的菜更多些。但大自然不会永远停留在某一时段，最多不超过二十天，麦苗直起了身子，大家再也不能踏进麦田的时候，荠菜们抽秆开花了，像芝麻一样，在细细的秆上，一层一层地向上开着，上面的花正开，下面的果实已长起。白色的小花极不惹眼，但爬满杆的倒三角形果实，一个个籽粒像小铃铛一样，别有一番趣味。

这时，路边那些被漏挖的荠菜们就成为我们这些游荡于乡间的孩子们寻觅的对象。我们专找那些长得粗壮的荠菜，因为它的果实会更大，摇起来的声音会更响亮。拨下菜秆，轻轻捏住荠菜的籽粒，向下撕拉，于是一秆子小小的籽粒就耷拉下了脑袋，只和枝干连着半寸长短的一点皮，并且垂头丧气地挂在粗实的枝干上。这时，只需我们两手合拢，将菜秆夹在手中左右搓捻——唰啦啦，手中便立刻飞起了绿色的小伞，左摇右摆，带着小小的撞击声。谁也不会再眼热货郎手中招徕人的拨浪鼓了，此时的我们起劲地搓着，比着谁的荠菜拨浪鼓声音最响亮，谁的更耐玩。等两手都被荠菜的汁水染成绿色时，我们的拨浪鼓也彻底地偃旗息鼓了。但玩兴正浓，谁也不会轻易放弃这么好玩的事情，紧接着新一轮战斗的号角立刻就吹响了。于是你会看到，乡间小路上，一堆又一堆的孩子们挤在一起，吵吵闹闹，总想比出个你输我赢，这场面真叫人难忘。

这时，如果碰巧有人折了柳枝，编了柳枝的帽子戴在头上；做了柳笛，吹得柳笛吱哩哇啦的乱响。谁能说、谁又敢说这鼓摇得不震撼？这笛吹得不宛转？而这音乐，它不就是我们心中的仙乐吗？

（2）走方格

谁还记得夏天大树下，那一堆坐在地上走方格的孩子？

其实游戏规则我早已忘记。盘腿坐地是否压麻了双腿？还是双膝跪地是否磨烂了裤腿儿而被妈妈责骂？那些都不记得了，记得的只有如何制作走方格的小石子。说起小石子，我们村子离那种有石子的河很远，所以那个我现在都不知道叫什么的东西，就是走方格用的如弹球般大小的子，更多的是用瓦块废渣制成。走方格，必须每人各装十个子，于是我们便钻进人家屋子后的生产路，寻找谁家打碎扔掉的碗。粗瓷碗最好，因为瓷片厚，所以打磨出来的子更圆实，但哪有那么多的破瓷碗呢？于是我们就去捡别人丢弃的碎瓦片。碎瓦片更好磨，因为密度不大。但使用时不禁玩、比较费，时间不长就会被玩得变形。怎么打磨？搬一块砖头或粗糙的石块，然后用另一个小砖块将瓦片砸成五分钱大小的圆片。砸，那是相当有技巧的，包括挑选当小锤用的小砖块。另外还有砸时的力度，一不小心砸偏或出力太大，都会前功尽弃。砸出圆形才是第一步，第二步是坐在那里，拿起小圆片在砖上、石头上打磨，磨得光光的、圆圆的，直到不扎手了，才算收工了。当然这东西可是有多种用途的，可以走方格，也可以拿在手里抓着玩。当年，为了手背上能多盛一颗子，我们没事的时候就把手指使劲地向后掰。

当然，群哄而上逮着谁家的大花公鸡去拔鸡毛做毽子的事，也是常有的，甚至有时大花公鸡的翅膀和屁股被拔得光秃秃的，我们也会遭主家的谩骂。至于缝沙包、踢沙包；还有斗棒，就是在秋收后，挑选玉米秸秆最硬实的部分做成小木棒，相互压其梢头，小棒蹦起来的就算赢了，其实那比的绝对是手劲。比手劲的还有一种游戏——撕筋，深秋时分白杨树叶落地了，掐掉叶子留下小叶柄，那就是武器，俩人各拿一个，十字交叉使劲向后抻，劲小的当然会被对方揪断叶柄或脱手而去，悄悄说一声，选叶柄也是个技术活。这些游戏对于那时能玩疯的我们来说，简直就是小菜一碟。

只可惜，那些离我们已经很远的游戏，那些开启了儿时动手能力和思维能力的快乐往昔，今世不会再来。

（三）树

村落往往是和树长在一起的。树是村子的伞，护着村子，更护着村里的人。遮阴纳凉有杨树、柳树和桐树；给予饭食有榆树、椿树和槐树；当然，柿树、桑树、枣树，那更得孩子们的厚爱。于是树就成为村庄的魂，成为我们的根。

（1）苹果树

提起宋村，十里八乡人的第一印象就是：宋村产苹果，当然这是那时的印象。今天的宋村已湮没在了关中平原成千上万的村落之中，没有一丝特色能让它与众不同了。可那时，西安人甚至甘肃兰州人吃的苹果大都产于我们村，而且那苹果有一个响亮的名字——秦冠。

据说那果树栽于二十世纪六十年代后期。我记事时，果园已达千亩之大，且个个粗得一个小孩抱不拢。不过，自从看了电影《月亮湾的笑声》后，一直有个问题萦绕我的脑海，那就是当时为什么我们村里的树没被砍伐？没有大人有兴趣回答我的问题，于是我就常常把我们的村支书——我的一位伯父，想象成一个英雄。正是他，虽然身形很瘦，但一身正气，伸开双臂，保护了这片给我们整个村子带来无尽荣耀与富裕的果园。尽管后来也知道了当时是二十世纪五十年代中期的事，但直到我离开家乡，或者说直到今天，伯父都是我敬重和怀念的人！

当第一缕春风吹过，当河边的柳芽冒出，当院中的桃花绽放，去吧，往村北去吧！在一片绿油油的麦田北边，是一片粉红色的海洋，铺天盖地而来的是一个粉装的世界。大大小小的枝干上，是一嘟噜一嘟噜如绣球般的花。这时，我们是可以伸手折几支的，绝没人说我们破坏生产，因为花太繁太盛，果子就会又小又密，反倒结不出好苹果。这时村里的年轻人都会赶到果园，拿起刀刃像弯月一样的剪刀去剪掉繁密处多余的花朵，大家称之为疏花。这时像我等爱美之人就会央求哥哥姐姐剪几支待开的枝条（不可以是大枝条）下来，拿回家去，装在瓶中，臭美几天。后来读到了袁宏道的"绿烟红雾"，我就想，西湖也就如此吧，当然我可能有点井底之蛙之嫌，但"最是故乡美"是可以原谅我当时的想法的。

夏天的果园是不太去的，果子又没熟，树下的草又高，不小心会碰到蛇，倒不如在树旁小路上抓抓知了、找找蝉蜕，或给自家养的猪去拔点草更有趣。可到了秋天，当阵阵的果香从村北溢向村子时，我们早已按捺不住嘴里的口水，争先恐后地向北跑去。尤其是开摘的日子，这天全村老幼齐上阵，按各个生产队的区域，一片一片齐齐动手。如今的采摘园里，那些果树高不过两三米，硬硬的枝干上挂着能数得清的果实。那时我们村的苹果树，高到三四米，大约在一米五左右就被科学地剪压成三个枝权，然后向上生长。当年学到"硕果累累"这一词时，我的第一反应就是，这在说我们村的苹果园。

那些日子，是众人欢腾的日子，大家的脸上整日洋溢着快乐的笑容，村子通往外面的路上有许多滴滴作响的大卡车，遇到司机师傅心情好时，还会把我们捎上带去果园。那些日子，是集体饕餮的日子，大家都是以果为食。坐在树上吃，躺在苹果堆上吃，睡在装满苹果的筐子上吃，甚至稀饭里也放上苹果。到现在我还经常用三颗苹果顶一顿饭，有时连老公都不忍看下去，提醒我说："牙酸不?"我予以他的回答永远是骄傲而睥睨的眼神，可以说现在我吃苹果的功夫就是那时练出来的。

当然带来欢腾的还有村里的经济收入。我们村的日子比起周围人来说好很多，我不会忘了每年冬天村里给大家拉回来的一车车牛肉，当然是些杂碎肉，那些肉是从冷库里直接拿出来的，到村里时还是坚硬的大块，人们便抡起大板斧去砍，想想那是何等豪迈的场景！和其他村子相比，在冬天能吃几顿肉的生活绝对是令人眼羡的，只可惜我的几个姑姑都嫁去了邻村。每逢这时，爷爷总是亲自下厨，将肉反复洗净，煮上一大锅鲜肉汤。然后，我和弟弟就被派去用罐子将肉汤送到几个姑姑家，大家一起美美地吃上几顿。果树给大家带来的最大好处就是我们村的小伙子绝不会娶不上媳妇。而且媳妇还个个貌美如花、勤劳善良。包干到户后，村子更是一片生机盎然，你见过苹果像大土堆一样堆在各家的院子吗？我见过，那时我们村比比皆是。

树也有老去的时候。几年前，我去姑姑家，路过昔日的果园，我不敢相信眼前的景色，一大片的麦田中间，只有一小片的苹果树，那是人家新栽的。如果不是那残破不堪的冷库（储藏苹果的）还凋零在那里，宣告着昔日的存在，我真不敢相信这就是往日让我们村人自豪骄傲的果园。果园上空飘过的笑声仿佛就在昨日，可现在的我瞬间明白了什么叫沧海桑田。日子就这么飞逝而去了。当"富士""嘎拉"这些洋品种的苹果充斥了我们的生活时，那些带给我们快乐与财富的"秦冠"，去了哪里呢？

我想念吃"秦冠"的日子！

（2）木瓜树

这棵树，必须写，因为那是我的树。

　　那年，父亲从厂里带回一个木瓜，黄黄的木瓜散发着幽幽的香气。父亲说，不能把它直接放在木头上，那样就会烂掉。于是我把它高高地放在棕箱上，并垫了几本书。但可惜的是，那年冬天，它还是烂掉了。皱了的皮上有一大片褐色的疮疤，于是我只有将它扔掉。又仿佛听父亲说过木瓜还是一味药，所以取来刀准备将好的地方切下来留用，切开木瓜我发现了里面饱饱的籽粒，灵机一动，我也可以种呀！

　　清明前后，点瓜种豆。我把精心保存的木瓜籽拿出来，在后院空地上刨开两条小沟渠，放上瓜籽，浇上水，盖上土。盼呀盼，破芽了，嫩嫩的、黄黄的两行小苗终于有一寸左右了。妈妈说，树哪有这样种的，像麦苗一样挤着。于是，我学会了间苗。拔着拔着，第二年春天的时候，剩下了一棵最壮实的一尺来高的小树苗。爷爷说，应栽到有阳光的地方。于是，我将它小心翼翼地挪到了猪圈前面的空地上，和一棵无花果树为邻，那是整个院子阳光最充足的地方。

　　于是木瓜树和我一样，长啊长，长到分叉，长到我都上初中了，它也有拐杖粗细了。由于风吹折了上面的一支斜杆，剩下的那枝长得更加旺盛了。但有一天爷爷却说，要用那棵木瓜树给他做个拐棍，从来没有反驳过爷爷的我坚决反对。都有一根拐棍了为什么还要砍我的树，我在木瓜树旁拢上了槐树枝干，因为槐树枝上长满小刺，任谁也别想动我的树。不知是我妈怜悯我的爱树心切，还是为了孝敬爷爷，她又给爷爷买了根龙头拐杖。

　　于是木瓜树和我一样，长啊长，长到我都出外求学了，它依然未结一颗果实。妈说它需要嫁接，于是本家哥哥给它做了嫁接手术。后来终于零星地结了两颗果子。爷爷摘下来说那是我的，替我收着，等我回来。还未等到我回，爷爷走了。此后，木瓜树一直未结果。随着老屋给了堂哥，我就把我的木瓜树给忘了。偶有一年，堂哥捎话说，木瓜结了十几个果子，我们很高兴，但这时，漂泊在外，琐事缠身，生活让我早对木瓜失去了兴趣。

遗忘不是一件好事，年前因侄子盖房回了趟老家，长木瓜树的地方也确实长着一棵树，但却是一棵柿子树。旁边的无花果树已经粗壮的让我不认识了，如果不是以前记住了它的身形，我还以为它也被换掉了。我问侄子木瓜树呢？他说那年结果后又有四五年未结果子，所以他父亲，我已过世的堂哥，将木瓜树砍了！一丝疼揪住了心，我的木瓜树没有了，如我堂哥一样，永远失去了生命。只是我还没来得及告诉我那出车祸早逝的堂哥，养木瓜，得有耐心。没告诉他木瓜树别名降龙木，要降龙，它得长得仔细，长得结实，所以它才长得极为缓慢，并且果实极少，还有九年结果之说。唉！耐不住等待的人，怎能养成它呢？

好在旁边那棵无花果树，刚打电话听侄子说，依然茂盛，依然会结着甜甜的果子等着我们，但那棵可以全身入药的木瓜树，那棵差点被爷爷砍去当成拐棍的木瓜树，那棵别名降龙木的木瓜树，却只能永远长在我的心间了！

（四）夜

乡村的夜总与静谧相连。不管有月无月，那种静，除了带有淡淡炊烟余味的温馨，更有一种神秘，因为它更多的是带着乡村的童话。

夏夜

不记得是哪一年了，大概是十来岁吧。村里已经包干到户了，有一个非常好听的名字，叫联产承包责任制。四五户一个小组，虽是各家种各家的庄稼，但大型的劳动还在一起，比如说收麦子、打麦子。那会儿已经有了脱粒机，不过脱粒机是生产队的，各个小组需要轮流脱粒。轮到自己的小组时，一般是大人小孩齐上阵，因为用妈妈的话说这会儿就是龙口夺食。大人们有的将麦捆塞进机器的大口，有的从脱粒机肚子下不停地端出一簸箕一簸箕麦粒，有的在机器出口将麦秸秆用木杈挑离。这时我们这些半大孩子也就有了任务，必须将麦捆从场院边的麦捆垛上一捆子一捆子地拖抱到机器旁边。那年轮到我们小组打麦，已是傍晚时分。吃过晚饭，在大人们的吆喝声中，我们都集中到了小组的场院上。连快八十岁的爷爷也拎着烟袋去打麦场助阵，可见这样收获的日子对我们有多么的重要。

机器在场院中间摆好了，大家也都各自到位。都知道今晚是场恶战，因为二三十亩地的庄稼要一口气收打完毕，因此都使了全力。我也不示弱，抱不动麦捆，我就拖着，拖不动时我就拉着，全然不顾灰尘飞起呛着了喉咙、眯住了眼睛，因为我喜欢大家夸我勤快。夜渐渐深了，背上的汗也干了，衣服在身上有些冰凉了，我也有些困了。碰巧伯父家最小的哥哥向我招手，我想他肯定也累了，我俩悄悄溜出人群，坐在一旁休息。哥哥平时人比较懒，但他对我的好可是没得说，去姑姑家走亲戚，总是他领着我和弟弟，保护我们。有一次为了保护我俩，他被路过的一户人家的恶狗咬伤了脚后跟，以至于整个冬天他走起路来都一瘸一拐的。有时有点好吃的，他也会毫不吝啬地分给我们，尽管他只比我大两三岁，尽管他因学习不好、家境不好被人欺侮。看我靠着麦捆打开了盹，哥哥对我说他给我找个好地方让我睡觉去，并说打完麦子一定叫我一起回家，于是不想再劳动的我被他安排到了紧邻我们场院的其他人家的麦捆垛上。那麦捆垛有两米多高，我硬是被他拉着爬了上去，而他被大人唤回去扛麦捆去了，于是我在麦捆中踩了一个小窝，以最舒服的姿势坐卧下去睡觉了。

不知过了多久，睁开眼，四周一片寂静，弯月冷冷地挂在天空，周围一群星星在蓝紫色的天空上眨着眼睛。脱粒机怎么不响了？我伸出头去看，哪里还有人呀？连脱粒机都被别人拉走了，麦子也都被各家拉回去了。我在麦捆垛上一动也不敢动，心中埋怨起哥哥，为什么不叫我起来，他应该知道我最害怕狐妖鬼怪的呀！我缩在那里，却再也没有了睡意。再去看天，天空更深邃了，连月亮也变得诡异起来，空中好像拉起了一片薄纱，影影绰绰、朦朦胧胧，眨眼睛的星星呢？怎么都成了死鱼眼直盯着我呀。不行，我得回去！远远地，可以看到我家，就隔着一片麦田，麦子已经收割，从麦地中间跑回去是用不了十分钟的，但关键是听说麦田中的机井里曾发生过一件骇人听闻的事，怎么办？耳边传来蛐蛐的叫声，大概是喊自己的孩子回家吧。夜的寒冷再次袭来，不行，我得回去！我想我现在比较果断恐怕就是那时锻炼的吧。我灵巧地蹓下两米多高的麦捆垛，走大道回家，太远了，那就抄近道，从麦茬地里跑回去！说跑就跑，机井边的古槐因为我的跑动而跳跃着，我向前跑，再向前跑，绕过机井，再向右前方，直奔我家。我不知道我当时的头脑为何如此清晰，总之，我没有绕路并以最快的速度跑到了早已熄灯的家门口，敲开了大门，在爷爷惊讶的"我以为你去你伯家睡了呢"声中，又沉沉地睡去了。

第二天早晨，再看那双脚，脚面早已被麦茬戳得烂糟糟一片，那时候的孩子可是没有钱在干活时穿袜子的。当然，哥哥也在我的一顿添油加醋中被爷爷攥着用拐棍狠狠地收拾了一顿。自此，我再也不敢在劳动中投机取巧了。

（五）节

记得我背下的第一首诗不是"鹅、鹅、鹅，曲项向天歌"。而是"爆竹声中一岁除，春风送暖入屠苏"。因为我从小就喜欢热闹，尤其喜欢过年时众人团坐热炕头、山南海北闲聊的快活劲。直到后来读到了孟浩然的"守岁家家应未卧，相思那得梦魂来"时，那些快乐我都悄然还给了除夕，即使有压岁钱，我也不敢在除夕有太多的造次了。所以今天能回想到的那时的节日，倒是一些平日里的时光了。

（1）腊八

"盈几馨香细细浮，堆盘果蔬纷纷聚。""童稚饱腹庆州平，还向街头击腊鼓。"腊八算是我们的小年，因为过了腊八就算长了一岁，所以，腊八这天是孩子们最高兴的日子。

初七的下午，人们就开始准备了，把肉切成小块，备足各种香料，加上香醋浇淋，做成我们关中特有的臊子，那臊子油而不腻，香且筋道，不会入口即化，需得咀嚼生味。然后把胡萝卜，我们叫它腊八萝卜，和白菜、菠菜、芫荽、蒜苗、豆腐等蔬菜放在一起炒熟，放在盆中备用。

晚上，家家户户都架起了大锅，开始熬煮腊八粥。粥的主料是玉米经过脱皮后再稍作粉碎的大颗粒，然后可以加进去黄豆、花生米、小黑豆、莲子、杏仁、麦仁、百合等，总之越多越好，因为那样越有嚼头，就越显得自家富足。大人们做那些事的时候，我们就在炕头等着、盼着、流着口水，总觉着那夜太漫长，以至于有时候睡了一觉，妈妈们还在拉着风箱，因为她们的腊八粥还没有煮好。于是我们带着满鼻满嘴的香甜再一次进入梦中，在一夜香甜的梦中等待明天早晨起来之后的大吃一顿。

腊八的早晨是不用大人们叫我们起床的，天还黑黑的，我们已爬出了被窝，等待在锅边，看妈妈放进去各种调料和昨天炒好的菜、肉，搅动手中的勺把，一锅喷喷香的腊八粥便做成了。这时候是不用顾礼节的，你不必等候爷爷爸爸们端起饭碗，因为盼望长大的是你，所以妈妈的第一碗腊八粥是给自己儿女的，于是你可以欢呼雀跃地端起碗飞奔出门，因为外面还有许多伙伴等着和你比看谁家的腊八粥香、谁家的腊八粥内容丰富呢。在大家的欢笑声中，我们吃完了第一碗腊八粥，回家后，妈妈必定会说："好好长，好好长。"于是在妈妈的祝福声中，我们会囫囵吞枣地吃完第二碗，因为还有好多事情等着我们去做呢，比如给亲戚邻居送腊八粥，给家里的小狗、小猪、小鸡们喂食腊八粥等，但在那些事里面，我们最喜欢做的是给果树送腊八粥。

在我童年的记忆里，老家人赖以生存的就是村子北面的一片果林，说是有八百亩之大。小时候，我们也经常在里面迷失方向，但那天，我们是不怕的，因为到处是成群结队的孩子们。在晨曦中，我们都提着妈妈们准备好的小罐，里面装上满满的腊八粥，拿一双筷子，笑着、跳着向果园进发。虽然寒风凛冽，可丝毫不减我们的兴趣，远远地看见黑乎乎的果园，大家更是欢声笑语，飞奔而去，这时候我们是不会高声乱叫的，因为我们带着全家人的愿望、全村人的愿望！拿筷子夹起一粒粥，轻轻放在树杈上，再轻轻地嘱咐一下："吃吧吃吧苹果树，明年要结大果子。"不管是比我们腰还粗的大果树，还是新长出来的小树苗，我们都会给它们喂上一口腊八粥，盼着它们也和我们一起健康地长大，给我们村里的人带来更幸福的生活。做完这件事，一般都是半晌午了，把罐里的汤水都要留在树根底下，然后我们才会唱着快乐的歌曲回家，因为此时我们确信：果树吃好了，会和我们一样好好地生长！

儿时的生活就像发生在昨天，故乡的果园早已因为品种老化被砍伐了，但我却还是经常在梦里看见那成群结队的孩子们提着小罐去果园喂腊八粥的情形。不知今天我老家的孩子们是怎样度过自己的腊八节的，是否还像我们那样期盼着长大，期盼着吃上一顿鲜美丰富的腊八粥。

或许他们早已不再稀罕吃那用粗粮做成的腊八粥了，因为我们今天的生活确实好了。不过我还是想打个电话，问问老家的姑姑，是否还给我留有一碗腊八粥呢？

（2）端午

打小就听老师讲过端午的传说，总认为那是个神圣的节日。尽管爷爷能口若悬河地给我们讲关于介子推的故事，并屡屡命令我们在寒食那天不吃热饭，但他一个老农民，是怎么也不会知道屈原是在写下了绝笔《怀沙》之后，抱石投汨罗江而死的。可就是这样一个目不识丁的人，对端午这么一个高雅的节日却有着极其高涨的热情。

早在端午前几天的逢集日，爷爷就会拄着他的拐杖，一大清早走上七八里路，到一个叫尚村的镇上亲自挑选粽叶。现在我才知道那叶子是箬竹叶，我们当地都叫粽叶，叶子比较宽大，翠绿鲜亮，味道清新，一个粽子两三片叶子就能包好。爷爷每年都能买到最好的粽叶，扛上一捆不到中午就回家了。每到五月初四的下午，他一准能把这些粽叶煮好码放整齐，并且提前泡好江米、红枣和红豆，甚至绑粽子的线绳都会剪好，只等我妈妈下班回家就能开工包粽子。我妈妈是个包粽子的好手，不客气地说，她工作、家务样样在行，一直是大家眼中的能人。妈妈下班归来，挽起袖子就开始包粽子。只见她从水盆中捞起三张粽叶轻轻一捋，粽叶便成服服帖帖的一片了，接着两手一转，粽叶大头旋即变成了漏斗形状，当然还拖着一个长长的尾巴。再看她左手捏紧粽叶，右手抄起一撮江米倒进漏斗，塞两颗红枣或一点儿红豆进去，反手一盖、一捏、一拧，线绳一缠，左手压线，用牙齿帮忙，和右手一起系紧绳子。瞬间，一个漏斗形却带四个角的粽子华丽丽地诞生了！包粽子绝不只是考验女人做家务的能力，更考验你的乡情。往往乡情好的人家，五月初四的下午，院子是热闹的，因为大家都会来帮你的忙。在我的记忆里，尽管我家包粽子进行得晚，尽管我妈妈没有时间去帮别人的忙，但我家后院的欢声笑语总是最响亮的，因为爷爷的德高望重、父母的豁达厚道。这时掌管烧火的我经常这边一锅水还没烧开，那边三四百个包好的、堆得像小山一样的粽子，已在一群女人的欢笑声中骄傲地挺直了身子，等待下锅。

那个夜晚是漫长的，因为粽子也和腊八粥一样，需要煮好后焖锅里到第二天早晨。在一股清香甜蜜的味道中入眠，那夜的梦一定很美，否则我们不会第二天一大早就笑着、叫着要去给姑姑们送粽子。我有三个姑姑，打我记事起，送粽子都是我们（二伯父家的哥哥们、我，还有弟弟）跟在爷爷的后面，左扛右抬蜂拥而去，那场面甚是盛大。因为初五的早上要走完三家，好在三个姑姑家离得并不算远，所以爷爷就有了分别和姑姑们聊天说话的时间，但每家只停留抽一袋烟的工夫。在我们和姑姑家的孩子疯抢粽子的声音中，在姑姑为我们准备好吃的的忙碌身影中，爷爷就这样和姑姑有一搭没一搭地说点儿家长里短后，又起身带着我们去了下一家。

端午就这样一年一年地过着，我大了，爷爷老了。上集买粽叶，他是走不动了，当买粽叶成为伯父的事之后，我们也都对送粽子走亲戚失去了兴趣，但爷爷还是坚持让妈妈包粽子，他去姑姑家送粽子。那年爷爷应该八十七了，端午前夕，妈妈出差，临行前嘱咐我买点粽子给姑姑家送去，等我回家，爷爷居然用麦子在街道换了一大堆的桃子准备送给姑姑家，还说买的粽子太难吃、个头又小，太不划算。可他换的桃子也不怎么样，估计人家看他老眼昏花看不清楚，所以给他装的桃子真没多少好的。本来就没有走亲戚的兴趣，而且还在抱怨着他居然拿着破桃子去姑姑家的我，当然也不愿和他一起去了。没有了孩子们的如影相随，爷爷一个人拄着拐棍，提着篮子出发了。到了傍晚，看到了被姑父用车拉着送回家的疲惫的爷爷，我才醒悟到自己是多么的残忍！直到现在我都不能原谅我那天的无情，那个提着篮子远去的老人的背影，像钉子一样钉在了我的心间。也就在那时，我明白了爷爷热情于端午的原因——因为只有这样的节日，借着送粽子，他可以再去看看他的女儿们的生活。

奶奶在他四五十岁时就离开了，他一定在疼惜他的女儿们早早没妈的苦啊！尽管小姑曾开玩笑地说爷爷从来就是重男轻女，可在他的骨子里，哪个儿女不是他的心头肉呢？

艾草菖蒲弯弯月，五色新丝粽飘香。今夜，我再次清晰地看到：在老屋昏黄的灯光下，大大的炕头上，您让二伯母专门搓捻的五花绳，拴住了我细细的手腕，拴住了弟弟圆圆的肚皮。那个端午，如在今天！

（六）家

家在我的脑海里由两部分组成，一是老屋，我们的栖息地；二是爷爷，我们家的精神领袖。无论他们离开我有多久，无论我离开他们有多远，总有一根无形的线牵着我，我知道，那根线的名字叫——亲情。

（1）有一种情，剪不断

昨夜梦里，又见爷爷。雪白的胡须飘在胸前，像刀子刻出来的皱纹布满了整个脸，用沟壑纵横来说，一点儿也不过分。手里依然拿着那根磨得光滑油亮的铜烟锅。还是那种淡淡的，无所欲、无所求的神情，坐在老家的门前。院中，爷爷为孙子结婚打家具而栽下的泡桐，开满了一树紫色的喇叭花，蓬勃而灿烂。爷爷就那么坐着，时不时地吸上一口旱烟，吐出一圈两圈浓浓的烟雾。

只有我知道，爷爷并非无所欲、无所求。

爷爷出生在十九世纪的末期，至于他童年的生活如何，我无从得知。但从爷爷的身材和我的父辈们的长相来看，爷爷年轻时肯定是个英俊的后生。他以土地为生，也提斗收过粮食。小时候，我常听爷爷给我们讲他的奇遇：拿着镰刀在晚上回家的路上削过已爬上他肩头的狼；当外族外村欺负到我们村的时候，他如何抡起丈二长的木棒，一人打得他们三十多人屁滚尿流。我的童年就是在那些新鲜而又勇敢的故事中度过的。不过，听爸爸说，爷爷后来染上了鸦片，以至于把家产抽得精光。说起来，爷爷也很坚强，中华人民共和国成立后，国家明令戒烟，从此，他再未抽过一口鸦片。因为他相信世道好了，不必再去穷折腾。而我的父辈们却因当时家里的一贫如洗而得福不浅，先是被定为贫农，然后伯父、爸爸也因出身贫寒而光荣参军。

随着我们一大帮孙子孙女的到来，爷爷逐渐停止了地里的劳作。他的任务就是哄哄孙子，休息休息。可我知道，他并未真正的休息。我父亲是他最小的儿子，因此他一直跟着我们生活，父亲在外工作，母亲在学校教书，家里好多活都让他操心。另外还要操心我的伯父及姑姑们，尤其是生活最为贫困的二伯父家，一直到他去世时都放心不下。不过，爷爷，你可以高兴了，因为二伯父家的孙女和外孙今年同时考上了南京航空航天大学。

爷爷一生最大的特点是重男轻女，对我的父辈们如此，对我们亦然。虽然我和弟弟从小一起听着爷爷的故事长大，但我们的待遇却截然不同。晚上睡觉，我只能睡在他的脚下，而且一不老实胳膊腿乱放，爷爷就会用他那粗糙的大脚使劲地夹我，而我到现在都不明白的是：他怎么会用脚的大拇指和二拇指来夹人，且力量那么大？不过还好，养成了我睡觉不乱动的好习惯，弟弟就不同了，睡在爷爷怀里，而且还可以随意摆弄他耳垂上一颗像鹌鹑蛋大小的肉球。那个待遇是其他孙子谁也没有的。其实，弟弟——爷爷的小孙子，一直是爷爷垂暮之年的骄傲与牵挂。弟弟有时做了坏事，他也会自豪地告诉好多人："那小东西居然把拖拉机开到地里去了！"那时弟弟只有十岁，堂哥的拖拉机刚好停在路边没熄火，他回家取东西去了，弟弟可有事做了，开起拖拉机就往北跑，直到拖拉机掉在田里的一个凹坑处再也不动弹了，他才匆匆逃走。当我的父母都为此事脸色大变时，爷爷却笑着说："还是我孙子有出息!"后来弟弟当兵走了，他总是不停地问："军惠有没有写信回来?""军惠啥时候回来?"那年弟弟休假回来，弟弟走到哪儿，他跟到哪儿。有一天我没在家，弟弟给他做面条，一个从未进过厨房的大小伙子能做出什么样的面条。可我回来后，弟弟高兴地说："咱爷说我做的面条比你做的香。"我走到厨房，看到了剩下的半碗面，我的天!像裤带那样宽那样厚。那时爷爷都快九十岁的人了，我真不知道他如何消化得了那些面条。连姑姑都说他："孙女那么好，你光爱孙子。"但他依然那么执着，说实在的，我不会生气，我也不会忌妒，我只要爷爷健康地活着，哪怕像小孩一样喜怒无常我也高兴。

然而爷爷还是走了。走在了他刚过完九十二岁生日的时候，走在了家家红灯高照的正月十五，临去前他还在褥子底下压了五十元钱，说那是留给他孙媳妇的。

十年了，我经常做起那个梦：在一树灿烂的桐花下，一位银须飘飘的老人，拿着一根长长的铜烟斗，如雕塑般地坐在那里。他在等着他漂泊在外的儿孙们归来。只是我无法再看见他，只能在每年的清明烧上一把纸钱，喊一声："爷，拾钱来!"

（2）老屋

每到冬至，半夜总是被梦惊醒。于是，在难以成眠的夜晚，老屋就不断地来到我的眼前，走进我的灵魂。

农历十月一，回老家，其实是在姑姑家。没看见老屋被掀翻在地，也没看到侄子在那块地基上新建的楼房，只是在姑姑家听到了老屋已拆除的消息。很遗憾因雨天路滑未回到家去看上一眼，但看上一眼又会如何呢?只是徒增一份伤感罢了。

我不是个心思缜密的人，但老屋却时时牵着我的心。嫁作他人妇，我真不是个好媳妇，因为我始终认为我的家是在那个偏僻的乡村，在那个曾经一度还很文明的村落。在村子的西北角，坐南向北，青砖灰瓦，朴素的黑木门板，干净的红砖铺地，那才是我的家。那里，尤其是老屋的后院，承载了我无数少女时的梦。那架葡萄，高高地悬挂于屋檐之下，伸出巴掌大的叶子覆盖了厨房前面的小平台，于是，葡萄架底下就成为我们夏天最爱待的地方。不多的果实却绿得晶莹、紫得透亮，诱得邻家的孩子常常流着口水，央求着大人们摘上几颗，解解他们的馋瘾。葡萄架的南边，有几垄小菜地，夏有柿子、黄瓜，冬有菠菜、蒜苗，秋天更有红红的辣椒。沿菜地的四周，还有各种花花草草，让干净的小院充满了生机。这几垄菜地的主人就是这家的女儿。是，从小我就很勤快。曾经我梦想过我会成为一个勤快的农妇，如果庄稼地不需要我下功夫，那么我的院落定会瓜果飘香、姹紫嫣红，所以我尽力地去侍弄老屋的那个小院。但闺女总得嫁人，随着老屋被父母送给了堂哥，我的梦也渐渐远去了。有时静坐而思时，总有种感觉，我已成为小时候爱在河中捞起来玩的浮萍，是的，那儿再也没有我的家了。

想念老屋，不仅是因为那里承载了我少女生活的全部，更因为那里有一位这辈子都会萦绕在我梦中的人——我的爷爷！

离不开爷爷手里的，永远是那根古铜色的旱烟袋。红玛瑙的烟嘴，细长的竹质烟杆，一个滑溜锃亮的铜烟斗，烟杆上吊着一个大大的装满旱烟的布袋。爷爷坐的位置永远是家门口，哪怕是严冬时节北风呼呼。因为那里是最能向人们炫耀自己那个在外挣钱的儿子给自己盖了让人眼羡的高砖大瓦房子的最佳地方。一把竹椅，一只小茶壶，一个收音机，一杆烟斗，就可以陪他度过半天。偶尔有人路过，大喊一声："五爷，听着呢！"他也会抖动着在长长的胡须下的嘴，用同样大的声音回一句："哦，你忙去呀！"此时，门前的四棵大桐树也像受到了感染，沙沙作响，翻起绿叶为这回应作陪。我真是个粗心人，此时让我去想，我真不知桐树什么时候开花，春天还是秋天？抑或它每年要开两次？现在去想，我家前院种的梧桐树好像四季都开着花，因为在我的记忆中，爷爷头上的白羊肚手巾上，总是笼着那一片片紫色的花雾。那花开得太盛，那香飘得太浓，惹得你总想去大口地吞咽。爷爷就是在那片紫烟下闭目端坐，行走在自己的精神世界里的。尽管我知道对于一个老农民来说，他不可能有什么高境界的精神生活，但我确信，值得爷爷想的那些事绝对也不太平凡，因为打小听说过的关于爷爷当年的英勇无畏的事迹，那是一时半会也说不完的。

对于有着严重的重男轻女思想的爷爷来说，我实在算不了什么。从小就只能睡在爷爷的脚下，从会做饭起就没受到过爷爷对我做饭的肯定，但我却总是记着，在儿时朦胧的岁月中，那个拄着拐棍的老人，踩着挂霜的麦田，寻找他孙女时苍凉的喊声；总会看见，提在从邻村赶会（集）回来的那双大手中被黑麻纸裹了一层又一层的暗红色的诱人的兔肉；总能听见："把伞带着，广播说'关中徐某（局部）地区有雨'。"我不知道那晚，我因久病未好，伯母说我中邪后，七十多岁的您，拄着拐棍，是怎样摸索到村外十字路口，为让自己的孙女早日康复而去给那些神仙鬼怪打点银子的。只是躺在炕头上听着外面呼呼作响的十月风声，爷爷，我真担心您把人家的柴火给点燃了；只是从那晚起，我再也不躲着大人，将药丢进炕洞里来逃避药的苦味。我也不知道，那年的正月十五的晚上，在我们都没在家的时候，在家家红灯高挂的元宵夜，你是怎样孤独地离开的。只是，每年正月十五，别人阖家快乐、觥筹交错的时候，却成为我这辈子难以言说的痛楚的日子！

爷爷，总是会离去；老屋，总会被掀翻；走过的日子，不能逆转，但老屋、爷爷，你们却会永远留在我的心间！

（3）土炕

抬头望一抹弯月亮，

挂在高高白云山巅上，

听着时光千年流淌。

今夜，无电。23 楼，够高，够冷。抬头看向窗外，确实有一挂月亮，不弯，稍圆，趁着雾霾未重，在蒙蒙的夜色中，柔柔弱弱，洒下一点清辉。手机上单曲循环的是王二妮的《故乡》，不过瞬间，眼角不争气的又湿润了。

这样的寒夜，在这样的歌声中，让我最能想到的就是小时候在家里睡过的那方温暖的土炕。农村人的土炕，一般的长度是一间房的宽度，而宽大约有两米，有时候上面坐七八个人也不嫌挤。这方土炕，总是盘踞家中某一角落，规规整整，敦厚得像一位老者，长年累月，忠诚地驮着一家人的幸福生活。

我爷就有这样一方大炕，一领竹席铺满整炕。当然在那时，这领席子，真的是农村人家的奢侈品了，因为好多人家炕上铺的都是容易扎人皮肉的苇席，但我爸天南海北走天下，愣是在那时候给我爷定制了一领大竹席子，着实让好多人眼热。细密的青竹皮席子光滑柔韧，绝不会让人在睡觉不老实时滑到褥子外面被扎得肉疼。于是，我和弟弟童年时代的幸福时光、美好记忆就留在了这方土炕上。不过在这方土炕上，我俩的待遇却是有所不同的，我爷，一个传统端正的农民，重男轻女思想极其严重，所以我弟可以跟他钻一个被窝头朝炕头而卧，而我呢，只能每晚缩在爷爷的脚下，头朝着炕尾，一旦睡觉不老实，乱动了，我爷一定会伸出大脚过来，用脚趾头拧得我腿疼乱叫，但这也不能将我从土炕上撵走。我依然爱睡土炕，因为在爷爷的脚下，我的头边，放着一对儿木箱子，一个放着衣物，另一个，可是爷爷放吃货的箱子，那个箱子，一年四季，好吃的不断。箱子里面装着我爸孝敬的点心、蛋糕，姑姑们拿来的麻花、饼干，新疆三伯寄回来的葡萄干、砂糖，那砂糖是一小块一小块的白色方块状白糖，放一块入嘴，甜死人！当然也有瓜子、花生等，所以当弟弟晚上可以捏着爷爷耳朵上像鹌鹑蛋大小的肉球睡觉时，我更多的精力是想着如何从箱子中偷偷地弄点吃的出来。我早已不记得偷吃东西时的心情和滋味了，留下的最深印象就是我爸从新疆出差回来给我们家买的三麻袋葵花籽。除了给邻居亲戚送了一些，那个寒假，我跟我妈学会了炒葵花籽；那个寒假，在那个炕头，我吃了一个假期的葵花籽——玩时吃，写作业时吃，睁眼吃，闭眼睡觉前还是吃。直到现在，我有一颗大门牙，中间一小豁，俗称瓜子牙，估计就是那年冬天的功劳。

　　人家的土炕，因为做饭烧柴火，所以一天到晚都是热的；我爷的炕，虽然和灶相连，但是因为我家地少柴火少，于是烧的是爸爸从铜川掏钱买来的煤炭，乌黑发亮，做饭火力极强；但热量集中灶下，很难达至炕头，所以每到秋冬傍晚，我爷都得再用柴火烧炕。这活儿真不好干，于是在我的印象中，就留下了爷爷烧炕的永远记忆。有时是麦秸秆，有时是苞谷秆，有时是爷爷在路边扫的树叶子，用一个一米七八左右长的权把（就是一个头有丫权的木棍），把柴草塞进炕洞，然后点火，用一把蒲扇，使劲儿地扇着，土飞烟呛，到柴燃烧得差不多了，盖上炕洞塞，拍掉手上的灰，就结束了，只等晚上睡热炕。当然，我也会因一时的心热，帮着爷爷去塞柴火、摇扇子，但更多的时候，却是被烟呛着，一边咳嗽，一边擦着眼泪，在爷爷的"啥都弄不成"的唾弃中仓皇而逃。有时，爷爷的心情好，还会在炕洞刚燃烧过的草木灰中扔俩红薯，睡觉前掏出来，拍掉灰，掰开，满屋窜着香气，这便成我们的宵夜了。当然，伴着吃的，肯定也会有各式各样的神奇故事，诸如"过个冬至长一枣刺；过个腊八长一权把；过个年长一椽"等关中天气俗话，从身经传奇、见多识广的爷爷的口中，娓娓道来。于是，那样寒冷的冬夜，昏黄的灯下，反而成为我们最喜爱的时光。

等我不怕烟熏灰呛，真正会烧炕时，我已求学在外、工作在外了。爷爷老了，少不更事的我没有充分意识到要多尽孝心，尽管曾经给爷爷烧过一段时间的土炕，但今天回头望去，我看到的分明还是那个孤独的老头，抱着柴火，拿着黑黑的权把往炕洞里塞柴的情形。柴火在炕洞燃起，那老头一边扇着火，一边拧过那张古铜色的脸朝我喊着："烟很呛，门儿外耍去！"

时光飞逝，工业化的大发展在现代冬天的杰作之一就是雾霾的到来，听说，因为治霾需要，农村的炕都要被挖掉了，那氤氲于乡村傍晚的薄烟终于要消散了，那让人发呛却让人无比温暖的气味再也无法去寻觅了。我不是一个喜欢活在过去的人，但在暖气充盈的房间里，从早到晚的燥热真的让我有时找不到方向，我还是喜欢在淡去烟气的家中，躺在滚烫的土炕上。在家织布缝的被子外面，是清凉的甚至是冷冽的空气，让我在睡梦中能清爽恬静，淡泊安心。

伸手，凉意盈室；细嗅，轻烟不再。唯有《故乡》，依然在耳畔回荡。

（七）人

倏忽间，又到那时，我还是无法将你们剥离我的世界，那我们就再进行一次长谈吧！

（1）二伯

我二伯就是一个普通的农民，让我此刻去想他的过人之处，还真是没有什么可说的。他的经历绝对抵不过爷爷给我留下的印象之深，但不知怎的，抬笔就写下了"二伯"这俩字。

我曾经说过，爷爷年轻时抽大烟，所以把好好的日子给抽光了，因此到我二伯时，就只能给人家当长工了，但给人家当长工的二伯却还是拥有了一身让我们自豪的本事。在记不清楚的日月中，我只知道我的二伯在酒厂里酿酒，那个酒厂，据说清朝时就有，到今天还存在并生产着，出产的可算是我们家乡比较有名望的酒。

我家距龙窝酒厂不远，但我也是直到工作后才去过那里，所以在儿时的心中，那儿一直是个神秘的地方。相传，龙窝东临涝河，西临甘河，曲流九弯，积水成潭，其间甘泉一眼，常有低云起雾、巨龙腾空之景观，人云：龙窝福地。还听大人们说，当年杨虎城将军招待周恩来总理——当然那时候他老人家还不是总理，拿的就是龙窝酒，而且周先生还对此酒赞不绝口。家里有人在这个酒厂酿酒是一件令人骄傲的事情，所以尽管没有见过二伯如何工作，尽管那时也不知道这酒在西北被喻为"东龙西凤"，尽管从不知道这酒的酸甜苦辣，但凡见人喝酒就会炫耀："我伯就在酒厂哩！"以至于后来二伯回家务农，在我小小的心里，居然有了一点儿过不去的坎，总觉着"咋这么不美气"。

后来才知道，二伯尽管酒酿得好，但是目不识丁，当然得回家了。不过不久我也就不再耿耿于怀了，因为农村土地"大包干"了，我伯在我家地里种上西瓜了，有了西瓜吃，谁还会在意他不再去酒厂那些事呢？我们村子的南面并没有河流，但大家却把那块地叫南岸子，我家分的地就在这里，前一年的地里好像栽种的是棉花，而且还套种了洋葱，留下印象最深的也就是收获季节到来时，我终于知道了这种长着葱一样叶子的东西底下居然能结出一疙瘩紫色的果实，而且辣得人鼻涕眼泪大把流。所以第二年的西瓜可就让我和哥哥们欢欣鼓舞了。为了种瓜，当时还把地里的麦苗犁掉一绺一绺的，以便在其间播种西瓜。不知当时大人们心疼与否，我们是绝不多想的，只想着西瓜下来时的香甜。等我们到地里查看时，瓜田里的麦子早已收割，旁边别人家地里的玉米苗都蹿得老高了，而我家的西瓜也已经拉开了长蔓，结上了瓜蛋蛋。地里的水井旁，还搭起了一个"人"字形的瓜棚，而且勤劳的二伯和二妈已经驻扎进了瓜地。

二伯绝对是务劳庄稼的好手。在我遥远的记忆中，我家的瓜地碧绿齐整，绝无杂草长在其中，四周的地畔，二伯种下了大家都爱吃的豇豆，长长的豇豆挂满在充当篱笆的支架上，长得就像一个个小的长棒槌，嫩绿的身子，紫色的小尾巴，惹得我们总是忍不住想摘下一大把放进嘴大嚼，很多时候都是嚼得满嘴绿汁的，这时二伯总是笑着说："吃慢点，小心肚子疼。"而瓜棚的旁边，二妈栽种的凤仙花——我们这儿叫指甲花，开得正盛，粉的、白的、紫的，花色诱人，而花秆子，近乎绿得透亮。这花是女孩子的最爱，因为它们可以染红我们的指甲，所以每每我来之时，总是很不客气地掐花折枝，拿两块扁石头，把花捣碎，二妈也帮我揪上几片路边的野麻叶子，把碎花渣包在我的指头上。可惜我从小睡觉就不老实，常常晚上睡着时就不知不觉地把包好的麻叶弄掉了，以至于第二天指甲上不是别人那红艳艳的颜色，而是一种被大家耻笑的"屁红子"的颜色！

快放暑假了，西瓜开园了。我是一个健忘的人，因为我真不知道二伯和哥哥们怎样费尽辛苦，将一地的西瓜变为钱或粮食，但我能牢记的就是每次我到瓜地去，正在忙碌的二伯总会停下手中的活儿，悄悄招手叫我："来，伯给你藏了个黄瓤瓜。"因为地里只有一两窝黄瓤瓜，所以这就成为大家的稀罕之物了，而我总是毫不客气地上手就吃，而且有时还故意在哥哥面前炫耀之后，才给他一小块，而此时的二伯，总是坐在一边，叼着烟杆，笑着说："改改，别跟娃抢。"其实二伯家的小哥也就比我大那么两三岁。

瓜田的日子结束于何时，我真的记不清楚了，而我能将我二伯的形象深印于我的脑海中时，应该是他跟爷爷住在一起的那几年。和爷爷一样，讷言的二伯总是叼着一杆烟袋，只是烟袋杆子比爷爷的短了好多，二伯黝黑的脸上沟壑纵横，跟爷爷一样的高大身材，看着总让人温暖倍生。隔着时空的隧道望去，我看到：在老屋的门前，在满院飘香的一树紫色桐花之下，他陪伴爷爷而坐，仿佛没有什么言语，只是能看到两人的烟锅，一闪一闪，发出我依然还能听得到的"滋滋滋"的响声。

时光如流水般而去，二伯那烧得烫屁股的热炕头，二妈那厚得都快咬不动了的手擀面，今生不会再有。只是那些年，当亲人的棺木从家中抬出时，我一次又一次地听到心碎且掉落地上的声音，就是那些声音，无情地告知我——他们，走了！

（2）二姨

我妈说人经伤心事太多，就会变傻！

我不知道二姨属不属于变傻的女人。但她经历的伤心事可真多！用命运多舛来说她，一点儿也不过分。

我妈姊妹四个，出生在一个没落的地主家庭，也算是书香门第，不过她们没有过过锦衣玉食的生活。早在二姨十四五岁的时候，她们的唯一亲人，我的外祖母就离开了人世。为了读完初中，她们卖光了外祖母留下的一切才作罢。年轻时的二姨十分漂亮，也十分固执。二姨在当时不乏追求者，但喜欢读书的她选择了一位教书匠。据我妈说，那人挺好的，可二姨除了会念书，什么都不会做，于是矛盾慢慢产生，最后离婚了。在那个时候（二十世纪五六十年代），离婚对一个农村女，尤其是连孩子也没有的人来说，不亚于晴天打雷。不过得老天怜悯，我最终称为二姨夫的人，是一个在省城有工作的人。尽管就是一个普通工人，但在农村人看来，那也是值得羡慕的，而且二姨夫勤劳能干，虽在百里外的省城上班，但每周都骑着自行车回家，每次必在路上扯一捆猪草回来，小日子过得倒还说得过去。

可命运就那么会捉弄人。二姨第一个孩子来到了人世，聪明伶俐，只可惜三岁时得了小儿麻痹，走路略显不稳当。我这位哥哥从小聪明过人，数学成绩从小学一年级到高中毕业从未下过 99 分，可他却总得不到二姨的关爱。二姨不待见他的原因是他跛，即使最后他考上了西安交通大学，学的是当时最流行的计算机专业，并且毕业后留校任教，他也未能让二姨满意。不过，在我这位哥哥不幸得了破伤风，因救治无效而过早地离开人世时，从瘫倒在地的二姨身上，我还是看出她原来也舍不得自己的孩子离去。

祥林嫂的口头禅是："我哪里知道春天还有狼。"而二姨最常说的一句话是："我娃就是好。"她说的"娃"是指小儿子。大儿子有残疾，因此小儿子格外受宠。小儿子从小好吃好喝，做了好事二姨使劲儿表扬，做了坏事二姨格外包庇，因此小儿子养成了一身的坏毛病。在二姨的眼里，他却是宝贝疙瘩。

表哥去世那年，二姨夫也因过度悲伤退休回家，于是表弟堂而皇之地接了班。多好的事呀，可不到两年，他就被厂里开除了。二姨夫一气之下撒手人寰。出殡那天的惨相，我都不忍再提：一次埋了两个人。表哥的骨灰也是在那天从城里拿回了家，他就躺在姨夫的脚下。而我的表弟，却依然过着他的逍遥日子。说实话，表弟长得一表人才，口齿伶俐，到现在我都很难说我不喜欢他。而我的二姨除了看起来有点儿呆以外，还是那句话："我娃好着哩！"直到我们把发现表弟吸毒的消息告诉她，她还一味固执地说："不可能，我娃好着哩！"

我不知道如何评价我的二姨，平心而论，她一生勤劳、善良、待人大度，说话还很幽默风趣，这样的女人，老天不该对她太苛刻，但事情的结果是表弟死在了二姨的炕头。彻底失去儿子的二姨，反倒变得开朗了，人是瘦了一圈，可话却出奇地多了起来。不过让我们欣慰的是，她说的那些话还不至于颠三倒四。

我妈说人经伤心事太多，就会变傻！我真不知二姨是否变傻了，只是好长时间都不敢多看她的脸，看那张已被岁月侵蚀得失去生气的脸。

不过，感谢上苍！在那座又深又黑的破旧屋子里，二姨熬过了那段最艰难的日子。当然也得感谢她身边的那些亲戚朋友的相伴，我的二姨终于在晚年享受到了幸福。或许老天可怜她的遭遇，让她遇见了她的养子一家，这一家从山中迁出的人和善忠厚、待人诚恳，我的二姨终于过上了好日子！

最后，我必须祝福我的二姨：您老人家一定要健康长寿！

（3）大哥

其实我这辈子都未曾叫过他一声大哥，尽管他是我们家老大，从我记事起，我们大家就一直叫他银生哥。今天提笔写出他的名字来，我忽然觉得我们，包括他本人在内，写了一辈子的这个"银"字恐怕是写错了，当时给他取名可能取的是他寅时而生的"寅"吧，只可惜当事人已了然而去，谁也无从考证了。

但这是否写错名字并不妨碍他在我们心中留下的好印象，就像他并非我们家的孩子却能和我们融洽地生活在一起一样，关于这一点也是在我长大之后偶然听到的。他有幸碰到了我们这个淳厚朴实的家，所有人给予他的关爱都和给予我们这些小字辈是一样的，当然他天性的憨直厚道，也刚好契合这个家里人们的所需，所以从小到大，我也就一直认为他是我至亲至爱的大哥，当然也包括此时！

他不是我小时候的偶像，因为他大我许多，我也没有跟在他的屁股后玩过。至于他小时候不好好读书被揍时跑得飞快，还故意回头气二妈等一些有趣的事情，也都是我和姑姑聊天时无意听到的，所以他进入我的视野并留下深刻印象的第一件事是从劳动开始的。那时还在祖屋，后院有一棵粗壮笔直的白椿树，听我妈说白椿没有香椿好吃，但在那个年代，春天的白椿也是下饭极好的鲜物了。所以每年春天，我哥都会上树给家里摘椿芽。在我眼中，这棵椿树实在高极了，事实上它确实也很高大，可我银生哥在爷爷的允许下，脱掉鞋，光脚蹬着树皮上天然长成的疙瘩结疤处，蹭蹭蹭几下就爬到了树梢上。我的确记不得他的上衣是什么样了，仰头看去的，只有他那条土黄色的大裤子坐在了高高的树杈之上，在爷爷的指挥下，他利索地摘着椿芽，抛到地面，而我则拿着大簸箕在地上笑着叫着，吃着捡着。白椿的味道究竟如何，爷爷和姑姑又是如何处理那些椿芽的，我早已忘记殆尽。能记心间的，只有那棵粗大的树木和那坐在树尖上的少年。

再记着他时，竟然到了他结婚的时候，因为那天的他居然穿了一件深蓝色的中山装，一派英俊小生的模样让我至今难忘。由于家里贫穷，没有附近的女孩愿意嫁他，于是哥的媳妇就是别人从四川领来的一个小姑娘。说她小，是因为她的个子极矮。后来每每想起她曾跟我说她结婚后还长了好几厘米时，我真怀疑她到我家时的岁数。但就是这个到我家后还长个子的四川女人，还是受不住家里的贫穷，有一天悄悄地离开了。

正值疯玩年纪的我当然不会有过多的感触，以至于他是如何娶的第二个媳妇我也毫无印象了。可是，我记他于心、我不忍他走，不是因为他人生的曲折，而是他为人的勤快厚道。责任田包干到户后，哥哥正当气壮之时，所以几家的活儿他真没少干过。夏天割麦子，他总是把别人远远地甩在后面，长长的汗水从短发中流下来，流过脸颊滴落进土里或流向和脸一样黑红的胸膛，高高挽起的裤脚下是一双常年不变的军用鞋，而紫红色的小腿上条条青筋、道道被麦茬戳破的伤口常常让人触目惊心。每每这时，如果有人关心他，让他注意点儿身体，他总是憨憨地笑着说没事，而手脚之下，却加快了干活儿的节奏，让人不知如何再去疼惜他了。秋天要收苞谷，扛起大麻袋来，他也是从不歇息，并不高大的身躯里仿佛有着使不完的力气。冬天的早晨，白雾迷蒙，冷霜挂枝，村头向北的小路上，他永远是第一个拉车往果园里送粪的人。舍得力气，为人厚道，是大家对他的一致评价，但正因为过于舍得，让他早早就缠病于身；在我还未出外求学时，他就常常气短咳嗽，尤其是冬天，让人不禁心生怜惜却又无可奈何。

时光无情，弹指一挥间，我离开家乡，跟大哥疏于联系，每每在回乡上坟的日子，才会惊觉岁月给予他的沧桑，才能和他在一起说点儿家长里短。也总是他，在我回家之时，扛起一把铁锹陪我去爷爷的坟头清草烧纸，叮嘱打点。时光无情，日子太过仓促，在外打拼的人，少了许多对亲人的关爱，所以，那年人潮如织的大街上，在流火的八月，听到你走了的消息，我僵在了那里，浑身发冷。我的大哥，正值壮年，你怎能忍心抛下一双还未长大的儿女，在遥远的吐鲁番结束了你的一生？

死者长已矣，存者留悲伤。泪眼蒙胧中，我又看到了我的银生哥，在我们家的地头，双臂向前，弯腰挥镰，而那长长的汗水流过了他黑红的脸颊，滴进了他脚下的麦茬。

（4）她们

其实我最不能忘掉的是她们——我们家的姑姑、姐姐们，当然也包括我妈。

我爷九个儿女，五男四女。二伯在家务农，三伯当兵落户新疆，四伯从小送与亲戚，我爸老五。大伯在我一两岁时进山伐木为家里盖房子不幸失踪，大妈也因伤心过度，不久就随他而去。尽管姑姑无数次地对我说过，那时候最爱我的是大伯，每次干活儿，总把我放在他的独轮推土车上，而且每次都不嫌弃连我妈都不吃的我的剩饭，但由于我当时年龄太小，真的对这些毫无记忆。但是，大伯，我总想还原你的形象，那个贫穷的家庭，没有为你留下一张照片，我想在脑海中拥有你的形象，也只好借用姑姑们对你的描述：很像四伯。不，应该是四伯像你，但你远没有他洋气，留着小小的三七分，因为他在亲戚家是被当作宝贝送去饱读诗书的，而你就是一个普普通通的农民，普通到我从来都没有留意过你有多高，有的只是四伯的模样，换成短短的头发，而脖子上永远挂着一条白羊肚手巾。我的大伯，原谅我不能用笔来写出更多的属于你的文字。

大伯两口子走了，留下了两个女儿，我的大姐和二姐就一直和我们一起生活。我妈进这个家门时，家里还有两个未出嫁的姑姑。不久我奶也过世了，想想爷爷那时不待见女子，也就情有可原了。不过对于我来说，可是像到了天堂一样，尽管父母无暇管我，但毫不影响我的成长，原因就是即使二姐念书，小姑、大姐却是我的专职保姆，如何疼我爱我，当然我是记不得的，但我妈说的两件事却让我深深感念。

我妈给别人传经送宝时总会说，要娃长大头发好，趁着小就给他多剃光头。因为我现在满头秀发，浓浓密密，我妈认为就是我小时候她给我剃了光头的功劳。据我妈说，她当年看到我满头细弱的黄毛后，下了狠手给我刮了个光头，我当然没说什么，一岁半的我哪有什么审美，只能任人宰割。但我的姑姑、大姐可不干了，估计她们看不下去我的难看样子，结果都哭了，然后守着我的头，看着那稀黄的头发再次慢慢长出，不让我妈再去动手。最后我的头发终于有两寸长了，她们赶紧拿扎辫子的红头绳给我扎了一个硬撅撅的冲天辫。据说这根辫子在我断奶后，我被爸爸带到单位过了一个星期后回家时，仍在头顶竖立着。

三岁之前的我体弱多病，我妈说我肚子就没好过一天，估计当时我妈都受不了了。后来她跟我说，你得好好感谢邻村那个老婆婆，如果不是她给你看好了病，你早都被我们扔了。按我妈那脾气，我确信是这样的，我姑当时为了不让我妈扔了那个整天拉肚子的我，该为我操了多少心啊！所以有一年冬天，我妈我爸走亲戚从我舅家回来，自行车上少了一个我，我姑就问我的父母咋不见我了，我妈开玩笑说："路上太冷，冻死给扔啦。"结果我姑一屁股坐在地上嚎啕大哭。就冲这一点，至今我小姑都是我最感激的人。其实那天爸妈在路上碰到了村里的一个婆婆坐大马车回家，人家心疼我那么小，怕冻着，就让爸妈骑车先回家，我则是被抱着，坐在大马车上回来的。

就是在我记事后，我也不能准确地说出姑姑、大姐或二姐如何地疼爱我，我们之间没有发生过惊天动地的事情，但就是那么一天天的厮磨，磨到大姐出嫁、姑姑出嫁后，我居然整天在梦中梦见她们。去姑姑家走亲戚，就霸气地认为这是我姑家，院子中的那棵枣树除了我们家的哥哥弟弟，是谁也动不了的，包括姑父的外甥，为此我还和那个叫大宝的男孩子打了一架，现在想来，真是可笑。后来姑姑有了孩子，名字不是孩子的爷爷奶奶取的，是姑姑回我们家时，我跟弟弟抢着说小弟弟的名字必须要和我们俩名字连在一起，结果我妈就选取我俩名字各一字连在一起，为小弟弟取名"嘉军"。

人说三个女人一台戏，我想那时的我们家，天天唱的恐怕都是大戏，而且这戏更多的是唱在了吃吃喝喝上。听我妈说那时我们家缺少男劳力，都是一群女子，二伯家还有一群没长大的娃娃，拿的都是折半的工分，即使我爸我妈能挣那么一点钱，也远远不够一家人的花销，年年队里分的粮食都不够吃。但这些艰难的日子丝毫没有影响我们这个贫弱家庭中各个成员的关系，大家都在尽力让这个家的日子能过得更好一些，这是我们从祖辈那里继承下来的淳朴厚道与良善仁爱，我想这些也将伴随我们的后辈，成为我们的家风而传承下去。

时至今日，我最爱去的依然是我的两个姑姑家，我喜欢她们把我还像一个孩子那样去看待；喜欢听姑父说："你没回来，你姑给你留的拐枣都放坏了"；喜欢走的时候看着她们给我装一大堆青菜萝卜、红薯大豆，我知道，这就是爱，尽管她们从未说过这个字，但她们一直在用行动表达着。我当然也喜欢听我姑跟我炫耀："你上次和你妈从我这儿一走，满街道的人都说咱家人关系咋处得这么好！"当然好呀，因为我们是至亲至爱的一家人呀！

也正因为这种割不断的亲情和爱，让我变得勇敢和无畏。记得那年二姐打工失事，不幸早走，是我和二伯家的姐与妹，三人帮她梳理好头发，整理好衣服。那时，我们没有丝毫的惧怕，因为，这就是和我们曾在一个炕头睡过的姐呀！我们为她的早逝难过，我们愿在她入殓的前一刻陪她，让她知道亲人们对她的不舍。

与她们的故事，总有说不尽的话啊……

所有走过的和未走过的岁月，我都会感激，因为你送给了我最挚爱的人——她们——我的亲人！

（八）河

水是眼波横，山是眉峰聚。山环水绕恐怕是人们对村落最美的赞誉了，可惜我们村在关中平原之上，尽管南依秦岭，北临渭水，但这小小的村庄实在距二者有点儿遥远。不过山无水不秀，村无河不灵。为了让我们村更灵秀些，我还是要写一写关于河的往事。

（1）八字渠

我们村南，有点儿远，沿着108国道，有条河叫白马河，是周户的分界河，据说很有名气：唐僧取经时，他老人家的坐骑——白马，曾经在这儿撒了一泡酣畅淋漓的尿，所以就有了这千年未断的河。听说当年李先念曾领兵在这里打过敌人，当时战斗激烈，许多人家的门板都被卸掉抬伤员去了。但中华人民共和国成立后，因修108国道让它变成了路边的一条退水渠，不死不活，慢慢地流着，以至于大家最后都叫不上来这条河的名字了。

在我儿时的记忆中，村北有个潭，却名曰"建河"，是"见"还是"建"，已无从考证，因为我有一个堂哥叫"建"，打小我也就觉着它应该叫建河。但在我的印象中，它的确就是一个池塘，时间一长，居然就在那块地方形成了一片水域。从小就听大人们叮嘱，不可去那里，水深爱出事，苇密有狼行，所以那里是不常去的。但让人纳闷的是，这潭何时干涸，沧海居然变良田，我是一丝印象也没有。如此说来，这村子真的是无河缺水，不过，在少年的记忆中，还是挖掘出了一条属于我们的河。

这河，打我家院墙外流过，南起108国道旁的白马河，向北穿过苹果园就到了河滩地界。河滩指的应该就是渭河滩，但这里距渭河还真的很远，不过这里却有一条渭河的小支流——田峪河，由西向东，常年不竭，四季潺潺。比起这条常年不断流动的河流，我家屋旁的那条可就真的是要羞涩做人了，因为只有在夏秋两季，雨水过量时，南面白马河溢出来的水才会沿它向北而下。所以它真称不上河，哪怕是小河，只能叫作渠，且是一条退水渠。可能是因其下窄上宽，呈倒八字形状，因此村人都叫它八字渠。

说过八字渠是条退水渠，所以这是一条人工修成的小河道，沿路而成，笔直顺溜，自然没有山水眉眼盈盈的美好，而且也只有过水季节，才能水波粼粼，潺潺流淌，而在其余的日子，则是杂草丛生，无多趣味。我要写它的主要原因是，它让我第一次近距离地感受到了死亡的惊骇。

河水流过我家向北，不远处有一座小桥。就在小桥的南面，不知是当时村人有意识地挖深了此处，还是因为其他原因，总之，在这里形成了一个小水坑。雨过天晴，甚至已经断流的情况下，这里还是一汪碧水，清清莹莹，于是这儿便成为我们的天堂。男孩儿、女孩儿都喜欢在这里玩耍，或是拔草归来，或是为了打发炎热的午后时光，挽起裤腿在河里找条小鱼儿，挖个田螺，甚至打打水仗。水又不深，自然没人去考虑安危。

有一次大约是午后吧，知了在大路旁边的白杨树上歇斯底里地叫着，岸边的棉花田里，硕大的棉花叶和薄薄的像蝴蝶一样的浅白色花朵，都耷拉了脑袋。周围是大片大片的玉米地，有一人高的玉米秆像一个个将士，冷眼看着我们这群精力旺盛的少年。大概是偷吃完棉桃，闲着无聊，几个男生就在岸上，无所事事地往水坑里跳着玩，溅起高高的水花确实刺激。不知谁多嘴，说女生不敢往下跳，于是我大脑一热，就勇敢地去应战。担心水浅把腿给磕了，所以我就采用了一个新的方式去跳水，屁股朝后，往后一跃，岸高水浅，其实水好像也不浅，应该齐胸吧，总之，我的嘴巴进水了，我的眼睛看不见东西了。沉、沉、沉，时间仿佛静止了，河底太遥远了，我的第一反应就是：淹死了怎么办？不过还是很佩服当时自己的镇定，立马闭嘴、闭眼。咚！屁股终于坐在了那软软的沙子上，可能是弹力作用，身体居然往上浮动，我立马拧身，站了起来，世界天旋地转，从头发上滴落下来的浑水，流进了眼睛，刺痛了神经。至于我最后怎样悲惨地爬上岸，周围人又如何，谁知道呢？只记得当时心中匆匆闪过的是一遍又一遍的：死了怎么办？千万不要死！这悲惨的遭遇，我们家人到现在谁也不知道，那些和我当时玩水的人，恐怕也早都忘了当时的情形了。我记着这件事，当然还有一个原因，那就是狼狈地回家之后，还害了一场红眼病，不过几天后病好，我突然多出了一对双眼皮！塞翁失马，安知非福！可惜，没从娘胎带来双眼皮，直到现在，两只眼皮一窄一宽，直接影响了我的美貌。

当然，河边也有好多有趣的回忆，比如羡慕人家在河里洗衣服，捣捶漂洗，姿态曼妙如舞蹈，因此我让我爸把从奶奶坟头扛回来的一段歪脖柳树横架渠中，然后端个盆子想去过过江南水乡女子的日子，结果还未站稳，就被一条从上游迅速滑来的水蛇吓得大叫而逃，至于盆是否端回来，再也记不清了，只记着后来我谷生哥说，柳木案板好，于是那根木头就被他做成案板，流落谁家也不知道了。从那时开始，我可是再也没奢想过在河中洗衣浣纱这类美事了。

还有一次，我弟和他的小伙伴们在河里抓泥鳅，因为我家在路边，所以他们便常常在我们家偷油偷盐，顺便在河边架起小铁锅炒着吃。那天刚好被我抓住了，为了不让我泄密，他们主动请我品尝。折两段树枝当筷子，我毫不客气，那半锅被剁成小块的肉里有黑有白，像我这样高雅的女生，当然只吃白颜色的了，高高兴兴地打完牙祭，赞了一句："不错！"就听我弟说："姐，那个白颜色的肉是蛇肉。"顿时，肚子里翻江倒海，不过我确信，当时我尽管难受，但却没有吐出，于是至今为止，我人生的唯一一次吃蛇肉的经历就在那时完成了。

八字渠也算给我童年带来不少的快乐。直到今天，它依然存在，只是偶尔再回去，它已变成了一条破沟。村南一个连围墙都没有的破烂加工厂在生产后留下的难闻的垃圾和刺鼻的臭水，常常充溢着它，让这个曾经在我心中最美好的村落，变得颓败而破旧。

我想念那时的宋村。

（2） 渭河

渭河离我家有点远，十几里路对于一个小孩子来说，靠步行到达实在是有点难了，但渭河的确也是去玩的地方，尤其是河滩，留下过我们的足迹，撒下过我们的欢乐。

印象最深的一次是捡地软。穿过村北的果园，沿着那条小河向东走，有一个林场，长满大大小小小槐树的林场究竟有多大，到现在我也不知道，只知道高高低低的河滩全是密密麻麻的树林，林子间长满青青的野草，雨过天晴的日子，林间就会氤氲起乳白色的薄雾。赶在太阳还没直射林间草地，勤快的人就能在林中捡到一种像小小的黑木耳一样的菌类，叫地软。地软被太阳一晒，就会迅速缩小，躲回草根，让人再也找不到了。用地软包包子，好吃得不得了！现在在西安的街道上，也还有地软包子，每每碰到我都要买几个过过嘴瘾，但捡地软是属于勤快人干的事儿，不是所有人都会有这口福的。

有一年，我跟堂姐一大早拎着篮子去槐树林捡地软，至于那天起得有多早、路上如何踩着泥泞、如何辛苦地走了十几里路早都忘了，只记得到了那地方，满眼都是绿色，从地上到天空，我们被一片绿包围了，只有中间横斜着一些褐色的树干，才让我们觉得是在人间，这种景色，后来我也只是在油画中看到过。哪里有什么地软呢？没捡过地软的我根本找不到，最后是在堂姐的指导下，在草丛边、草根下、树根旁，我才看到了指甲盖大小的、一片一片的黑色小木耳，这就是地软了。不知道捡了多长时间，太阳的光芒渐渐强烈，但是我的小篮子的底部还是没有被盖严实，我有点泄气了，姐姐也嘲笑我，捡的还炒不了一盘菜。至于饥肠辘辘地回家时篮子里有多少地软，家人是否也包过一顿香香的包子，这些都已随风走远，唯有那渭河岸边嫩绿的世界，却永远留在了我的心中，时时翻起美丽的浪花。

再到渭河已经是外出读书的时候了，有一次同学到我家来，实在没地方玩，我俩便商议到渭河北边的兴平去。那时还没有兴户大桥，要到兴平得骑自行车到渭河边的渡口，然后坐船过河。一路的新鲜自不必说，我们见到了成片成片的花生地；见到了移民过来的人们所盖的令人新奇的连排平房；当然在渭河上坐了从来没有坐过的大木船，尤其是到了兴平，好像刚好逢集，人山人海甚是热闹，吃了几样小吃，也算逛得高兴。可打道回府的路就不安逸了。到了下午，仿佛变天了，应该是下午五六点吧，夏天的五六点还算早，但在我的印象中天好像已是灰蒙蒙的了，黄黄的渭河水裹着泥沙、打着漩涡儿、翻滚着朝东涌动。由于河流太宽，所以渡口选在一处河道中间有沙洲的地方，由南北两条船各自负责接送。说是河中的沙洲，其实也挺大的，大概也有半里路（大约250米）的样子。那天，我们在北岸坐上船顺顺利利来到了河中央，沿着两边一人高的夹杂着野草的小路，跟几个同船的人，到了南岸渡船接人的地方。或许是我们没有赶上时间；或许是船家看天气变了回家去了，总之，河南岸没有一个人，也看不见一条船，其他人应该是见过这种情形，于是纷纷脱下鞋子扛起自行车就下水了。

我俩傻眼了，这么宽的河，我们可从来没有蹚过呀，看着人们都相继下河走了，甚至已有人都到了河中央了。回头，北岸的船已经回去了，难道晚上要待在渭河中央的沙洲上吗？不行，我俩一咬牙，挽起裤腿、光着脚丫子也下了河，浑浊的河水打着漩儿急速向前流去，让人一阵又一阵的眩晕，还好水并不太深，只是淹没了大腿根。是否紧张和恐慌，在河中我们都没有说，这恐怕就是将要踩入青年大门的人对世界与伙伴的倔强吧！总之，摇摇晃晃中，我们回到了河的南岸，找了一个清水池塘撩起水来，洗掉裤子上的泥浆，没有多说什么，就赶紧回家了。其实直到现在，我们俩都没有过关于那次行走在渭河中的对话，但说真的，直到今天，我都心有余悸。关中有句俗话：熟处的鬼，生处的水。如果发生什么事，尽管它是我们的母亲河，可在那么浑浊的水中，我可不甘心啊！

如今，渭河旅游公路开通了，我也常常从它上面走过，只是那捡地软的槐树林，真的找不到了，取代它的，是一片片的经济果林。而那个曾经让人后怕的渡口，以及在河中搀扶而走的人，也早已物是人非了。

（九）成长

坐在桌前，忆及往昔，不禁哑然失笑，因为我从来就不是一个热爱学习的孩子。用我妈的话来说："能考上学，都是瞎雀碰上了那个好谷穗。"但不管怎么样，校园的生活时光，依然是我生命中不可或缺的重要部分。

（1）那些人

我的启蒙老师张老师，一个高高大大、白白胖胖的女人，尤其是那双有着深深双眼皮的大眼睛，温温柔柔地盯着你看时，总有种妈妈的感觉。而且她还总是在讲课时，喜欢将手放在我们的脑袋上轻轻地抚摸，让人倍感温暖。不知道那时的"a、o、e"和"1+1"老师是怎么教的，总之，她的一腔河南音的陕西话让我难忘，但她在三年级后就不再教我们了，这着实还让我难过了一段时间，毕竟那时的我还算是乖乖女一枚，对于学习还算上心。

马老师是三年级时给我们代课的老师，矮矮的身材，一头自来卷的短发下是一张不苟言笑的脸。大家都有些怕她，怕她倒不是因为她不爱说话，而是大家都说她是我们小学唯一一个正儿八经的从师范出来的正规老师。所以我想那时的怕，恐怕更多的是一种敬畏与敬重了。在这种很正规的老师的教导下，我的成长应当更为规范才是，但反倒是在她的手中，我却做过一件对我来说斗胆包天的大事。

三年级的暑假结束了，我们又拎着板凳儿上学了。远远地就看到一个和我小时候一起长大的妹妹，她叫赛利，拿着凳子在教室外的拐角处转来转去。一问原来和我一样，张狂了一个假期，没有完成作业。因为老师放假前说过一句话:"假期作业写不完,就拿着凳子去继续坐在三年级。"所以她正犹豫怎么办呢。我怂恿她说:"老师说不定不查作业,走,悄悄进去坐下。"结果她还是吭哧吭哧地不敢进去,我害怕因为迟到再遭老师一顿批评,搞不好真的要留级,于是拎着凳子从后门悄悄进了教室。从此我妹跟我在学习的路上分道扬镳了,我的胆大冒险成功了,她从此就比我低了一级。

五年级时,我们的老师变成了两位,语数分开,毕竟高小要毕业了。数学老师是本村一个刚从高中毕业的大男生。大家都是一个姓,尽管不是近亲,但多多少少也是乡亲,又是个男老师,所以我们一开始还算高兴。不过这个小小的个子、小小的白脸、小小的眼睛的建会老师,最后还是引起了大家的些许反感。我也不知道怎么回事。我爸我妈当年给我取名,是将我爸曾经工作的两个地方,嘉峪关和惠安,各取一个字"嘉"与"惠",然后合二为一,这也算是我爸的得意之作。曾经有一段时间,同学们嫌自己父母给自己取的名不好听、不洋气,纷纷给自己改名,我也蠢蠢欲动,想要改掉我特别难写的名字,因为笔画太多了,考试时人家都答两道题了,我的名字还没写完。不知道我爸怎么看出了我的心思,直接跟我说:"你这名字多好,能叫一辈子的!"好吧,像我这种乖乖女,没办法改名,那就改字吧。刚好学到了新课文,写道:"大兴安岭佳木葱茏。"于是我就改"嘉"为"佳",多美的字!我看着都心生欢喜。

可就在几天后的一次分发试卷中,我可爱的数学老师读考分时,分明故意念的"住会",幸亏当时我还没学会"睥睨"一词,否则我一定会写出来他眼神中的这种光芒。当然,估计当时我的数学考分也是很丢人的,所以老师才变相嘲讽一下,但这让我小小的脸皮无处安放了。我们女孩子跟老师记仇的办法就是,本来就不爱学数学,结果就更不学了。所以每次他让我们下课在教室补习数学时,我们总会偷偷跑出教室,跨过教室和老师宿舍之间的一小片麦田,找那个胖胖的、性格和蔼的老头——我们的语文老师阎老师去玩儿，顺便摘一点儿麦穗，到语文老师夏天都烧着的炕洞里烤麦穗吃。

数学老师后来改教了政治，我们大家都还有点儿心虚，总认为是当时我们没好好学习数学，而导致他最后无法再去教数学。不过到现在，我买菜都不会算账也算是老天帮老师给我的一个惩戒吧！现在想起来，我们的建会老师其实也挺可爱的，尤其是他每到冬天都在制服领子外带着一个毛线编织的毛毛的薄围圈儿，这确实曾引起我们女生不少的遐想，并由此引发了丰富的话题。而我亲爱的老师，如果你今天能够想起这群你教学路上的第一批顽劣学生，留在心中的恐怕更多的是美好吧，尽管我们曾经那样在你跟前捣蛋。

时光真的能冲淡一切，美好的日子渐渐模糊，我们都在向前走，没有时间去欣赏身后的风景，于是，那些人，渐行渐远。

（2）那些快乐

我们的初中生活是快乐的！

首先是遇到了形形色色、难以忘怀的老师。我们的语文老师杨老师，常年穿一双黑绒布鞋，迈着优雅的八字步轻踱校园，也是常年戴着一顶老式黄军帽样子的帽子，但颜色却是深蓝色的，和他深蓝的中山服相呼应，倒也显得自然儒雅。偶然间摘下帽子来，却是一头乌黑油亮的偏分头发，其光亮程度常让我想起他在教《藤野先生》一文时，说到清国留学生"头发光得跌倒蝇子滑倒虱子"时就是在说他自己。但有一点不同，杨老师的头发还带着波浪，所以我们大家有时也怀疑那头发怎么能长在那样一张苍白脸色的人的头上？也不知道他的眼睛近视多少度，总之，那圆圆的眼睛上面的眼镜片看上去就像酒瓶的底部一样厚实。

有人笑着说，他曾将墙上的一只苍蝇当成挂衣服的钉子，结果可想而知，衣服当然是掉在了地上。也有人在这件事后还补了一段，说第二次墙上真的有个钉子，他可记恨上次事件中的苍蝇，走过去一巴掌拍下去，还恨恨地说："让你上次骗我！"老师又把钉子当成苍蝇了，据说当时手都被钉子刮烂了。当然，是否真有其事还有待考究，但当个玩笑说说也无伤大雅。

能记着杨老师，还因为他有一副尖尖的嗓音，每次讲课高八度的嗓音总是让我等不好好学习、想打瞌睡的人，必须跟着他的嗓音行走在语文世界中。而且他那特殊的说话方式，也让我们常常忍俊不禁。平时和人说话，他总是轻言细语的，就算面对的是我们这一帮什么也不懂的笨孩子，他也总会将脸扭到一边，仿佛害羞的样子，其实他家娃好像也比我们小不了几岁。可是一旦走上讲台，他的每一句话的第一个字，必是高调儿而出，拖长音节。比如，藤——野先生，是——鲁迅在日本的老师。这样的课堂是快乐而不枯燥的，时间仿佛也变短了。当然，能带那么厚眼镜片的老师，他的学识肯定也是了得的！后来，不知什么时候他被借调到县政府编写县志去了，惹得我们大家因为他的离开，心情还久久难以平静。

物理老师刘老师，典型的关中男人。平头，一双眯眯小眼，挺直的鼻梁，一脸厚道，身材结实，有时到学校来还挽着裤腿，一看就是刚从地里出来的。偶尔也见他在房门口使劲地为他的三节头皮鞋打油，一下一下直到油光锃亮，但脑海中没有见过他穿皮鞋的样子，更多的时候，他好像穿的都是一双蓝色的回力球鞋，是个很爱运动、爱打篮球的老师。他的语言和他的形象一样实在，永远一口老陕腔："啥叫折射？你看光束斜照向水面，没有直接伸向底部，来——来——来，从这块儿看，是不是慢茬子。"想想，这是多么生动有趣的语言呀！快乐的课堂，没有繁重的作业，在此起彼伏的欢乐中，这概念却让我们记住了一辈子。

当然还有那个号称"十三能"的政治老师付老师。关中人把有本事的人叫作"十二能"，他比十二能还要多个"能"。他确实很有本事，我就发现他经常给老师们补自行车带、补雨鞋、修皮鞋，甚至还见过他在学校里拉锯子、推着刨子、做木工活。所以我们最后都不说他的大名"付都会"，而在背后叫他"啥都会"！

快乐的初中生活怎么能离得开朝夕相伴的同学呢？在那里，我建立起了一份迄今为止都还牢不可破的友谊，当然，主人公都是女生。也是在那里，我遇到了我的同桌，一个长相还不错、学习也说得过去、整天爱吹笛子的男生，恐怕是受风靡当时的电视剧《射雕英雄传》中的东邪西毒的影响，但有一点我始终不明白，为什么他吹笛子时总要带上一双白棉布手套，当然，那时的我再顽皮，也没开放到去公然质疑他，因为那时候的男生女生不经常交流，甚至有人还在桌子上画一道"三八"线。那晚上隔窗塞到女生宿舍某女生床上的甘蔗；那不幸落入我们手上被我们偷看了的情书；在三月文明礼貌月给学校拉沙子的路上，那偷偷帮某女生拉架子车的身影，如今想来都是一种美好了。那种懵懂、那种清纯的情感，说不定真的滋养了好多人后来枯燥的人生。当然，我那放在文具盒里，被偷走的单人毕业照片不知现在是否还留存于世？而那张让我羞涩暴怒以至于被我烧掉成灰的照片，也肯定是伤害了那个男生的心！对不起，原谅我当时的年少无知吧，也感谢在那样的日子中，曾经有个你，欣赏过我这样一个一无是处的女孩儿。

那些快乐，犹在眼前；那些日子，已随风而去。

（3）那些感动

一路前行，当我们懂得收藏感动时，我确信我们已经长大了。

在我的求学生活中，那些让我感念的人很多，是他们用不同的方式方法扶持着我的成长，或严格、或宽厚，或温暖、或真诚，这些必将成为我一生的精神财富！

彼时，我碰到了此生最佩服的数学老师王老师，他有着高大的身材，英俊的模样，小麦色的皮肤，其实最让人佩服的不是他长得如何，而是他讲课时的干脆利落，他一手拿着三角板或尺规，一手捏根粉笔，理起思路巧拨千斤，写起板书行云流水。多难的题，在他那里全部解决。如果我的学生时代还有一段时间，数学还看得过眼，那就是他教我们的那段时间了。那年学校派他领我和另一位同学去县城考试，第一天考完后，我累得睁不开眼睛，本想借机好好睡上一觉，结果吃完晚饭，他毫不客气地拎着我起来坐在桌前，他也不去逛逛县城的夜景，端坐在跟前督促我俩复习。用他的话说："数学复习到位，直接决定命运。"第二天试卷上的一道大题，分明就是我昨天晚上复习过的习题，连数字都没有任何改变。

也碰到了最年轻帅气的冯老师，圆圆的脸盘、圆圆的眼睛，唯独身材像棵白杨笔直挺拔，常常穿着一件套头蓝色运动衣，据说他在篮球场上跑动起来，能迷倒一大片人。可惜我对运动不太感兴趣，所以在此无法进行详细的描述。我所见到的他，更多的时候是坐在办公桌前刻蜡版，那时候给学生印题，还用那种滚轴油墨的手工印刷工具，这就需要老师先刻好蜡版，然后坐在那里，辛苦的右手一滚子一滚子推墨滚，左手一页一页翻动印好的试题，这是一件极费体力的事，但冯老师在这方面是最出活的。毕业时，我整理出来的化学印刷试卷就有一大本书竖起来那样高，而且他还有一句口头禅："你这会儿在我这儿考三四十分，将来上考场就是一百分。"对于在理科上总是屡受打击的我来说，那年中考完，老师从县城阅卷回来对我说："你化学考了98分。"这句话真的就是我整个假期的福音啊！

当然，我的初三班主任的身材长相绝不亚于前面两位，课堂上我管他叫老师，课堂以外我管他叫哥，所以尽管他的面部表情总是高冷的，但却在我心中对他少了一些敬畏。不过曾经却有两件事让我对他颇有微词，直到中考成绩发布，看到政治一栏后出现大大的97分，我才放下了所有的小心思，看来真是严师才有好成绩啊！我们上节课学习的知识点下节课是要上黑板默写的，如果默写不下来，文具盒拿来往手上狠狠抽两下，那时我们拿的是那种宽宽的铁质文具盒。我总是心存侥幸，那么多人，不会叫到我的。结果那天，他走到我身边，面无表情，手指轻点了一下桌子说："去，默写什么叫宪法。"我的脑袋瞬间胀大，早读就没有好好背记，怎么能写出来？于是磨磨叽叽走到黑板前，一翻丢人现眼之后，奉上了自己的文具盒，被他狠狠地在手掌上抽了几下，好像文具盒都有点儿变形了，不过再也不敢不背记了。时隔不久，我可爱的《法律常识》书，不知被谁窃走了，借着这件事，我又想撒个懒，没想到下课后，我敬爱的老师直接撇给了我一个薄薄的软皮本，瞪着眼睛就一个字："抄！"然后绝尘而去。于是，接下来的日子，我过起了如宋濂般的日子，好在《法律常识》不厚，抄抄写写还能练字。于是，那一年，我就是靠着这本手抄书走完了我的初中生活，当然今天能拥有一笔还算漂亮的钢笔字，估计也离不开那些抄书的日子。

其实，那些感动中更有同学的友情。我的第一双护袖是在我毫不知情的情况下，你们送给我的，三双一模一样，白底红道，清爽漂亮。我想我们今生恐怕就是被那几块布头拴在了一起，否则，起起伏伏，跌跌撞撞，为何今天我们还能相聚一起？那年与我骑车南行的人，我们沿着黑河，转了仙游寺，羡慕了杨玉环，还在楼观台里抽了算命的神签，那签中的秘密是否启示了我们的人生？还有那个可爱的你，考完试后，被我们扔进甘河，当时还算汹涌翻滚的水中的书早已没了踪影，可我们的人生却并没有因为那次自认为不好的考试而失去了光彩。

那里，留下了我们人生最美好的时光；那里，留下了太多太多让我们感动的故事。原谅我的拙笔，不能将这些一一记录，但那里的一切，必将成为我今生今世的财富。

生命不止，感动常在；灵魂不息，感念永存。

（4）那些关于青春的记忆

无青春，不飞扬！

我该怎样去说说我的青春时光呢？人生最大的缺憾，应该就是没有上过高中、没有走进大学的大门。但人生最大的幸运，可能就是青春的你提前拐了个弯儿，走上了另外一条路，遇见了一群人生恩师，并迎来了另外一群同龄的伙伴，和他们一起走过了另外一段人生的征程。

对，我就是那个提前拐弯的孩子。不管是心甘情愿还是迫不得已，我妈反正是满心喜悦地给我买了一个颜色鲜艳的大红皮箱，把我送到了一个我需要生活三年的地方——少陵原畔的一所中等师范学校。

班主任顾崇鹏老师是和我们一起走进这所学校的，当时的他已是两个孩子的父亲，据说是从河南一所有名的高中转过来的，所以相对于其他老师，他对于我们的学习看得更重，也常常是拿学习来衡量我们的优劣。直到今天我都认为，我们班的孩子是在那三年里成长得最规矩的，而一直以来我思想上的健康成长除了我妈，很大程度上归功于我们顾老师，他一丝不苟的人生态度与端正的三观一直影响我至今。老师教的是物理，但那时对于从没有理科概念的我来说，每一次看到他英俊而又严肃的面孔，以及那能看穿你灵魂的眼神时，我都会禁不住地心里暗暗打颤。还好在新环境中的我学会了一项技能，那就是无限制地缩小自我的存在感。我不知道为什么那些年或者说直到现在，我都活得比较卑微，是不是跟我对数理化的畏惧、不自信有关，但那时，我上课是绝不去主动接应老师的话题的，作业也是胡乱涂抹。我到现在都很感谢我们的郑秉志校长和胡文华校长的英明政策，那就是晚上大家上自习时必须留俩人看宿舍。因为是集体大宿舍，我不知道是出于财务安全还是学生人身安全，总之那三年的看宿舍，我们班的几乎都被我承包了。当然我也感谢我在对待自习上的懒惰，因为躲在被窝中，我除了吃零食还读了好多的书籍，当然偷偷跑出去看电影的事也时有发生，一两毛钱的电影票也买过不少，所以，现在站在讲台上，我是不怕被我的学生问问题的，当然在那时，直接带来的就是我的文选老师对我的肯定。

文选老师魏老师是个年轻的小伙子，刚刚结婚，但他的身上却永远有着一种沉稳敦厚的气质，他对我文笔的夸赞让我对他心生敬爱。第一次在他面前写作文是学了郭沫若的《石榴》一文之后，我们学写的一篇状物类文章，在郭老先生的"红玛瑙的花瓶儿由希腊式的安普剌变为中国式的金罍"的刺激下，我写了一篇《无花果》。我家的后院的确有一棵无花果树，硕大的枝叶间缀满了婴儿拳头般大小的果实。大概是大家几乎没见过也没有吃过，总之我觉得文章里面有好多，说得好听点就是浮想联翩，说得难听点就是信口胡诌来的，但可能是无花果不开花只结果的奉献精神打动了老师，结果就是该文被老师当成范文在教室里朗读。从此作文的高分就与我如影随形了，自卑少女的心中也有了一缕阳光的照入。可惜老师教了我们两年后调走了，于是乎，我又深深地湮没在一群优秀的人群中了。

在一群老师中，还有一个让我深为惧惮的老师，那就是教语基的陈浩谦老师。刚入学时的座位是自己选的，估计那时我还是想当一个爱学习的好孩子的，于是就坐在了第二排的中间，从此也就拥有了一个陪伴我三年的编号870715，87级7班15号。我的陈老师对15号真的是情有独钟，每节课前提问都会叫道15号，真的是雷打不动，始终如一。当那个圆圆胖胖的女孩满脸惊恐地站起来，小心翼翼地回答或抿紧嘴巴不会回答时，我都在暗暗思忖，是不是我长得太过中性，事实也是，那三年我一如既往地钟情于我妈一直美誉的运动头，以至于老师都不会有哪怕那么一次的怜香惜玉。于是我也幻想着我能留一头飘逸的长发，也能像班里的那些美女们一样，站在那里腰细如柳、面若桃花，让老师不舍得用知识的利剑去尽情摧残。我的陈老师，你用15给我留下了至今挥之不去的阴影，当然也给男同学留下了"这娃，瓜瓜儿的"印象了。

这得从不知哪个男生或者一群男生读了《红楼梦》说起。或许少年们都喜欢评论自己班上的女生，于是金陵十二钗就落户于八七七班了，也许是小儿女的矫情吧，当时的我始终弄不明白并纠结的是，他们为何冠以史湘云予我？名字美，与我不相干；人美，与我也不相干；那就剩下了一个大大咧咧、不斤斤计较的个性了，对于老师的提问，不会回答时也不在意，厚着脸皮站在那里，没心没肺，"这娃不瓜（傻）谁瓜？"当然，我可不想过湘云那孤苦无依、寄人篱下的生活，尽管学习上状况百出令人汗颜，但哪个小女孩没有自己的小心思？更何况体胖如我，卑微如我，我才不想当史湘云呢，我羡慕霸气聪慧的探春、人见人爱的宝钗。但当这么多年过去，我还是十分佩服那群少年，他们锐利的眼睛早就看到了我的于事淡然，不为功利所困；心意明媚，潇洒于生活之间。回头去想，当然也很庆幸，亏得没有把刘姥姥的美名强赐予我，那么，这辈子，叫我如何开心颜？

我是一个只有拿起笔才能滔滔不绝的人。在我妈很正统的教育下，和男生还是不太愿意多交往的，尽管有时也很羡慕班里那些能够打成一片的男女生们，我也想和大家一起说说话，但内心拘谨的我交往更多的却是女生。"嗨，你姓燕，我叫小燕。"这恐怕就是缘分吧；"是这个婵不是那个蝉，你咋老写错？"这也是缘分吧。我们在教室的座位没有在一起，床铺可以在一起，有时开学我去得晚了，她俩也会帮我铺好床铺；吃饭也可以在一起，从小就懒于算账，于是我的饭菜票就由她俩管了，虽然想不起来，她俩究竟是谁管着我们的饭票，但每天我只负责敲着碗筷跟在她俩的身后去餐厅吃饭，就是一件极为快乐的事情了。不过时至今日，去市场买把韭菜我都不会算账，恐怕也有她俩的一份功劳吧！当然，由于她俩的精打细算，我们还经常可以有余钱，在晚自习后去校门口买上一毛钱一碗的馄饨，白水煮的，撒几粒虾皮，不知有无香油，但滋味至今难以忘怀。不过关于吃，最令人难忘的是有一次，正吃饭下了大暴雨，没办法离开餐厅，我们仨就在餐厅门外屋檐下，一人吃了三个馒头，雨变小点儿后才离开，我不知道如果雨继续下，我们会不会吃到第四个馒头？

说到馒头，学校里有一种馒头最好吃——油炸馒头，"哗，哗"两下，在馒头上拉两道口子，扔油锅爆火去炸，颜色金黄，外脆内软，嚼起来满嘴生香，如果配上那个红皮的豆腐乳，更是齿颊留香，余味无穷。离开学校后我再也没有吃过那样的油炸馒头了，但现在吃早餐时对油饼的一腔热爱，我想应该就是从那个时候开始的吧。

校园依原而建，原叫少陵原，就是杜少陵当年游荡的地方。操场上面原本有一座寺院，我们读书的时候，那寺院早已不见了踪迹，只留下了破破烂烂的两座塔。如今寺院早已经重建，我才知道，它居然还是一座很有名的寺院——华严寺，据说是樊川八大寺之一。那时，我们会在秋天的午后上原去看人家如何烧制瓦罐，会在春天菜花开放的时候去踏青，走进暖烘烘的菜花地里，与蜜蜂共游，与蝴蝶嬉戏。在天气晴朗的日子，也会站在无边际的麦田中遥望电视塔，用眼睛丈量一下我们到城市的距离。记忆最深的一次是那年夏天，穿过学校对面的小村庄，想到对面的神禾原，看看樊川腹地流过的那条河，以及岸边的稻田。路边高大的白杨树，在晚风中沙沙作响，风吹起了我的百褶太阳裙，印象中黄艳艳的衬衣和黑裙子变成了最刺眼的颜色，尽管在以后的日子里，我曾多次地腹诽自己的审美，但"青春就是美好"一说却能时时原谅我对自己的反思。也亏得我家那台海鸥照相机在那些青葱的岁月中，给我们留下了无数值得珍藏的时光。

当然了，我最喜欢的是生物老师雷文霞老师。不高的个头，说话柔声柔气，就像邻家的妈妈。最快乐的时光是跟她去我们的生物实验田，高大的水塔四周有一片园子，教学楼前的台阶下也有一片生物角。那时，我们经常在那些地方劳作，在老师的指导下，我认识了好多的植物，以至于在以后的日子里，当我能给周围人侃侃而谈诸多的树木花草的名称、习性时，每每骄傲的同时，雷老师那个质朴的短发形象总能一次又一次地出现在我的脑海中。当然，我也更难忘记老师指着校园一角的一棵大树，悠悠地说着："奇哉怪哉——楸树上面结蒜薹。"高大的楸树迎风而立，在高高的、我们无法触及的枝叶间垂下了一把又一把长条形的果实，不过我那时却一直认为楸树上的果实更像是豇豆，而不是蒜薹。

每个人都有自己的过往，不管它是何种颜色、哪种滋味。那个身材奇高的美术老师何知耻老师以及关于他名字的故事，也在那时被我们津津乐道并印在了我的脑海之中，老师受"文化大革命"的冲击，于是在那个时候改名为"知耻"，"但我为何要知耻呢？"于是"长人何知耻"便留在了我们的心中。音乐老师冯孝先老师也是我很崇拜的一位，他英俊儒雅，博学多识，吹拉弹唱无一不能，手风琴弹得非常好。从他那里我知道了手指是可以在键盘上跳舞的，可惜，那时才貌皆无的我没有入得了老师的法眼，未被他选入手风琴队，没有学得用手指跳舞的技能。那时，学校是有许多优秀社团的，我们的校长胡文华老师就创办了一个书法社，成员全是文艺男青年，能与校长学艺，那可是件值得骄傲的事情。胡老师及其书法社成员写字的功夫可是个顶个的好，毛笔字写得那叫一个漂亮！当然，这样的社团更不是如小懒虫一样的我所能企及的，于是，我只好提个小铲子和如老母亲般的雷老师栽花儿种草去了。好在毕业写留言时我亲爱的冯老师对我慷慨地说："要诗要文，你选一样，老师给你写！"这让我感动了很多年。冯老师还有其他绝活儿，纺线织毛衣外带做木工活，每样都不含糊。调皮的男生还发现了他有一个特点，那就是有洁癖，所以他时刻保持干净整齐绝不邋遢。有一年，某人为了让老师给他的弹琴打个高分，专门挑了一个下过雪的日子，还去操场上踩了两脚的泥巴，然后到老师家去考试，我们可爱的老师把他挡在了门外，说了一句："你要多少分，我给多少分。"可惜得知这一高分秘诀时，我们已经快毕业了，琴房都不用去了，也就更无法去验证这件事了。

"她们都老了吧，她们在哪里呀？我们就这样各自奔天涯……"许多年后的某一天，在一个温暖的午后，太阳斜洒在床上，而坐在床边的我正在听朴树的《那些花儿》，霎时，眼泪像断线的珠子，顺着眼角不断地涌出、流下。那群向西迎风骑行的少年们，可否记得卧佛所在的山头？可否记得苹果的香甜以及浐河畔干净的农家小院及小米粥的清香？不思量，亦难忘。我想起了那时我的第一双高跟鞋，不算高，在夜间紧急集合时，情急之下被一脚蹬上，跑在军事演习的路上，最后终于在背上的被子散开时，丢掉了一只，而我也被孤零零地落在了队伍之后，望着远去的队伍，我捂上了嘴巴，不是为我的鞋而痛哭，而是为教官煞有介事地说"敌情就在前方"而大笑不已。当然，如何在漆黑的马路上摸到我的鞋子，如何狼狈不堪地回到学校，实在记不起来了；不过，打靶场上那个趴在我旁边，打完了估计是我们人生唯一的七发子弹之后急着去捡弹壳的少年，不知教官踢在你屁股上的几脚，而今是否还疼在身上？又想起了那年元旦，大家在宿舍里包饺子，那莲菜还是我和同学下午一起去韦曲采购的，大小不一、肥圆干瘪，各式各样的饺子给我们增添了欢乐与笑意。晚上，当大盆的水饺被抬进教室时，那些欢呼声如在眼前。还记得饺子吃得正香却突然停电，但这丝毫也不能打扰我们年轻而又兴奋的心。烛光下的大胖饺子、咯吱咯吱的咀嚼声、喷喷香的味道，恐怕是这一生都难以忘掉的回忆。还有那年的毕业前夕，如水的星子低垂于天际，我们就坐在操场上唱着、说着、笑着，我们约定 10 年后大家一定要见一面，我清楚地记得我说了一句话："十年那得多遥远！"我还记得蜷缩在我蓝色背带裙下的双膝，跪坐在操场硬硬的野草上，而我年轻的心，那时如野草一样不甘于屈服。

岁月流逝，青春不再，在这个浓雾涌起的立冬之日，突然间，你们就那么鲜活地涌进了我的思绪，逼出了我的泪花，让我不禁捉笔而行，不敢懈怠！感谢上苍，让我们提前拐了一个弯，于是，在如花的季节，我们有了长安师范那三年，在那里我们彼此走进了属于自己的专属时代。即使平淡似流水，即使平常如你我，但我终相信：无青春，不飞扬！

荠菜，在家乡的平原上到处都有，即便开花，也毫不起眼，我的成长其实就像这荠菜花一样，普通却旺盛，平凡而泼辣，即使长在最贫瘠的土地上，也要用尽所有的力气，将美妙的铃铛挂满全身。

对于我童年时遇到的少年，对于那时与我朝夕相处的村庄与亲人、老师和伙伴，我无法用华美的语言去赞美歌颂他们，我只能用我灵魂的呓语，喃喃诉说着与他们的交集，并将这份情谊深藏于心，细细咀嚼。我爱这片土地，即使只拥有嘶哑的喉咙，我也愿意做一个虔诚的歌者，倾己所有，为它而歌。

——后记

那些关于鄠邑的故事

（一）鄠邑故事之鄠邑名的前生今世

渭河流域的关中平原，自古就是风水宝地、人间天堂。关中平原指"四关"之内，即东潼关（函谷关）、西大散关（大震关）、南武关（蓝关）、北萧关（金锁关）。举目远眺四关内，一马平川富庶地。渭河堆波，烟波浩渺洒然东流不歇；天府之国，沃野平旷绵延八百里间。这里被人称作秦川，这秦川当然和大秦有关系了。春秋战国时期，秦人先祖嬴非子封邑于秦（今甘肃天水），始建秦国，秦人后东迁关中，陕西成为秦人的主要生活区域。因陕西是秦国治地，故后人将陕西简称"秦"；将横亘陕西中部、甘肃东部的大山脉称作"秦岭"；将渭河冲积平原称"秦川"。秦岭、秦川是物华天宝，人杰地灵；山川秀美，名扬天下。这四句在经史子集、文人墨客的笔下屡见不鲜，《三国志·蜀书·诸葛亮传》载："天下有变，则命一上将将荆州之军以向宛、洛，将军身率益州之众出于秦川，百姓孰敢不箪食壶浆以迎将军者乎？"南朝陈诗人徐陵的《关山月》载："关山三五月，客子忆秦川。"唐朝韩愈《左迁蓝关示侄孙湘》载："云横秦岭家何在？雪拥蓝关马不前。"唐朝孟浩然《送新安张少府归秦中》载："试登秦岭望秦川，遥忆青门春可怜。"唐朝韩琮《骆谷晚望》载："秦川如画渭如丝，去国还家一望时。"金朝董解元《西厢记诸宫调》卷一载："芳草茸茸去路遥，八百里地秦川春色早，花木秀芳郊。"

而鄠邑就地处关中秦川的最中间，是周的京都丰邑、唐的京兆郡之所在地。土地平旷，四野肥沃，气候温和，四季分明，真是享尽了上苍赐予的地利之便。很早以前，就有先民们在鄠邑涝河、甘河流域耕耘生息，近年来在丈八寺、甘河村出土的碳化粳稻，就是这块土地上先民们足迹的留存、智慧的结晶。

虞夏之际，鄠邑为有扈氏国，都城在今天县城北边的韩村一带，但其疆域已远达陕西东部，也算得上是泱泱大国了。后来夏禹死，《墨子·尚贤》记载："禹举益于阴方之中，授之政，九州成。"伯益尚仁德，曾谏禹："惟德动天，无远弗届。满招损，谦受益，时乃天道。"但夏禹的儿子夏启偏偏贪恋权力，于是从禹的接班人伯益手中强行篡权，天下从大同转为小康。启登王位以后，和他爹一样，准备和各个部族举行会盟，借此以确定自己的绝对统治地位。设宴钧台，诸侯们争先恐后献礼朝贺，甘愿臣服，唯有扈氏不服，坐在家里连去都不去，并以"尧舜举贤，禹独与之"为名反对启的统治。他认为天下为公，既已传位给伯益，启怎能乱了禅让的纲纪？据说这有扈氏也是大禹的儿子，按年龄，启还得叫他一声哥哥，哥哥不支持弟弟，估计哥哥也是有点想法的，弟弟一看哥哥拒不到场，怒火中烧，拍案而起，举兵讨伐。有扈氏自认为正义在手，仗着国力强盛，我就是讨伐乱臣贼子，何罪之有？有扈氏顽强抗战，怎奈各诸侯国尊奉夏启就像尊奉大禹，他们联手追杀有扈氏。大战一年有余，有扈氏终寡不敌众，且战且退，最后连都城都丢失了，败退到鄠邑西南甘河边上。夏启决定乘胜追击，赶尽杀绝，于是誓师甘亭，作《甘誓》称"有扈氏威侮五行，怠弃三正。天用剿绝其命，今予惟恭行天之罚"。檄文发出，不听令者杀死于社庙，妻子儿女废为奴隶。甘河决战，有扈氏惨败，死伤无数，幸存者被罚为牧竖（放牛羊的），到荒蛮之地放牧牛羊，终生为奴。其余各部落不敢再有异议，夏启的统治得以确认巩固，家天下的世袭取代了禅让，而有扈氏国终于消失在了历史的烟尘之中。《淮南子·齐俗训》评论说："有扈氏为义而亡，知义而不知宜也。"也算是对他有个中肯的评价。

后来，伯益的后人嬴非子建立了秦，且秦渐渐走向强大，再后来，秦人护送周平王东迁有功，受命从现在甘肃秦亭一带进入关中，一路向东，收复失地。时光荏苒，彼时早已改朝换代，秦人入关想为有扈氏报仇却早已没有了复仇的对象，而有扈氏的名声也已经在当政者的宣扬下，早变成了犯上作乱的代名词，秦人只好将扈地改为有纪念、祭祀意义的"鄠"。秦孝公时改称为"鄠邑"。汉王刘邦二年，鄠地置县，此后"鄠县"作为地名，在这方土地之上沿用了 2000 余年。也算是寄托了后人对有扈氏深远的追念吧。

从汉朝到中华人民共和国成立，沧桑流变，斗转星移，鄠县只有辖区地域的变动、隶属关系的变更，而县名和县制延续一直未改。1964 年 5 月 3 日，郭沫若在《人民日报》发表《日本的汉字改革和文字机械化》专论，提出"应该大力压缩通用汉字的数量，好些生僻字眼的地名，请把它们改换成同音的常用字"。在这一倡导下，省民政厅与省教育厅文字改革办公室查阅资料，共同研究提出了包括鄠县在内的 15 个地名生僻字初步改换的意见。鄠县籍全国人大常委会副委员长、《光明日报》社长杨明轩专门写了《鄠字的简化及其他》一文，指出取扈字上半改称户县，既有历史渊源，也好写好认。这篇文章于 1964 年 6 月 10 日在《光明日报》上发表，既提高了鄠县知名度，也支持了文字改革。此意见在当年夏末上报国务院后很快获得批准。1964 年 9 月 9 日《陕西日报》头版头条发表："为减轻群众和儿童学习使用文字时的负担，国务院批准我省 14 个生僻地名改为常用字"的重大消息。其中第 6 个地名改换便是："鄠县改户县"。从此，这块土地完成了从"扈"到"鄠"至"户"的改换，字形多变，读音未改，既是改变，又是升华和简化。

2016 年经国务院批复户县撤县改区，恢复"鄠"，设立西安市鄠邑区，2017 年 9 月 9 日，鄠邑区举行撤县设区揭牌仪式。鄠邑，回归古典，回归雅致。虽然有很多人认为"鄠邑"二字太难写；不知户县软面、户县农民画、户太八号葡萄的名字在大家耳熟能详后该以什么样的形式出现。要我说，何必纠结，在这个大家都在埋头想要奔小康、过好日子的时代，我们还不是在想吃软面时依然去店里大声地吆喝："来半斤软面"；想吃那紫珍珠般的葡萄时就朝着商贩喊上一句："伙计，来两串子户太。"

夏之有扈国，至秦称鄠邑。今天再捡起这个两千年前的称呼，可不正是应了"低调奢华有内涵"之说。地名还不就像人名一样，称呼的时间长了，也就顺口了，你们说呢？

（二）鄠邑故事之眉坞岭与运漆河

（1）眉坞岭

相传东汉末年，董卓攻占长安后，修筑了一条从长安到他的封地——眉坞（宝鸡眉县）的驰道，人称眉坞岭。眉坞岭东西走向长达260里，横亘在眉县、周至、户县、长安的原野之上，岭依势起伏、跨沟越涧而筑，绝对是一条古代的高速公路。《后汉书》记载："董卓发卒筑郿坞，高与长安城等，积谷为三十年储，自云：事成雄居天下，不成，守此足以毕老。"据说驰道用黄土夯制，动用了劳工数十万人，驰道修筑高出两边许多，车辆奔驰其上，可俯视两旁；卫队护卫身侧，可保全性命，很是快捷安全。

由于工程巨大，动用很多徭役，因此，郿坞岭在民间就有了"北修长城，南筑坞岭"的说法。董卓大权独揽，贪婪无拒，骄奢淫逸，动用百万劳力，仅为自己的出行修筑如此浩大的工程，作为一个臣子，真的是胆大妄为。不止如此，他还毁掉金人铸造小钱，时人刘岱评价："卓武道，天下所共攻，死在旦暮，不足为忧。"俗话说得好，种瓜得瓜种豆得豆，董卓因为粗暴残忍，贪婪无度，倒行逆施，嗜杀成性，恶贯满盈，最后被义子吕布刺杀，据说还为平民愤被点了天灯。董卓被诛后，据说汉军打开眉坞，内藏"黄金二三万斤，白银八九万斤"，其他丝锦绸缎、碧玉古玩"堆如山丘"。闭目遥思，那年马车依稀嘶鸣呼啸，旌旗猎猎迎风招展，盔明甲亮骏马驰骋，郿坞岭上驿道繁忙，无数的金银财宝就这样被董卓运到老家郿坞，当然，随着他的往事被提及的还有那美女貂蝉，只可惜香车宝马，几度春风，却只落得个红颜薄命，令人叹惋。

而今，郿坞岭在历史的沧桑中渐渐淡去了，只留下这断断续续、厚厚实实的黄色夯土层，似乎还在诉说当年这里的不可一世。

（2）运漆河

西安地面上，既有历史记载又有口碑相传的运漆河共有三条，长安两条，鄠邑一条，它们各有自己的神奇色彩。

第一条运漆河相传是秦二世胡亥为修筑阿房宫，运终南山之漆，欲漆其城而挖凿。北魏郦道元《水经注》说："长安西有渠，谓之漆渠。"据《长安志》引《括地志》载："漆渠，胡亥筑阿房宫开此渠，运南山之漆。"

不过二世最终没有做成这件祸国殃民的事，得益于《史记·滑稽列传》记载的一位"善为笑言，然合于大道"的人，这人个子非常矮小，说话幽默滑稽却很有道理，常在说笑中轻松劝谏暴君父子，他叫优旃。事情是这样的：秦二世胡亥继位后，一天他突发奇想，要把咸阳的城墙全用油漆涂刷一遍。这想法实在荒诞，但赵高之流巴不得二世玩物丧志，其他人谁敢说半个不字呢？这时优旃站出来了，说："陛下，您的想法嫽扎咧！即使陛下您不说，我也要向您请示这么做呢。油漆城墙，虽然会劳民伤财，但涂漆之后漂亮呀！而且城墙上涂了新漆，油光锃亮，贼寇来了也休想爬上来，不过刷墙容易，但城墙刷了油漆可不能暴晒，需要搭建个房子来晾干它，可是要建造足够大的房子来遮盖城墙，这可就难办了。"秦二世再愚昧昏庸，也还是听进去了，大笑之后便就此作罢。

第二条运漆河相传是刘邦的儿子汉惠帝为修筑未央宫，运终南山之漆凿挖而成。宋《长安志》记载："汉惠帝四年，筑长安城，漕运南山之漆而开此渠，故名漆渠，也称运漆河。"关于这条河，有一个传说，汉惠帝征发劳役数十万开挖运漆河，天上神仙看百姓疾苦难耐，于是用簪子在地上划了一道，形成了一条运漆河。事实上这条运漆河，是有一定的河道规划的，但最终应该也没有挖成。

第三条运漆河在鄠邑。发源于终南山，流经甘河地面顺郿坞岭东行，途经涝店、大王，汇入长安境内的新河。关于这条运漆河，传说是这样的：贞观年间，唐太宗李世民让大将尉迟敬德监修长安城，敬德要用生漆遍漆京城，以彰显大唐江山永固不衰。因此敬德准备割尽南山漆，油遍长安城，把终南山的生漆割光割完，顺便修一条运河至长安城，让生漆顺着运河源源而来，以供漆城之用。这件事惊动了终南山的山神，山神怜悯百姓疾苦，也怕把终南山的漆树割绝了种，于是化作一老翁，前来点化敬德。他对敬德说："这一点点生漆，连漆我的手杖都不够，还能漆得了长安城？"敬德不信，但见老翁将拐杖在河中轻轻一拉，满河的生漆，才将拐杖漆了一半。尉迟敬德见状，惊骇不已，深知有伤天地神灵，于是和太宗再也不敢提漆城之事了。

甘河镇有一村叫运渠店，方言读音还是"运漆店"，相传此处就是当年敬德运漆的一个驿店。渭丰镇有个村子叫"坳河"，也是运漆河的一个河湾渡口。大王镇有村叫真守（镇守），据说是镇守河妖的要塞。可惜时光荏苒、流年沧桑，郿坞岭还能看到那么一点痕迹，而这条河却再也找不到任何痕迹了。但运漆河的传说，如飘在历史河流中的丝带，总能勾起我们的记忆，更能让我们看到故事背后响彻亘古的警告，那就是当政者一定要节俭爱民，仁政天下。

不管是运渠店的来历，还是坳河村的传说，运漆河沿着郿坞岭、真守村，流经大王店，进入了长安，汇入了渭河。说到渭河，本地人将渭河叫御河，这些都和秦汉大唐离不开关系，这片沃土之上真的是凝固了丰厚的历史，而郿坞岭、运漆河一定是让人沉醉、让人流连的秦地上众多人文古迹中最亮眼的一抹璀璨。

（三）鄠邑故事之大禹

历史最擅长的就是造神。但在追寻神的踪迹时必定是有人的痕迹。鄠邑，就是一个历史造神的大基地。

上次说到本地人将渭河叫御河，因为那是一条属于皇家的河，也有一说叫禹河，于是我们似乎看到了一个神人的出现，对，那个人叫大禹。

在两千四百多年前，甘肃渭源鸟鼠山上的堰塞湖洪水泛滥，给关中百姓造成了极大的生命威胁，大禹跋山涉水、一马当先，疏水排洪、功绩过天，于是人们就将这条河尊为禹河。大禹为什么能在这里治水？不是一直传说都是在治黄河吗？

《连山易》记载："鲧封于崇。"《史记·集解》有记："崇国盖在丰、镐之间。"古崇国就在今天的鄠邑，据说国都在城北韩村，今天户县农民画的发源地。鲧，禹之父。禹诞生并长期生活于此，因此这里也就留下了关于大禹的诸多传说。

《山海经》中有"牛首之山，涝水出焉"的山水记述，生于斯长于斯的大禹当然会在这里治理涝河，不然他的老家三过村从何而来？宋《长安志》沣水下注："昔尧时洪水，而沣水亦泛滥为害，禹治之，使入渭，东注于河，禹之功也。"说明大禹为官后治理过沣河。《诗经》里更是有"沣水东注，是禹之绩"的赞美。后来，大禹还治理了渭河。据说当年大禹带着帝尧交给他的治水任务，领着众人从终南山出发，一路向西逆流而上，一路只见洪水肆虐，百姓流离失所。为了探寻水源，他不分日夜，四处寻访。一日到一山前，只见丛林密布，古木参天，奇峰林立，峡谷幽深。沿着淙淙的水声，但见沿途美玉遍地，水中鲦鱼成群。水的尽头有一洞穴，穴中鸟鼠共处。不远处的绝峰峭壁下，有三眼清泉，泉水汩汩不息，奔泻而出，大禹领众人开崖凿石，开辟水道，水患平息了，万千生灵得救了。

大禹为了治理洪水，长年在外与民众一起奋战，留下了不少诸如"三过家门而不入"的佳话。传说禹新婚不久，就离开妻子踏上治水的道路。后来，他路过家门口，听到妻子生产，儿子呱呱坠地的哭声，但一想到开山导流刻不容缓，便顾不上回家，拧头又走上了治水一线。第二次经过家乡的时候，儿子启正被母亲抱在怀里，他挥动小手和禹打招呼，但治水工程正紧张，禹只是向妻儿挥挥手，还是没有停下来。第三次经过家门时，儿子已经十多岁了，看见他就要跑过来拉他回家，大禹只是深情地抚了抚儿子的头，告诉他水未治好，没时间回家。

罍《史记·夏本纪》记载："禹为人敏给克勤；其德不违，其仁可亲，其言可信；声为律，身为度，称以出；亹亹穆穆，为纲为纪。"这样的人怎能不为百姓所爱戴，所以鄠邑大地，历史村落的命名依然见证着两千多年前的故事。涝河、渭河边的三过村就是因他的故事而留名于今，毗邻的禹王村也见证着他的伟绩，而沣河边上的禹王庙更是人们将他视作神人的直接体现。

当然，黄河泛滥，作为黄帝的后代，他必须奋勇当先，所以他再次率领民众，与洪水斗争。面对滔滔洪水，他是聪明的，因为他从父亲治水的失败中汲取教训，改变了"封堵"的办法，对洪水进行疏导，最终取得了成功，留下了美名。

后来，禹将他曾经生活过的这块土地又封于其子有扈氏。有扈氏、启都是大禹的儿子，但这对兄弟却为大禹死后的王位继承，大战于鄠县的甘河、甘峪口一带。《史记·夏本纪》亦有"启与有扈大战于甘之野"

的记载。

禹王疏导江河，奔走万里，脚腿患病，步伐失常，颠跛而行，所以后人把行路趔趄不稳、一走一跛称为"禹步"。后来禹步成为傩戏中的傩步，说到傩步，鄠邑还有一种古老的民间民俗文化活动——傩舞跳钟馗。

（四）鄠邑故事之钟馗

鄠邑坊间直到今天还有好多关于钟馗的歇后语，如"钟馗开饭店——鬼不上门""墙上挂钟馗像——鬼话（画）""钟馗打饱嗝——肚里有鬼"等。

《唐逸史》记载："钟馗，终南山人氏也。"鄠邑人把秦岭就叫南山或终南山，话说钟馗从小相貌奇丑，长大后更是豹头环眼、黑脸虬髯、脾气刚烈又正直，不熟悉的人都会被他吓得不敢靠近。就是这个奇丑无比的人，在鄠邑还有争执。山脚下的阿姑泉村人和甘水边的甘河村人，各自坚持说钟馗是他们村的，甘河人说钟馗因家中起火，从甘河村迁移到阿姑泉村。但不管怎么样，反正都是鄠邑人，依我看不争也罢。别看钟馗相貌不行，但是他饱读诗书、满腹经纶，是一个远近闻名的大才子，在各级考试中一路高歌，直指状元。可惜最后在唐武德年间殿试时，因长得太丑把皇帝吓着了，不想录取他，当时钟馗是一气之下撞死在了考试大殿的台阶上。皇帝后来也很后悔，就赐给他一身红色的官袍，厚葬了他。钟馗进入阴间后，阎王倒是不嫌他长得丑，还分外惜才，赐他抓鬼宝物，专抓游魂野鬼以及偷偷到阳间危害人的恶鬼。

有一次唐玄宗李隆基得了重病，用尽方法医治都没有成功。一天，他做了一个梦，梦见一个相貌丑陋的大汉捉住一只小鬼，当场把小鬼给吃了，并声称自己就是殿试没有考中的钟馗。唐玄宗吓醒之后，浑身清爽，感觉自己的病痊愈了，就让吴道子根据自己梦中的场景，画出了一幅钟馗捉鬼图，并把这幅图悬挂在宫中用来辟邪。这样，钟馗的故事也慢慢在民间流传，且名声还越来越大，于是百姓们就把他供奉为门神、天师，祈祷平安。再后来，民间不断演化，钟馗更是升了仙，成为祛恶扬善的化身，被供奉在庙中享受人间香火。

民间在《钟馗捉鬼》后，还衍生出《钟馗斩妖》《钟馗出行》《钟馗嫁妹》等其他多种"钟馗系列图画"。其中"嫁妹"，实以"嫁魅"为本意，曲折地透视出良善百姓既怕鬼又不敢得罪，只好以"礼送出门"的方式相敷衍的窘迫心态，颇具玩味，但这些都脱不了"为了打鬼，借助钟馗"的主题。不过小鬼们张旗打伞、抬轿鼓吹的场面，则使"鬼画"增添了喜庆气氛，显示出一种特有的情趣。除了绘画，在鄂邑，钟馗还以另一种形式存在于民间，那就是傩戏。

傩，中国最神秘的汉字之一，总能给人带来无限的遐思。傩文化在南方很盛行，不过每年的端午，阿姑泉下的钟馗故里，你总是能看到人们戴着造型夸张、色彩艳丽的面具，伴着简单的打击乐，用程式化动作表现请神、驱邪、祈福及一些简单的战斗故事，而位居其中的就是"钟馗"，身着红斗篷和官服模样的服饰，手持斩妖除魔的利剑，面戴怒目圆睁、大嘴利齿的面具，其一步一摇、一招一式，沉稳勇猛，煞气四逼，颇具气势。这就是鄂邑的民间民俗文化活动之一——傩舞跳钟馗。为什么会在端午节呢？因为相传这一天是钟馗的诞生之日，端午本来也是进入夏季前的一个驱除瘟疫、毒瘴的日子。自古以来，这里的人们就用挂钟馗像和傩舞跳钟馗的祭祀活动，来祛病除邪、镇宅佑安，看来端午日跳傩舞，可赐五福保家宅，能斩五毒佑健康。

民间亦有盛传："圣君钟馗，赐福镇宅，中榜得魁；钟馗真神显，送咱福禄寿禧安！"不只是历史最擅长造神，最能造神的应该是人啊，在这里，钟馗的故里，人们终于成就了中国民间信仰中唯一一位多角色神祇。

他春节的时候是门神，端午的时候是斩五毒的天师，平时好像还可充当福禄寿禧文武财神及魁星等角色，不管如何，在这里，他的身上寄托着人们对正气、正义和幸福的祈愿，而他惩恶扬善的故事也已经成为鄠邑传统文化的一部分，且会一直在此传承。

（五）鄠邑故事之刘海戏金蟾

人们劝人时常常爱说："三只脚的蛤蟆不好找，两条腿的人有的是！"那这世间有无三只脚的蛤蟆？当然有，就在鄠邑的曲抱村。曲抱这一村名，得益于大诗人杜甫的功劳，当年大诗人沉迷美景、流连于此，见一村落镶嵌于湖光山色之中，不禁写下《江村》一首，"清江一曲抱村流，长夏江村事事幽"，于是村以诗得名，简直是美意无穷。

东坡亦有诗云："仙根曲抱生刘海，神水渼陂戏金蟾。"曲抱村在渼陂西南，说起该村，本地人最津津乐道的不是村名，而是流传此地的刘海戏金蟾的传说故事。

相传故事的主人公刘海从小家贫，干活勤快，为人老实，靠着在南山打柴养活双目失明的老母亲。一天，刘海担着柴火从南山回来，在村西小石桥边的三角泉偶遇了一只金蟾，它青黑的背上满是金点，雪白的肚子一尘不染，实在太好看了，但是这只金蟾却只有三只脚，实在让人怜惜，且那金蟾见他过来也不躲不闪，仿佛旧日老友，刘海甚是稀奇，就逗着它玩了一会儿。从此，每每打柴归来，他都要和金蟾戏耍一番。

一年又一年，刘海长成了大小伙子。一天他担柴下山，苍天古木下，一年轻女子挡住去路，那女子说自己叫梅姑，想要与他下山结为夫妻。刘海虽是一个小樵夫，但也深知不妥，于是坚决拒绝，怎奈梅姑苦苦恳求，最后刘海只好答应回家和母亲商量后再说。母亲听说后高兴万分，让他赶紧答应梅姑，第二天刘海就答应了梅姑，并带她下山结为夫妻。婚后梅姑孝敬，刘海勤劳，你耕田来我织布，你担水来我浇园，一家人从此过上了其乐融融的生活。

一天，刘海又从桥边走过，却发现金蟾不见了。正疑虑间，见一跛足道人朝他走来，对他说："刘海呀！听说你娶了个好媳妇，但她虽好，却不是人啊，她可是个狐狸精。"刘海不信，说那跛足道人胡说八道，那道人一笑说："你若不相信，今日回家就装肚子疼，她一定会给你一颗宝珠，你就把这个珠子吞下肚子，便知道她是谁了。"话未说完，道人就不见了，刘海甚是惊奇。

于是刘海怀着不安的心情回到家里，放下柴担子就喊肚子疼。梅姑熬汤医治但却无济于事，实在无招可用了，于是她便转过身去，从嘴里吐出一颗宝珠，交给刘海，让他含在嘴里。刘海得了宝珠，肚子也不疼了，急忙就要往肚子里吞。梅姑看出破绽，再三询问，刘海才把遇见跛足道人的事告诉了梅姑。梅姑听罢，对刘海说："那跛足道人，是桥下的金蟾所幻化……"原来这只三足金蟾大有来历，乃是上古厥阴之气所生，白睛金珠，集五行之气于一身，以天地精气为食，善嗜咬金而储，故背部青黑，其上遍布金点，三足乃应三才之数，所以这家伙简直就是一只行走的聚宝盆呀！只是那金蟾修炼时候未到，但却急于成仙，于是才前来哄骗刘海，想从刘海处夺得梅姑的仙丹，早日得道成仙。

刘海这才恍然大悟，把宝珠还给梅姑，提起砍柴的斧子，要去找金蟾算账，梅姑连忙拦住他，又把宝珠交给他，然后嘱咐了几句，才把他送走。刘海来到石桥边，照着梅姑的嘱咐，拿出宝珠，金蟾一见跳起来就想要吞下肚去。但见刘海高举仙丹，逗着金蟾左转十八圈。右转十八圈，前转十八圈，后又转十八圈。不一会儿，那金蟾浑身哆嗦，心口作呕，闷气涌起，"哗啦"一声，吐出了它自己的仙丹。刘海连忙捡起，也不知道擦拭了没有，直吞下肚去。倏忽间，刘海自觉身轻似燕，浊气一泄出丹田，顿时天地清明，举目南山，秋毫可见。原来，仙丹下肚，刘海立刻得了仙道。而金蟾失去仙丹，只得依附于刘海，刘海就让它不断地吐出金灿灿的钱来；而金蟾吐的金钱，刘海走到哪里就撒到哪里，抚慰苍生，救济穷人，终于活成了人见人爱花见花开的"活财神"。所以本地留下佳话一段："刘海生来有仙根，家住鄠邑曲抱村。玉帝将我亲封过，封我四方活财神。"

也有另一种说法，据《中国神话人物辞典》载，刘海与金蟾原是九天瑶池的两位仙人，因二人相戏逗耍，失了神威，触怒了王母，金蟾被打入南山下渼陂湖畔，并于曲抱村西边的"三角潭"（亦称金蟾潭）了生，刘海亦被贬为曲抱农家采樵的青年，贫苦不堪，仅靠打柴养活双目失明的老母。

不管怎么样，人们喜爱这个广施善行的财神刘海，于是就为其建庙宇供奉，因为他整天吆喝的那个能吐出金钱的金蟾肚白如玉，故人们就将刘海庙所在地称为"玉蟾台"，让刘海与金蟾生生世世在这里相互嬉戏，吐金钱以造福这方土地。不过细究这方土地，却不仅仅只有这一个传说，据说在被叫作"玉蟾台"前，这里被称作瓜（刮）牛台。相传老子西行传经布道，经此地，看到眼前流水潺潺，修竹林立，水田漠漠，人家生烟，认为这里实在是一块歇脚的好地方，于是坐下休息，但见坐骑青牛泥污不堪，于是拿起轩辕剑就开始刮洗青牛身上的泥垢，于是人们将此地叫作瓜牛台。其后才有刘海的传说，于是又改名"玉蟾台"。

"世事浮云何足问，不如高卧且加餐。"看来，清静无为的道家至言终究还是抗不过老百姓的柴米油盐，于是，我们便深深地沉醉在刘海的世界之中，渴求着富足与美好。但在这个貌似冬天的秋天，即使渼陂风光依旧，玉蟾旧事重提，我还是认为渴求是一件太难的事，于是，管他天下万千事，归去，也无风雨也无晴，这恐怕才是人间的真谛啊！

（六）鄠邑故事之渼陂湖

半陂以南纯浸山，动影裹窈冲融间。

船舷暝戛云际寺，水面月出蓝田关。

——节选《渼陂行》 杜甫

渼陂漫浸，终南影丽，泛舟湖上，水波荡漾。美哉，渼陂！终南山上，云际之寺，远影落波，撞与船舷。壮哉，渼陂！山依船舷，寺影动摇，虚实相戛，匪夷所思。奇哉，渼陂！杜甫笔下的渼陂湖就是这么神奇，这么令人心醉。

神奇的美景自然是有故事相伴。渼陂湖的西北角，有一座宫殿，叫萯（bèi）阳宫。镌于明洪武十七年（1384 年）的《创建渼陂东岳宫记》碑文记载："渼陂有萯阳宫，为秦文王所建，后毁于火，今于其旧址创建渼陂镇东岳宫。"当年秦二世因太过残暴而埋下祸端，项羽捡起陈胜吴广不满残暴举起的竹竿儿，杀了秦王子婴，一把火烧了阿房宫，且烧得是面目全非、一片焦土，但所幸萯阳宫因远离咸阳而免遭摧毁，从而被保存了下来。史料记载，在汉武帝、宣帝、成帝时，这里还被作为上林苑的离宫使用，再后来史书上就未见提及了，据推测，其很可能在西汉末年毁于兵燹（xiǎn）战火。而萯阳宫宫名一直流传至今，只因为在这里发生了"秦王囚母"这一事件。史载：秦王政九年（公元前 238 年）四月在秦故都雍城蕲年宫举行冠礼，准备次年亲政。而此时同太后赵姬私通多年且被封为长信侯的假宦官嫪毐（lào ǎi）害怕丑行暴露，自己好不容易才积攒下的大权旁落秦王，就用太后的印玺调兵包围秦王嬴政的驻地蕲年宫企图叛乱，事败后嫪毐被判车裂之刑，秦王在太后住地搜出其与嫪毐的两个私生子，"捕而杀之"。后来，秦王政将太后迁囚于渼陂湖畔菎阳宫，想让其在渼陂秀美山水间涤荡灵魂，在深宫囚锁思过中度过余生。一年后，齐人茅焦冒死相谏，太后赵姬才得以迎回咸阳。看来叱咤风云、杀伐果断、能够改天换地的冷面始皇帝，对其母亲还是有一丝温情的！

除此之外，关于渼陂还有两个故事。

那年，某樵夫，当然绝对不会是刘海，从南山打柴回来，天地迷蒙，大雪纷飞，此时的渼陂实在太美了，这美景居然让打柴人诗兴大发，他扔下柴担子，捻须吟道："片、片、片、片、片、片、片……"太难堪了，美景满眼竟然无法抒怀，估计他当时和我现在一样，一定后悔了该读书时不好读，以至于遭遇美景空丢人啊！茫然无措间，突然一个声音响起来："落入湖中全不见。"樵夫抬头细看，踏雪游湖，衣袂飘然，张口问道："先生莫非杜少陵？"只见那人也不做作，笑答："然、然、然、然、然、然、然。"后洒然而去，从此渼陂留下一段佳话。

片片片片片片片，落入湖中全不见。

先生莫非杜少陵？然然然然然然然。

遇到樵夫后不久，鹅毛大雪终于停了，天也放晴了，杜甫来到渼陂旁修竹环抱的学堂旁，隔着窗户看见学生们都在抓耳挠腮、苦思冥想。一打听，原来先生趁着天晴去县衙办事，给学生留下"雪压竹枝头点地"上联，让学生们对下联。可是已过了两个时辰，满教室的娃娃却还无一人对就。忽然有一学生，看见来者学士模样，灵机一动，脱口喊道："先生在眼前，何必发熬煎。"于是众学生蜂拥而上，要学士帮助。杜甫见推托不了，便开口吟道："师赴县衙会群官，众生施礼把吾搬。雪压竹枝头点地，雨打荷叶面朝天。"一个学生听完，兴高采烈道："学士吟和咏，众生惊又敬。想知名和姓，怎敢呼出声？"杜甫答道："巩县吾祖居，京城杜少陵。出游渼陂地，联语迎众生。"众生呆瓜片刻，哈哈大笑，原来这就是大诗人杜甫呀！

　　对于渼陂的爱，当属诗人杜甫，那些年他流连于此，写下了好多的诗歌。

《秋兴八首（其八）》杜甫

昆吾御宿自逶迤，紫阁峰阴入渼陂。

香稻啄余鹦鹉粒，碧梧栖老凤凰枝。

佳人拾翠春相问，仙侣同舟晚更移。

彩笔昔曾干气象，白头吟望苦低垂。

《城西陂泛舟》杜甫

青蛾皓齿在楼船，横笛短箫悲远天。

春风自信牙樯动，迟日徐看锦缆牵。

鱼吹细浪摇歌扇，燕蹴飞花落舞筵。

不有小舟能荡桨，百壶那送酒如泉？

　　而他的好友岑参，在与他同游渼陂时也不由感叹：

万顷浸天色，千寻穷地根。

舟移城入树，岸阔水浮村。

节选《与鄠县群官泛渼陂》

　　渼陂因为一首《渼陂行》而与杜甫的生命紧紧联系在一起，此后，

74

美景圣地渼陂就不断地引出了人们对历史不尽地钩沉和对往事地追逐。

渼陂水色澄于镜，何必沧浪始濯缨。——节选《郊墅》
郑谷

野水滟长塘，烟花乱晴日。
氤氲绿树多，苍翠千山出。
　　　　　　　　——节选《任鄠令渼陂游眺》韦应物

稻花漠漠野田平，烟树无人水磨声。
莫忆牙樯载歌舞，而今赢得一渠清。
　　　　　　　　——节选《顾美坡空翠堂》冯雍

望极空蒙清满怀，更寻遗迹步高台。
日斜林杪增光去，风静山尖倒影来。
万顷澄澜春涨碧，一川秀色暝阴开。
坐中自有江湖兴，未放陂南画舸回。
　　　　　　——节选《游终南山杂咏·渼陂》李驹

　　沉沉浮浮时空间，咿咿呀呀终是曲。繁华之后的渼陂逐渐回归落寞，鄠邑人甚至都忘记了渼陂的存在。还好，在它只剩下几片鱼塘的时候，我们碰到了一个美好的时代，关中水系工程的恢复让我们又看到了神韵渼陂，盛世如今，我们期待渼陂以更美的盛景展现在我们面前，我们更期待一个美好而富足的鄠邑永远雄踞于关中大怀抱！

（七）鄠邑故事之那个王重阳

　　我小时候也是追剧高手，最喜欢的就是《射雕英雄传》，喜欢傻傻的郭靖、古灵精怪的黄蓉，还有帅气的杨过，也喜欢盖世高手东邪、西毒、南帝、北丐、中神通，他们是那时我眼中真正的不可一世的长辈神仙，于是也总憧憬着有朝一日自己也能在江湖上横刀立马，一呼百应，或者抬头一个睥睨的眼杀，瞬间便如冰冻般死伤无数，那该是一件多么让人惬意的事呀！尤其是在知道了中神通竟然是王重阳——就是甘河边重阳宫中的那个老头时，忽然间，我的自豪感迅速膨胀，竟然一不小心生长在了出产神人的地方！那就查查资料、走走坊间，去追寻一下神人的踪迹吧。

当年在《射雕英雄传》中看到的天下五绝之首"中神通"，身材挺拔，长须飘飘；腰悬长剑，英气勃勃；武功绝伦，风姿飒飒，一身仙风道骨、飘然世外。但当你走进鄠邑就会发现，即使传说遍地，王重阳老先生他就是一个人，一个活生生的人。

王重阳，祖籍咸阳大魏村，出身庶族，家业丰厚。成年后，中了武举人，春风得意马蹄疾，一心想做一番大事业，但世事艰辛，屡不顺遂，深感"天遣文武之进两无焉"，终是愤然弃官，灰头土脸地回到家乡，过上了终日狂饮的日子。沉浸于自我无人之境，不知天地几番轮回，浑浑噩噩度过了很多年后，据说在他四十八岁那年，王重阳来到鄠邑甘河镇，在镇上一酒肆中遇到了两位仙人。

仙人见其骨骼清奇，颇有仙缘，遂传授其金丹口诀，得仙人之口诀，王重阳如饮琼浆，瞬间醍醐灌顶，从此他便皈依道教。明嘉靖《陕西通志》记载："遇仙桥，跨甘河，通鄠县，为王重阳遇仙处。"后人认为王重阳这次"甘河遇仙"，遇到的就是八仙中的汉钟离和吕洞宾。幸运的是王重阳碰见吕洞宾和汉钟离两位神仙的"遇仙桥"，前些年竟然被挖掘出来了，宋、金时期所建的三孔石拱桥的桥梁保存尚好，南北两边各有四条圆雕龙头，北面东边第一个龙头的龙须上雕有浮雕乌龟一只，紧紧咬住龙须，人称"鳌咬龙胡子"。遇仙桥是陕西省现今保存最完好的一座元代石拱桥，历史的沧桑差点让遇仙桥湮没于地下，还好盛世又临，遇仙桥得以再现人间，在甘河边（甘河后因人工修改，改道为今天的河道），用它精美的龙头浮雕向人们诉说昔日的传奇与辉煌。据说现在的西安城里"八仙庵"内也有个遇仙桥，就是甘河遇仙桥的"高仿版"。

距上次遇仙时隔不久，王重阳又遇到了另一位神仙——刘海，就是那个整天牵着金蟾造福乡间的活财神。连续两次遇见仙人，让王重阳更加坚定了修道的决心，他离开了家人，独自来到终南山，在终南山下挖了一个地洞，取名"活死人墓"，并且在"活死人墓"四角各栽海棠一株，人问其故，他说："吾将来使四海教风为一家耳。"从此，王重阳待在洞中不闻世事、潜心修持三年（一说七年）后，才走出活死人墓，准备开始以另一种方式实现自己的人生理想。尽管在他手里，使四海教风为一家的远大理想没有完成，但后来的全真教在世间风靡一时，他的理想也由门徒们变成了现实。

据记载，王重阳在活死人墓中修炼时还写了一首《活死人墓赠宁伯功》的七言诗，诗曰："活死人兮活死人，风火地水要只因。墓中日服真丹药，换了凡躯一点尘。活死人兮活死人，活中得死是良因，墓中闲寂真虚静，隔断凡间世上尘。"遇仙点化，墓中得道，于是后人就将重阳成道之地命名为成道宫，今天这里已成为一片村落，村名亦叫成道宫。

得道后的王重阳迁居刘蒋村，建庵演道，但自古就有墙内开花墙外香，花下之人总是对花抱有偏见，王重阳的遭遇就是如此，常言又道："树挪死，人挪活。"在郁郁不得志时，他自焚庵舍，东出潼关，前往山东布教，传化全真道。王重阳到了山东，非常受大家的欢迎，于是他在此宣讲教法，建立教团，广收门徒，教化子弟，其中高徒马钰、谭处端、刘处玄、丘处机、王处一、郝大通、孙不二，后世称"全真七真"，亦被后世叫作全真七子，他们为全真道的兴盛发展奠定了坚实的基础。

王重阳主张儒、释、道三教平等，三教相通。提出"儒门释户道相通，三教从来一祖风"的融合学说。认为修道内修"真性"，外修"真行"，"摒去妄幻，独全其真者，神仙也"。可惜王重阳追求高远、理想远大，但却英雄气短，58 岁英年早逝，死后归葬终南山下刘蒋村故庵（鄠邑区祖庵镇），建重阳宫。此时的全真道已盛极一时，在北方道教中影响巨大，居全真道三大祖庭之首。据说当时重阳宫有殿堂建筑约五千多间，宫域东至涝峪河，西至甘峪河，南抵终南山，北临渭水，全真道徒云集于此，最盛时近万人，规模之大为天下道观之首。元太宗加封为"敕赐大重阳万寿宫"，享有"天下祖庭""全真圣地"之尊称；元世祖还追封王重阳为"重阳全真开化真君"；元武宗又加封他为"重阳全真开化辅极帝君"。

自古轮回如磨转，宫阙万间做土去。斯人已去，如今的重阳宫，尽管只留下了辉煌背影下的海之一粟，但关于祖师及重阳宫的故事却不会消失。

重阳祖师墓的左前侧有巨石一块，纹纹清晰、形状奇异，人称"祖师脚印石"。相传重阳祖师在"刘蒋庵"修行传道期间，常往楼观"说经台"听经悟道，一天听经归途，一个小沙粒落入鞋内，祖师回来后，脱鞋倾倒于庵前，岂知此沙粒日见生长，祖师初未在意，不经年，却长成一块巨石。一日，祖师端详这块奇石说道："庵前一席之地，岂能容尔等孽障狂长。"边说边踏了巨石一脚，从此这石块再未增长，石面上也留下一个深深的脚印。沙粒长成石，是因彼时的王重阳已得道成仙，沙粒受神仙之脚汗"灵气"，狂长为巨石，故人们又称此石为"祖师脚汗石"。

在祖师墓的西南侧有一株银杏树，人称"千年银杏树"。传为祖师的爱徒马丹阳为师父守墓时栽下的。银杏树高约 10 丈，树身挺直粗壮、苍老遒劲，枝干四面伸展，扇叶青翠欲滴。树身空心处生长出一株柏树，故人们又称其"千年银抱柏"。后来柏树枯死，但古银杏树仍春天发芽张扇手，夏天结实如翠玉，秋天成熟似白珠，岁岁年年，年年岁岁，乐此不疲。

关于重阳宫，有一个"三十一面锅"的传说。史实是在重阳宫兴盛时，道事、兴建等公众活动频繁，道俗人众，为解决做饭之难，用三石架起一口大锅，烧粥做饭，一次可供数百人食用，人们称其"万人锅"，趣称"三十一面锅"。后重阳宫渐衰，此锅闲置在银杏树东边，中华人民共和国成立后被砸毁，真是太可惜了！还流传着一个不敢挂钟的故事。传说重阳宫铸钟，一道士在附近村子化缘来到一户人家，那家施主怀里抱着孩子说："要铁没铁，要钱没钱，你愿意要就把这娃舍给你吧。"那道士闻言扭头走了。铸钟时，有一豁口，复铸几次，总不能全。主事追究原因，那道士说了有个施主舍娃的事，主持者让人去索取了该童的一件衣衫化入铁水，孩童夭折，钟方铸成。后将该钟置于钟楼，悬而撞击，在悠长的钟声里，隐约有孩童啼泣曰："狠心的娘，狠心的爹，你把孩儿化了铁。"其声音苍凉而悲惨，让人不忍去听，所以此钟从此闲置院落，人们尽量不去碰触。这个故事虽为民间传说，但当年的重阳宫，真的是有一口大钟的。据《鄠邑区文物志》记载：元顺帝时为重阳宫铸钟，置于通明阁东南高台上。不幸的是，那年这钟与"万人锅"一同被砸毁。

兜兜转转是人生，说说道道是故事。那个王重阳，他的人生如他所饮之酒，总能呛得人泪流满面；那个王重阳，他的故事化作金庸先生所泡的茶，总会让你口舌生津，如痴如醉；那个全真道的王重阳呀，他一定会永远留在鄠邑人的生活中。

（八）鄠邑故事之王九思

鄠邑有个王家坟，不过鲜少有人知道，它不是村落，不是名胜，当然就不被大家重视了。在六老庵村北，东西四号路边，有一片茂密瘆凉的树林，我记得小时候从旁边经过，都不敢拧头北望，据说里面有个老墓疙瘩，后来才知道，这墓疙瘩原来是一个非常有名气的人物——王九思的墓冢。据说这墓冢当年的规格也是很高的，但昔日高大宏伟的陵园建筑现在只剩下了一堆树苗子，可惜了一代名人，在历史的滚滚红尘中，最终只化作了一小堆土疙瘩深藏路边树林间，也难怪时人不知王家坟了。

《鄠县志》记载：王九思，字敬夫，号渼陂，明代著名文学家，鄠县北街人。与当时著名的文学家李梦阳、何景明、康海等人交游论道，反对当时由杨士奇、杨荣、杨溥（"三杨"）所开创的台阁体，认为台阁体只追求风雅，而并无世事之生活，内容过于薄弱，故倡导"文必秦汉，诗必盛唐"，以拯救萎靡不振的诗风，遂被世人称为弘治前七子。留有诗文集《渼陂集》、杂剧《沽酒游春》《中山狼》等。但我知道王九思，是在小时候爷爷的故事里，当然我爷爷是否知道王九思其人我不知道，因为他的故事里只出现了王夫子三个字，现在想来，那"夫子"二字，应当是本地人对王九思老先生的尊称了。

爷爷口中那个关于王夫子的神奇故事源自鄠邑的一句民间俗话，叫作："涝河见了夫子墓，拐弯低头不停留。"听老人们讲，涝河发大水时，从来是不淹夫子墓的。为什么呢？因为王夫子和涝河龙王有交情。

相传有一年夏天，夫子和好朋友去涝河上游的龙泉寺游转，烈日当头，庄稼被晒得蔫头耷脑，夫子正感叹年事不好，突然在田间发现了一条大白蛇，头向龙泉河方向，张着大口痛苦地喘息，遍体鳞伤，命在旦夕，夫子好生，急忙和友人将大蛇抬进龙泉寺旁的河中，大白蛇良久才缓过神来，对着他俩点了三下头表示谢意，然后顺水缓缓游向涝河方向。当天两人回家，晚上居然做了同样的梦，梦见大白蛇原来是龙泉寺中的涝河龙王化身，因为降雨不均，工作失职，玉帝大怒，重惩龙王，幸得夫子相救，才算是渡过了这场大劫。龙王在梦中告诉他们，若有什么要帮的事情，就给他写一行文，向龙泉寺方向烧拜即可。二人当然不相信，为了验证，决定第二天冒着炎炎夏日，游览南山。按照龙王的要求，写行文烧拜，果真第二天他们出行时，头顶上方始终有片阴云，四下烈日炙烤，地如炭灼，但那片云朵始终不散，一天下来，非常凉爽，丝毫没有感到一点儿热意。

后来，夫子出外为官，清正廉明，不媚权贵，选贤举能，颇有才干，深得大家喜爱，但时运不济，偏偏在他任职期间，正好大太监刘瑾专权擅政，两人虽无交集，但因同是陕西人氏，于是受到牵连，最后被迫归乡。不过归乡途中，亦是烈日当空不见一丝云彩，但偏偏夫子的车辇之上，始终有阴云一片，一路相随相伴，直至渼陂湖边。相传那是涝河龙王顾念旧情，深知夫子所受委屈，于是惺惺相惜，不远千里，前来迎接并护送他回家。

王九思回到家乡鄠县后，开始了救济苍生的事业，施舍医药、教育生徒，更是把主要精力放在了他喜欢的文学创作和戏曲研究方面。他把鄠县、周至、眉县一带的山歌、民歌整理加工，形成了按关中人语调唱的流行曲，被当时曲论家评为"世争传播的套曲"。这种曲调，有的激越慷慨，凝重悲壮；有的缠绵悱恻，如泣如诉；有的欢乐明快，诙谐有趣，唱起来是自由爽畅，舒展平缓，怡人心情。相传西到甘陇，东到晋南，世人都在传唱，看来九思先生才是真正的流行歌曲的鼻祖。因发源地在眉、鄠一带，于是人们就将这种曲子叫眉户。直到今天，甘、青、宁亦有眉户曲子流传，反倒身处发源地的我们在追逐流俗中，少了这昔日美好的享受了。但在我儿时的记忆中，当时的眉户剧还是比较盛行的，老人们很喜欢的是《张连卖布》《屠夫状元》等传统剧目，不过我印象最深的是小时候村里演节目，经常看的是眉户现代戏《梁秋燕》，那时候正是倡导婚姻自主、自由恋爱的时期，但小屁孩的关注点不在婚姻自主上，而是在演出《梁秋燕》时，大家一起扯着嗓子跟着秋燕高声同唱："那尼呀啊~啊~啊，那尼呀啊~啊~啊，那尼呀啊~啊啊~那尼呀啊~啊~啊。"
真是一片欢乐的海洋，震人肺腑，让人陶醉。当然，也可能是那美妙的
曲子迷住了所有的人，以至于有"看了梁秋燕，三天不吃饭"的坊间
赞誉。

当然，作为一个心怀百姓之人，王夫子看到了涝河在夏秋之季，常
因泛滥带给百姓的灾害，就迅速倡议并筹划资金，带领乡亲们疏通河道，
修筑涝河桥。史料记载：桥的修建蔚为壮观，时长两年；桥为花岗石条
砌筑，东西走向，十孔拱桥，长75米，桥面宽7.5米（一说桥面长82.8
米，宽8.25米，高5.3米）；桥体正中有圆雕石龙一条，头南尾北；后
人为了纪念他，遂将此桥称为太史桥，又因在县城西边，亦称西桥。后
来涝河改道，桥下淤泥堆积，人们就将这座桥就地封存保护起来。

当然故事还未结束，传说后来夫子闲暇无事，想着和龙王颇有渊源，
就想见一下涝河龙王，当晚，龙王托梦给他，让他第二天午时在家门口
放一盆清水，然后向着龙泉寺方向跪拜，刹那间，夫子抬眼，只见西南
方向团团乌云拔地而起，昏天黑地地向夫子家的方向翻滚而来。夫子低
头赶紧看向盆中，只见水盆中有一条小龙悠闲自在，摆尾游动，掀起了
丝丝涟漪。夫子哈哈大笑，说道："原来你这么小？那你怎么能管得了天
上云雨地下水呢？"龙王说："我怕显出真身吓死了你呀！"夫子说："我
不怕，越大越好。"龙王说："好！"于是就又约定了第二天在涝河东岸的
钟楼上见。第二天，正当午时，早早来到钟楼上的夫子端起茶杯，举目
西望。亦是一刹那间，只见西南方向的乌云整垛整垛地快速堆积起来，
倏忽间如千万匹脱缰的野马，奋蹄扬鬃疯狂地向钟楼袭来，伴着电闪雷
鸣，狂风肆虐，暴雨亦排山倒海地浇头而下。此时漫天卷起洪水，水头
有十丈有余，向钟楼铺地卷来，眨眼间包围了钟楼。这时，龙王真身现
了，只见那龙王头大如巨鼓，两眼似铜铃，两须像大蛇，巨尾一摆动，
竟然有百十丈长！滔天巨浪中，夫子心生后悔，但已经来不及了，整个

人硬生生地被龙王衔在嘴里，当然，龙王是怕恩人王九思被洪水卷走，衔他入口是为了保护他，待涝河龙王游到河头坡，将人放在了涝河东北岸的高处，可惜这时的夫子竟然真的被活活吓死了。洪水过后，夫子的后人就将夫子安葬在此，于是，鄠邑有了个王家坟。而龙王也因玩笑开大了，痛失恩人，摆尾之处，向西而去，自此惭愧地再也不敢打扰王夫子了。

> 故事里的事说是就是不是也是，
>
> 故事里的事说不是就不是是也不是。
>
> 故事里的事也许是已真实，
>
> 故事里的事也许从来没有的事，
>
> 其实故事本来就是故事。

但我相信，九思先生为这世间所创造的物质、思想与文化，都会长久地留在这方土地之上，因为在这片土地之上，他就是一个实实在在的人，热爱生活，永接地气，看看他的《蝶恋花·夏日》：

> 门外长槐窗外竹，槐竹阴森，绕屋重重绿。人在绿阴深处宿，午风枕簟凉如沐。树底辘轳声断续，短梦惊回，石鼎茶方熟。笑对碧山歌一曲，红尘不到人间屋。

你看，不是吗？

（九）鄠邑故事之龙窝酒

涝河，发源于秦岭梁的静峪脑，一路奔泻而下，出涝峪，藏身天桥之下，后涌出地面纳栗峪河、皂峪河、甘峪河之水，一路款款摇曳、施施而行，横斜鄠邑，直插眉坞岭，奔东北流向渭河。

涝水与眉坞岭相交处，自古以来都是东去西往的交通要道，于是乡间就有聪明人在此建铺立店，到明崇祯年间，这里已成四邻八乡交易的主要场所，遂被人称"涝店"。宋人张舜民在《涝店道中》（《村居》）一诗中写道："水绕陂田竹绕篱，榆钱落尽槿花稀。夕阳牛背无人卧，带得寒鸦两两归。"可以看到这一带水绕农田，花开村落，美景惬意，自然宜人。写得真好！不愧是当时著名的诗人、画家。但涝水至涝店地界，最为人道来的，已不再只是美景，而是烧坊，也叫烧酒坊。

涝河的水质良好，鱼肥稻花香，"银户县"就是因这里盛产稻米而闻名，《诗经》有"丰年多黍多稌""为酒为醴"之语，所以这里产酒自古有名。有关史料记载：早在商朝，殷王就曾在涝河流域饮过当地的酒。到了西周时期，西周王朝十分重视酒的生产和文化，因此涝河流域的酒在当时有了很大的发展，周朝用稻造酒，故涝河流域当年酿造的应该是黄酒。今天的鄠县黄酒依然闻名，但大多酒厂都在县城以东的草堂、秦镇地带。

烧酒一词出现于唐代，据说这时国人在造酒中已广泛使用蒸馏术，高度的纯净白酒诞生了。在酒的发展史上，这是有划时代意义的。诗人白居易曾说："荔枝新熟鸡冠色，烧酒初开琥珀香。"从颜色来看，这个烧酒应当还是指鄠邑黄酒，因黄酒是内加调料、香料以及乌药等多种药材酿造，出缸后观之色泽琥珀，闻之香气扑鼻，被时人称"鄠县酒"。白先生的另一首诗中写道："瓶中鄠县酒，墙上终南山"，可见当时"鄠县酒"名气之大。但在我们当地人的认知里，烧酒就是白酒，是经过烧酒大师傅道道工序，精心酿造，历时弥久才能出世的粮食精华，所以鄠邑有一句俗话："酒是粮食精，越喝越年轻。"至于鄠县酒如何在历史的长河中翻滚演化，最后形成了一白一黄截然不同的酒产品，我不是专业人士，就不去深入追究了。不管怎么说，鄠县酒，走过西周走过唐，走到宋元明清，这期间，糯米高粱玉米谷，我相信这些都曾经是这一带的能工巧匠、把式师傅们手中不断把玩的爱物，在不断地摸索实践中，在不断变化的工艺流程中，我相信那个第一个酿出了与黄酒颜色不一样、味道不一样的酒的人，对着清冽透明的白酒、酌着烧肚辣肠的白酒，他一定是欣喜若狂的！蒸烧晾酿何其辛苦，那就把它浓缩为一个字——烧，好吧，就叫烧酒。

涝店烧酒，当属龙窝，所以今天我们都不说涝店酒了，直接就说龙窝酒。龙窝酒好，不止得益于周边的土地肥沃，粮食作物丰富；还有龙窝村西北方的另一个村子——渭曲坊的曲好。相传那可是皇家曲的外传，据说当年秦二世上位，屠杀手足，始皇子女有一支逃出咸阳，隐姓埋名落户于此，他们精于酿酒造曲，因那酒曲香飘渭河四野，故得村名渭曲坊。

当然，酒好必得水好，而龙窝的水，就是龙窝酒制胜的法宝。龙窝的水，那是有说法的。话说那年涝店一经商的老汉，牵着他的小毛驴，顺着涝河西岸的史家渡过渭河去河北的兴平交换物资。按照往日，这行程必须得在兴平住上一晚，第二天回来才能不至于太累，但偏偏那晚，那头小毛驴怎么也不肯在兴平歇息，死叫活叫，扰得老汉难以歇下，于是他只好牵着毛驴，准备连夜回涝店。渭河边上，船家早都睡了，老汉好说歹说，那船家也看是常常过河的熟客，于是披上衣裳，解船出渡。好在月光朗照，河面还算清晰，也得了经商老汉搭手，俩人终于在天麻麻亮时来到了渭河南岸的史家渡，系好缆绳，牵下小毛驴，老汉刚想对驴子说句"这下回来了，你不会再胡叫了吧！"话未出口，只听得身后天崩地裂"咔嚓"一声巨响，吓得二人都坐在了地上，等爬起身来想跑时，拧头一望，这身后哪里还有渭河呀！两人一驴一条船，可不就在渭河滩上，而渭河水，早就退出十里开外了，留下了虾兵蟹将大小鱼摆了一河滩，而在这些虾兵蟹将中间，居然盘卧着一条硕大的龙，它也是刚刚睁开了眼睛，茫然地看着这个突生变故的世界，望着弃它而去的渭河，此刻，它只能无助地留下一窝子泪水。兴平县呢？兴平县不见了，这就是后来关中人常说的地震摇兴平，而这次地震，渭河北移十来里，倒是多出来了好多土地，富裕了渭河南岸的百姓。但当时那二人吓得是屁滚尿流，除了感谢小毛驴的救命之恩，恐怕只有庆幸自己福大命大造化大了。

沧海桑田，当多年后史家渡被人们忘掉了"渡"字，改叫史家庄时，当年卧龙之地也形成了一个村落，就叫龙窝。更是因龙窝东靠涝河，西临甘河，曲流九弯，积水成潭，常有低云起雾，巨龙腾空之景观，人云：龙卧福地。你说，这卧龙之水，能不好吗？这水酿的酒，能不香吗？传说甚是离奇，但龙窝酒的源起却是有据可究。龙窝酒起于清光绪年间，村人打井，水质甘甜，尝试酿酒，愈酿愈醇，香溢渭河两岸，名扬关中平原。到了民国时期，因其甘甜绵软，媲美关中西府的西凤酒，民间就有了"东龙西凤"之美誉。还听大人们说，当年西安事变，国共两党谈判时，杨虎城将军招待周恩来总理——当然那时候他老人家还不是总理，拿的就是龙窝酒，而且周先生还对此酒赞不绝口，这么说来，西安事变的和平解决，还有这酒的一份功劳呀。

龙窝酒的酿造过程用古法制曲，人工踩坯，入室地下发酵，其繁杂的工序都是手工完成，完全依赖感性和经验的操作，所以好的酿酒师都被尊为"酒把式"，享有极高的尊重与礼遇。在师徒们的口口传承中，龙窝酒被历代师傅总结为九句口诀："人得其诚，水得其甘，曲得其时，粮得其实，器得其洁，工得其细，拌得其准，火得其缓，酒得其真。"真是必得天时地利人和，才有好酒面世。龙窝酒虽然承传古法，有一套自己独特而完整的知识体系，具有很高的历史文化价值，亦成就了古法酿酒的杰出代表一说，但这种作坊式的生产规模小、产量低，渐渐地，它好像将要失去自己的生存空间，这也造成了我们今天在陕西只能看到的西凤独尊的原因。还好，喝烧酒是鄠邑人在红白喜事里面的正经事。鄠邑身处关中腹地，"北有陕北内蒙古，南有汉中四川"，本地人喝烧酒，酒量也介乎这两地之间，谁家过事没有烧酒上场，没有吆五喝六的划拳声起，那这事过的就不能算成功，但关中人也明白，酒是老天爷馈赠的无上神品，不得滥饮；还好，好酒是好生态的标志，没有大规模的机器生产，这种不为利而改变的做法，恰是龙窝烧酒保持纯真的可贵之处；还好，有老天眷顾，龙窝烧酒还算是有一席之地，让我们在浮躁繁华的现代生活里，还能时时觅到它的踪迹。

沧海横流岁月蹉跎，龙窝酒，行走在鄠邑这方土地上与时光、与芸芸众生纠缠厮磨，从来不曾停下它的脚步。深秋乍冷，东篱把酒。今夜，红泥小火炉旁，龙窝酒，可饮一杯否？

（十）鄠邑故事之鄠县黄酒

琉璃钟，琥珀浓，小槽酒滴真珠红。

李贺笔下的酒，是好酒；好酒的名字，叫黄酒。

鄠邑最为盛名的酒，就是黄酒。本地黄酒分类颇多，有醴、酎、醪糟等，通通谓之稠酒，亦称黄酒。黄酒是历史上最古老的谷物酿造酒，历史学家们认为，三皇五帝时代就已经产生了谷物酿酒，照此说法，黄酒起源当有万年之久。《诗经》记载："八月剥枣，十月获稻。为此春酒，以介眉寿。"说明西周、春秋之时，农人已在十月收获稻谷后开始酿酒，春天酿成后用来敬献长辈，祝其长寿。

那么最初的黄酒酿造者是谁呢？李白诗曰："天若不爱酒，酒星不在天。地若不爱酒，地应无酒泉。"太白先生的眼中，黄酒自有酒星酿，但偏偏鄠邑人信的酒神却是仪狄。

相传那年沣水泛滥，大禹不辞辛苦，带众人在沣河边日夜苦战，劳累过度，腰腿酸疼，行走都要以锹为拐杖。禹女不忍，就令身边的侍仆仪狄为禹王寻找治病良方。一日，仪狄在沣水间寻找草药，突然发现一群猴子，争着抢着喝一棵大桑树下石臼中的水，仪狄感到奇怪，走近一看，这棵桑树枝上挂满了紫色的桑葚，还有好多成熟后的果实，落到了树下积满昔日雨水的石臼中，此时，烈日炎炎，在太阳的炙烤下，水中的桑葚已经发酵，一股股甘醇浓香的气息悠悠飘出，诱惑着猴子们前来狂喝那水，有趣的是竟然还有那么几只猴子喝饱之后，歪歪扭扭地躺在不远处的石头上呼呼大睡起来。仪狄感到奇怪，于是也俯下身子尝试着喝了几口，呀！这桑葚浸泡后的水，味道简直美极了！不由得她就又多喝了几口，不好，人有点发晕，于是她就地休息，结果等她缓过神来想走时，发现自己连日辛劳后的腰居然不酸了，腿居然也不疼了。她想起了禹王的病痛，或许可以试试，于是她用随身带着的陶罐装了一些桑葚水，回去献水与禹王，并说了此水得来的经过，禹王深感神奇，端起陶罐，一饮而下，结果发现一股热流穿肠而过，顿时身心愉悦，禹王伸展了一下筋骨，全身酸痛感居然没了，四肢也好使唤多了。他高兴地对仪狄说："此水是从酉中酿，就叫酒吧！今后你负责专门酿造此物，以解天下众生之痛苦！"仪狄领禹王之命，酿造桑葚等果酒类，不知医好了天下多少腰腿痛的病人，从此美名远播天下。不过还有一种说法是"酒之所兴，肇自上皇，成于仪狄"。意思是说，自上古三皇五帝时，就有各种各样的造酒方法流行于民间，只是仪狄将这些造酒的方法归纳总结起来，才开始流传于后世的。

《诗经·大雅》记载："丰水东注，维禹之绩。"禹王疏通河道治理好了水患，从此沣河、涝河流域，沃野千里，储廪丰饶，膏腴之地，一派富足！史料记载，到了西周，农业的发展为酿造黄酒提供了充足的原始资料，江统在《酒诰》中说："有饭不尽，委馀空桑，郁积成味，久蓄气芳。本出于此，不由奇方。"这应是粮食酿造黄酒的起源吧，因为物产富饶，粮食富裕。而此时的酿造工艺，也在前人的基础上有了进一步的发展。到秦汉时期，曲药的发明及应用，使黄酒酿造技术又有了较大的提高，《汉书·食货志》载："一酿用粗米二斛，得成酒六斛六斗。"这是我国现存最早用稻米曲药酿造黄酒的配方。

后秦弘始三年，皇帝姚兴及文武百官迎聘西域龟兹国高僧鸠摩罗什到长安讲解佛经，途经沣河，在鄂地秦镇设立渡口（秦渡由此而得名），并用鄠县黄酒设宴款待，国师鸠摩罗什竟然对鄠县黄酒情有独钟，于是姚兴皇帝便一声令下，遂在圭峰山下修建草堂，建立译场，供鸠摩罗什翻译佛经，而草堂也成为鄠县酒的酿造大基地，当地现在仍流传着"枣糕馍，担着走，吃蒸饭，喝黄酒"的儿歌，以及"酒是粮食精，没有不得成，酒有十个胆，喝了敢下潭（高冠潭）"的民谣。酒能乱性，佛家戒之；酒能养性，仙家饮之。不同的人对酒有着不同的认知，但在鄂邑这方土地上，人们对于黄酒好像更多的是紧紧追随，不知起于何时的每年两次，各村皆有的最盛大、最热闹的黄酒会（分别在七月和十月举行）习俗，一直在民间流传，这些当是鄠县黄酒厚重的历史渊源和地方特色，当然也是本地人们对黄酒文化的尊崇。

鄂人嗜酒，且善饮善酿，到了唐代，鄠县酿酒业已十分发达，酒坊遍地，香飘四野。仕宦贤达，庶民百姓，四时八节，饮食聚会，都会对酒当歌，畅饮黄酒。白居易诗曰："晨游紫阁峰，暮宿山下村，村老见余喜，为余开一尊。"描写的就是当地农人家家自酿用以待客的情形。据说高宗李渊、太宗李世民曾经到草堂寺进香，在太平行宫避暑时，都是用鄠县黄酒赐宴群臣，这更是让鄠县黄酒名声大振，誉满京兆大地，尤被文人名士所钟爱。鄠邑之地，本就山清水秀，人间福地，历来又是皇家的园囿，被人喜爱，于是诗人们在这里登山临水，寻幽览胜，饮酒赋诗于上林苑，书画文章在田园间，于是在这里形成了特有的大唐鄠酒文化。白居易曾道："柿树绿荫合，王家庭院宽，瓶中鄠县酒，墙上终南山。"诗人夏日乘凉饮酒，悠闲轻松的愉悦之情在鄠邑的山水之间荡漾；杜甫曾有"不有小舟能荡桨，百壶那送酒如泉"的诗句，这西陂小舟上送来的如泉之酒，可不就是鄠县的美黄酒；当然，县令韦应物的酒肆之行，留下的"深门潜酝客来稀，终岁醇醲味不移"一句，更是对鄠县黄酒的赞誉之言。

对酒当歌，人生几何？岁月荏苒，沧海桑田，香山居士笔下的王家酒早已不知所踪，但黄酒不会在这片土地上消失。禹王庙南的草堂地界，好像就有一家稍大的黄酒企业：大口酒业，专产鄠醴酒，听说还获得过国际奖项。禹王庙北的秦镇街头，我们今天依然能看到很多洒落于街头巷尾间的民间黄酒作坊，比较知名的有咏仁堂的蒲家黄酒、滑家的长安居等。今天，趁着秋光正好，那就走进秦镇老街，去寻访一下隐藏在岁月深处的黄酒故事。

黄酒，历来讲究水是酒之血，米是酒之肉，曲是酒之骨，味是酒之魂。秦渡镇毗邻沣河，水质甘甜，色泽清冽，当年老子曾说"沣水之深十仞，不受尘垢，金铁在中，形见于外……"其水质硬且富含矿物质，是酿黄酒的绝佳水源。沣河四野，土地肥沃，稻米生香，明清以前，盛产大米，尤以酿酒最好的原料、淀粉含量很高的圆糯著名。沣河湿地，百草丰茂，盛产黄酒曲的主要原料——乌头（本地人称之为乌药），遍地而生的野生辣蓼为酒曲的生产也提供了丰富的资源。酒味以蒲家黄酒为例，蒲家祖辈曾为御用酿酒师，后落户秦渡镇。后人以经营药材为生，但对酒曲颇有研究，亦喜祖上之酿酒事业，故在不断地摸索中三者有机结合，形成了自己独特的酿造工艺。尤其到了今天的掌门人蒲先生手里，他更是在祖传的技艺之上，深入钻研，开发和研制出了风湿酒、回春酒、补酒和消食酒，为鄠县黄酒写下了不朽的新篇章。

一方水土一方酒，秦镇黄酒，因其含糖量小，口感略带苦味，本地人称为"苦头酒"，但苦后回甘、余味无穷也是它的一大特点。另外，秦镇黄酒虽为米酒，但酒劲凶猛，民国时期，曾被秦腔表演艺术家阎振俗先生诙谐地称之为"跟头酒"，意思是喝醉酒了可是要跌跟斗的，但其实世间繁华，虚极静笃，真正让人醉生梦死跌跟头的，并非那酒，唐人郑邀早就告诉了我们："浮名浮利浓于酒，醉得人心死不醒。"可怜的酒，枉自担了虚名，唉！

三千年读史，不外功名利禄；九万里悟道，终归诗酒田园。那些年，天时地利与人和，就这么在鄠邑、在秦渡轻轻相拥、周旋酝酿，最后以黄酒的形式留存在了这块土地之上，化作诗，化作歌，被历史吟咏，被我们传唱，响彻亘古，经久不息。

（十一）鄠邑故事之鸠摩罗什的村庄

中国佛教有两部经典，篇幅不长，影响却极大，一部是《心经》，一部就是《金刚经》。《心经》的流行本是玄奘翻译的，而《金刚经》流行本的翻译者的名字叫鸠摩罗什。鸠摩罗什是东晋时后秦的一位高僧，来自西域的龟兹国。据说他是佛祖座下十大弟子之首，智慧第一的舍利佛转世，因此他天资超人，相貌出众，半岁开口说话，三岁认字，五岁就博览群书，七岁就随母亲一起出家。十二岁时随母亲去一个寺院参拜，当时佛像旁边供奉着一个化缘用的大铁钵（口小腹大的容器，大概就像唐僧的紫金钵盂），鸠摩罗什看到就很好奇，把它拿下来顶在头上。铁钵其实很重，但是鸠摩罗什顶着却很轻松，突然间他想到：这铁钵这么重，我一个小孩子应该顶不动才对，这是为什么呢？这个念头一生出来，他马上就觉得头上的"大铁帽子"很重，人就被压倒了，听到他的喊叫，周围人马上过来拿走铁钵，把他救了出来。母亲担心地问他有没有受伤，鸠摩罗什却笑得很开心，别人都以为这小孩是不是被压坏头了，鸠摩罗什却说："母亲，我明白万法唯识的道理了。"万法唯识是很高深的佛理，之前也有高僧讲解过，但是听懂是一回事，自己能够感悟又是另一回事，不然的话大家都不用修行也不用分慧根深浅了，只要听一遍高僧说法就都开悟了，而听佛陀说法的就更都成佛了。这时鸠摩罗什不慌不忙地解释道："一开始我认为这个大铁钵很轻，感觉它没有分量，所以顶着很轻松，但是突然又想到这铁钵这么重，我又怎么顶得动呢？铁钵就变得很重，我被压倒了，由此可知东西的轻重完全是自己的分别心，这叫一切法唯心造。"

其实这个就是佛法之中所谓的"分别心"，当你心中有了"分别"的概念之后，世界就是世界，而你没有了分别之心后，世界就是你的本心，完全随心所欲，诸法空相。但是这个道理说来简单，能够亲自感悟并体验到的却是万中无一，但是鸠摩罗什做到了，要知道他当时才十二岁而已，这就是慧根！很快，这个爱学习爱思考的孩子就在整个西域声名鹊起，成为公认的三藏法师。大家常听"三藏"，但是具体什么含义却未必都知道，其实三藏指的是经藏、律藏和论藏。

鸠摩罗什的名声越来越大，传到了长安。公元382年，前秦的皇帝苻坚派大将吕光征讨西域，为了得到他，前秦霸主苻坚不惜派出七万大军远征龟兹国——要么给人，要么灭了你的国！做和尚做到这个份儿上，恐怕只有《西游记》里面那个金蝉子转世，堪称行走的人参果树的唐僧玄奘能比得了吧，但客观地说，就算唐僧的原型玄奘法师，和鸠摩罗什法师相比也要差了那么一些。吕光俘获鸠摩罗什后，带着他撤回内地，军队走到凉州，就是今天甘肃的武威，长安的苻坚就被杀死了，吕光便留在了凉州称王，鸠摩罗什也只好滞留在后凉。

后来后秦打败后凉，把鸠摩罗什迎请到了长安。这时鸠摩罗什在凉州已经滞留了 16 年。前秦和后秦的皇帝都虔诚地信仰佛教，由于鸠摩罗什的到来，佛教在长安或者说整个关中地区得到空前的发展。俗传鸠摩罗什被后秦文桓帝姚兴从凉州迎接来长安时，大师途经涝河，因涉水泥沙入履，所以就在涝河与皂河间的高地上坐下休息（皂河在这里入涝河），顺手拿起鞋子磕倒出鞋中泥土，泥土落地，遂生异木一株（亦有两株之说），其木绿荫繁茂，四季褪皮，叶类于掌，春华秋实，但果壳内结实似土，不同于世，故名"净土树"（亦有一说娑罗树，还有一说悬铃木），净土树一本六株，神奇神秘，不过今天已难觅踪影，相传二十世纪四十年代，由于东部外省逃难人涌入寺内，不加珍爱，随意作践，致净土树不忍腌臜龌龊而死。也因此地是"纳圭峰之拱翠，映涝水之栅兰"宝地，后秦皇帝姚兴建逍遥园供鸠摩罗什译经，所以有人认为，这里才是三论宗的祖庭，但不管是这里还是草堂寺，都在鄠邑大地之上，抑或它们当年就是一个整体，也有传说这是罗什大师被迫接受十名宫女后所居之处，所以这里的人有很多是他的后裔，看来不负如来不负卿的除了仓央嘉措还有一个早他一千多年的鸠摩罗什大师，但鸠摩罗什大师的两次姻缘却是来自更多的无奈。不过不管怎样，这个叫罗什的村子，就这样伴着这座寺院千年留存，在时空中写下了这不息的歌，它们终究成了鸠摩罗什的村庄。

鸠摩罗什在长安住了将近 12 年，依照《出三藏记集》的记载，共翻译出佛经 35 部、294 卷。毫无疑问，鸠摩罗什与法显、玄奘、义净、鉴真等一样，是中国历史上伟大的高僧，是中国佛教史乃至思想文化史上的一位非常杰出的人物。他译出的佛经在内容的表达、词语的应用等方面都达到了前所未有的水平。在中国佛教历史中，一共有四位高僧在这方面贡献极大，被合称为"四大译僧"，鸠摩罗什排名第一，剩下的三位是玄奘、不空、真谛。

鸠摩罗什大师圆寂于鄠邑草堂寺。大师临死前说："若我生前传法不误，死后口舌不烂。"大师死后火化，果然有舌舍利。高僧舍利一般都是骨舍利，而他却是舌舍利，非常神奇独特。不过，大师的舌舍利今天供奉在甘肃武威（古凉州）的鸠摩罗什寺内的罗什塔内，或许那里离他的家更近吧。日月流转，人世沧桑，藏在鄠邑村落间的寺院——鸠摩罗什寺，依然静静地、不管不顾地，就像它门楣上的四个大字"无作、无顾"那样，沉浸在时光的流年间。

（十二）鄠邑故事之草堂寺

佛教传入中国，得到了极大地发扬，形成了佛教八宗，即法性（三论）、法相（慈恩）、法华（天台）、贤首（华严）、禅、净土、律、密（真言），简称为性、相、台、贤、禅、净、律、密。中国佛教的八宗依托佛教祖庭寺院而生，八宗的形成标志着印度佛教完全融入华夏文明，完成了中国化的历史进程。

除了法华祖庭（浙江天台山国清寺）和禅宗祖庭（河南嵩山少林寺）不在关中大地，其他六宗的祖庭都矗立在关中长安大地之上。佛理无涯，佛法无边，佛事无穷，今天就只探寻出现在这里的中国"佛教八宗"之一"三论宗"（法性宗）的祖庭——位于鄠邑大地之上的圭峰山北麓的草堂寺。

草堂寺始建于东晋，迄今已有 1600 余年，它是第一座国立翻译佛经译场，也是佛教三大译场中时间最长、规模最大的译场，被中国佛教三论宗、华严宗尊奉为祖庭，是大家心中的佛教中国化的起点。"三论宗"在唐代传入日本，日僧慧观、智藏、道慈都先后来到唐朝，修习三论，在日本建长年间（公元十三世纪），日莲依鸠摩罗什译的《法华经》建立日莲宗，日莲宗信徒从此将草堂寺视为其在中国的祖庭，并尊鸠摩罗什为初祖。

回到鸠摩罗什身上，还得从前后秦说起。话说那年后秦皇帝姚兴和他爹姚苌在终南山下修了一座别苑，此地南有圭峰之锦绣屏障；东有高冠飞瀑如银练入云，太平之水映秀沃野；北望丰镐故都，沣水激滟；西临涝河膏禾万顷。实乃人间福地，遂取名"逍遥园"。于其间遍植竹木花草，广栽珍林奇葩，只可惜姚苌福薄命短，还未享受就寿业皆尽。终南神山，自古就是隐士结草为庐、修身立节、遇仙成道之地。春秋时期尹喜在终南山上结草为楼观星象，涵养心性迎老子，千古奇文《道德经》由此诞生，尹喜结缘老子，成就一段终南佳话。还想有所作为、青史留名的皇帝姚兴亦希望他家的逍遥园能像尹喜的楼观台，也迎来一位贤人大圣。

在姚兴之前，公元382年，前秦皇帝符坚信奉佛教，就命大将军吕光讨伐西域，为的是迎接一位盖世高人——鸠摩罗什，当然也有盛传，罗什所到之处，智慧播撒，国运昌盛。吕光掳鸠摩罗什到凉州时，符坚却丧命淝水之战，鸠摩罗什就随吕光滞留在了凉州长达十六七年。公元401年，后秦皇帝姚兴，也是一个狂热的佛教徒，为得高僧鸠摩罗什，带兵伐后凉灭吕光，迎鸠摩罗什来到长安。据说姚兴当时是以国师之礼亲自迎接鸠摩罗什，尊崇备至，盛况空前。时年五十八岁的鸠摩罗什，被隆重迎入圭峰山下的逍遥园中。如此优胜美地，鸠摩罗什当然非常喜欢，决定此生就在这里将佛学发扬光大。鸠摩罗什在凉州十几年，通晓汉文，他发现盛行的汉文译经与梵文原经出入很大，遂向姚兴建议重新译经。姚兴大力支持，积极为鸠摩罗什在逍遥园开辟译经场，选名僧八百为其助译。姚兴不但为罗什译经提供种种方便，还常亲率群臣及僧众听他讲经，有时候还亲自参与翻译。据记载，鸠摩罗什译经广传天下，因而云集逍遥园求学佛法的僧人高达三千之众，故有"三千弟子共翻经"之说。后来，姚兴认为罗什在佛学方面有很大造诣，不应后继无人，如果大师去世，那么法种就会灭绝，因此擅自做主，强行为其娶妻纳妾，于是涝河东岸，鄠邑大地之上就有了鸠摩罗什的村子。再后来，因慕名来逍遥园研修佛法的僧众越来越多，朝廷按照佛教寺院规制对逍遥园进行了扩建，"逍遥园"也因前期僧众过多而苫草搭堂正式更名为"草堂寺"。功夫不负有心人，秦皇帝姚兴终于用向佛的诚心成就了又一段终南佳话。

人寿几何，逝如朝霜。时无重至，华不再阳。流年，等不及谁与谁的相守以沫，但草堂寺却给我们留下了太多的故事。

据《高僧传》载，鸠摩罗什每次讲经前，因自己两破色戒，必先喻己为污泥中所生的莲花，告诫众僧，然后才循循善诱阐释佛理，传授大道。临终时于众前发诚实誓："若所传无谬者，当使焚身之后，舌不焦烂"，大师圆寂荼毗后果真"薪灭形碎，唯舌不化"。三寸不烂之舌，明证了大师开佛知见、传持佛心法印、一生无妄言的传奇。

弟子收其舍利，建造舍利塔以纪念，就是草堂寺中至今保存完好的"姚秦三藏法师鸠摩罗什舍利塔"。鸠摩罗什舍利塔的亭子是用红砖花墙围成的六角形护塔亭，内藏八宝玉石塔。八宝玉石塔高 2.47 米，8 面 12 层，为亭阁式样，底座呈方形，边长约 1.7 米，周围阴刻浅浮雕图案。底层为圆盘状，沿盘周边浮雕出须弥山、佛像、瑞兽等。其上重叠数层亦为圆形，为云台、水波、蔓草等浮雕。云台上为八角形宝龛，雕刻倚柱、阑额、板门、棂窗等，宝龛上覆以四角攒尖顶式屋顶，下有阴刻飞天像，殊为精美。

塔前有两株苍翠的柏树，柏树间有一眼小井，井上沿为一个五角形的花岗岩井圈，上凿有"二柏一眼井"五个大字。传说大师安葬后，当年塔前生出一朵莲花。姚兴皇帝派人挖掘，发现莲花根连法师舌尖，后来就保留了这口未见过水的浅井，起名"莲花井"。以此说明罗什法师所译的佛经无一字之差，宣讲佛经，犹如口吐莲花一样洁白、纯正。又因井的东西各长一株高大挺拔的柏树，故命名为"二柏一眼井"。

还有一说，大师圆寂时叮嘱弟子，要将火焚之后的舌舍利运往凉州鸠摩罗什寺（今甘肃武威）供奉，舌舍利至今还在，是世界上唯一一颗三藏法师舌舍利子，它将会永远见证大师不世之伟大成就。后来连唐太宗到了草堂寺，都因罗什法师而感叹："秦朝朗现圣人星，远表吾师德至灵。十万流沙来振锡，三千弟子共译经。文含金玉知无朽，舌似兰荪尚有馨。堪叹逍遥园里事，空余明月草青青。"

舍利塔北边竹林深处，掩藏着远近闻名的"烟雾井"。烟雾井俗谓"龙井"。相传井下有一巨石，石上卧一蛟龙，揽天地之灵气，呼吸之间，烟气蒸腾，从井口冒出，遂成"烟雾"。此外又有人说，草堂寺自古以来佛事兴盛，进香拜佛的人不计其数，以至于焚香之烟升腾高空，与山气聚合，遂成"烟雾"，成就了关中八景之一"草堂烟雾"之说。美好的神话传说由来已久，草堂烟雾的成因已经有了科学的解释，关中一带地热资源丰富，地热在运动的过程中沿地壳的岩缝间冒出地面，升至高空，遂成烟雾。其实它就是一眼温泉，但我们总还是喜欢传说的存在，因为亦真亦幻，似有似无，如烟似雾，这样才令人向往。

草堂寺还有一处值得说道，那就是一口钟，当地人给它起了一个十分奇特的名字，叫"挂不起来"。此钟铸造于明朝万历年间，已有600多年历史，钟高2.6米，钟口直径2.2米，重达2吨，大家又称其为"明代巨钟"。至于为什么叫"挂不起来"，也是一个凄惨的故事，这个故事和重阳宫的大钟故事如出一辙。看来佛家和道家在本地人的心中，早已经融为一体了。

"门外乱山连翠色，竹间流水漱清音。"在宋人薛嗣昌的笔下，鄠邑草堂，就是这么美，而这美，在终南圣地，圭峰之下，流泻千年，汩汩不断。

（十三）鄠邑故事之钟官城

俗话说看景不如听景，今天的故事最适合去听，如果一不小心勾起了你的兴趣，你也不要冒冒失失地去我所说的地方探寻，否则只会失望，失望，最后还是失望。

话说秦始皇统一了六国，"一法律，同度量"，但他还是不能放心地做他的始皇帝。

为了实现自己当初"子孙称二世、三世，以至万世、代代承袭"的远大目标、宏大愿望，他一坐上帝位，就开始夜以继日、殚精竭虑地思考怎么样才能让百姓顺服不闹事。有一天秦始皇于阿房宫中熟睡，做了一个奇怪的梦。梦中天色忽而变化无穷，忽而昏暗无光，还伴有妖魔施法作怪，甚是恐惧。就在秦始皇束手无策、无处求救之时，忽见一位精神矍铄的白发老人挥动着手中的拂尘从远处飘然而来，对他说道："坐稳天下，需制十二金人。"说完，金光一闪，老人消失了。梦醒后，秦始皇本着宁可信其有，不可信其无的信念，立即下令收敛民间兵器，铸成十二个金人，日夜守护大殿，以保大秦长久平安。这就有了贾谊《过秦论》中的记载："收天下之兵，聚之咸阳，铸以为金人十二，以弱天下之民。"另据《汉书·五行志》云："二十六年，有大人长五丈，足履六尺，皆夷狄服，凡十二人，见于临洮……故销兵器，铸而象之。"金人，为夷狄人装束，当是象征四海臣服之意。12 铜人大小不一，空心铸造，最小铜人高约 8 米，重 30 吨左右，最大铜人高约 13 米，重达 80 吨。放在今天，恐怕得启动大型的装载机才可移动，想想在那时，这十二个金人该是多么骇人！

另外，为何是十二个金人？一说是古人把大地分成十二支，称为十二地支。十二地支统合起来就是大地。大地还有一种分法，先分成东南西北四个方向，每个方向再分出两个方向，这就是四面八方。四面八方也是十二，可见十二这个数字是代表大地的，而且是一个统一的大地，故"十二"寓意着"天下统一"。一年四季，一季三月，一年共十二个月，如此往复便是千秋万代。两者合一，"十二"就是天下统一，千秋万代。据说十二金人很快就成为秦都咸阳的地标性建筑，闻名天下，妇孺皆知，不过二十年后，当项羽带领起义军打到咸阳时，却发现那十二金人早已不见。十二个巨大的金人消失得如此神奇，现在已无暇探究了，今天想说的是这十二个金人是在哪里锻造的？这个地方后来又怎么样了？

"收天下之兵，聚之咸阳。"在咸阳西南的鄠县大王镇，有一村落叫兆伦，秦时可还没这个村子，但这里设有钟官官署，专铸御用钟鼎，当然也可以开展副业，比如铸金人，所以秦始皇"收天下兵器"铸金人，于是成就了史上著名的铸造场所之说。

汉承秦制，钟官归少府管辖，依然专铸御用钟鼎之类的器物。汉武帝元鼎二年，这里又一产业开始崛起——钟官铸币，从此，这里成为汉代的"中央银行"。因钟官城在皇家禁囿上林苑内，故为上林铸钱三官之所，武帝统一铸币权于上林三官（"钟官""技巧""辨铜"共称上林铸钱三官），钟官即为其首。在所有上林三官管辖的铸币场所中，钟官官署所在地的铸币工场铸钱的数量最多，质量最高。因其规模宏大，逐渐发展成为城池，这就是所谓的钟官城，后人称之为"钟官古城"。到王莽时期，虽然郡国可以铸币，但钟官城仍是当时最重要的铸币工场。据考证，到目前为止，这里也是唯一确知的上林三官铸币场所。

钟官城遗址位于鄠邑大王镇（现沣西新城）的兆伦村。这个村名可与钟官城大有联系。《后汉书·第五伦传》记载："'第五'为西汉高祖赐姓。"齐鲁田姓大户迁入时赐姓第五，散居长安城南，鄠邑牛东（现高新区）现在还有一个第五村，在兆伦村东南方向，距离不远，但史书记载第五伦是京兆长陵人，当年在咸阳东北。牛东第五村得名是相传一个姓第五的人，因此地河流遍布交通不便，便在其地建桥以方便周围百姓，因为感念，大家就将此地叫第五桥，还真不知是不是第五伦所为，但苍龙河确实从南往北穿过了第五桥村和兆伦村。东汉建武年间，第五伦被京兆尹召为主簿，负责监督铸钱，领长安市场。传说当年第五伦正在钟官城巡查，皇帝着太监飞马传召而去，故有"召伦"之说，颇显村落的显赫；另外，古代以亿万为兆，以兆计算钱币，足见此地造币之多，故这里的村落改名为兆伦。

兆伦钟官城遗址北靠西宝公路，南跨眉坞岭高地，东临苍龙河故道，西至兆伦村，二十世纪五十年代修整苍龙河时，遗址区内先后暴露出陶范、建筑遗物及建筑夯土台等。在新河东岸还发现了木炭灰土层，其中夹杂有较多铜渣。在灰土层以南还有一段旧范砖堆砌的墙基，应是重要的冶铸区域。遗址区内发现最多的是钱范，在苍龙河故道以西分布较广，有的地点竟堆积一两米厚。有西汉五铢范和王莽时期的多种钱范，分为铜范和陶范两种。陶范分为陶范母和陶背范，其中绝大多数为陶背范。五铢钱陶背范为长方形，表面抹有0.4—0.6厘米厚的细泥，其上制有钱型。范体为夹沙，沙粒均匀，在范体一侧留有Ｖ形浇铸口，铸口右侧与另一端正中各有一定位榫。另外还有一种小五铢钱陶范。在"大泉五十"陶范上发现有"钟官前官始建国元年三月工常造"的题铭。另外在遗址内还发现有"钟官钱丞"封泥。

从汉武帝元鼎二年至王莽末年，这里作为国家铸币中心的时间长达140年之久，经历了中国历史上汉武帝统一铸币权和王莽"托古改制"两个重要的币制改革阶段，在我国货币历史上占有极为重要的地位，对研究古代铸币历史、铸造技术，建立五铢钱分期标准等都有着重要意义。

只是今天，走到这里，除了眉坞岭厚厚的黄土、无边的庄稼地、凌乱拥挤的村子，再也看不到当年工场的一丝烟火痕迹，就连村子中的遗址碑石，也是簇新一座，但也就是这座碑子，还在挣扎着想告诉我们这里昔日的辉煌。

汉五铢钱闻名于世，住在这里——造钱的地方，村人们应该是倍感自豪的，不过是"车水马龙穿街过，声嚣宣泄落华天"。当那年陆放翁于道室中吟诵"长剑高车何足道，金人十二也成尘"时；当那年张养浩在潼关上大叹"伤心秦汉经行处，宫阙万间都做了土"时，这一切的一切，都成为过眼烟云。俱往矣，时光就是那么残酷，一梦一轮回，冥无声，奈何桥上过，水自流。还好，鄠邑的肥水厚土，将这残存的痕迹裹挟在自己广袤的胸怀之间，让我们在百无聊赖时，尚能悄悄掀开它的一角帷幕，去窥视那时的风云变化。

谢谢了，鄠邑兆伦钟官城！

（十四）鄠邑故事之清凉山

这应该是我见过的老子塑像中最破败的一尊了。不过道家以"无为、不争"为美，能有这样一尊老君的塑像，也算是此地四方善人的至高崇敬了。这座塑像，在鄠邑大地上，这里，叫清凉山。据清朝康熙二十八年《重修清凉山庙记》碑载："甘、涝二峪之间，傍大壑峻岭，拾级而登，鸟道百余步，土峰突起，林木丛翳，号清凉山。"清凉山西邻道教圣地楼观台，所以这清凉山当然就和道教有了关系了，而太上老君在此安家也就有说法了。

关于老子和道教的传说故事实在太多，这里只讲和鄠邑有关的，又因为老先生留在周鄠大地上的传说实在太多，而周至楼观台又是大家瞩目的焦点，那今天就只说一些小众话题。

2500 年前，周王室的图书馆馆长，那位叫老子的白发长须老者，在"识透人情惊破胆，看穿世事寒透心"之下，牵来一头青牛，带着他的智慧，带着他对世界的认知，从洛邑出发，经函谷关向西缓缓游道而来。

当时还有一个人叫尹喜，他是一位星象学家，也是一位胸中有丘壑的博学之人，为了能够更好地观察星象，他在家南边的终南山中结草为楼观天象，这草楼就是现今闻名天下的道教圣地——楼观台的前身。当然他也身居要职，当了一个关令长，至于是哪个关的，司马迁给我们留下了一个千古之谜。《史记》记载："老子修道德，其学以自隐无名为务。居周久之，见周之衰，乃遂去。至关，关令尹喜曰：'子将隐矣，强为我著书。'于是老子乃著书上下篇，言道德之意五千余言而去，莫知其所终。"一个"至关"弄得后人为此打了上千年的嘴仗，一说函谷关，一说大散关，不过我更倾向于大散关，因为楼观台距大散关一百多千米，而距离函谷关二百多千米。

不管怎么说，尹喜远眺日出望东方，紫气浩荡八千里，心中暗忖，看来不日将有圣人来到。对于一个热爱学习、渴求进步的学霸级人物尹喜来说，这真是天赐良机，他决定虔心等待，恭迎其人，虚心求教以强己之学识。

而彼时，我们的主人公，那位叫老子的白发老人，在进入八百里秦川后，和他的青牛也才过沣水，故都丰镐一定也让这位老人流连不已吧，但对于一个深知"大道废，有仁义"的人来说，过眼烟云不足留，孔德之容惟道从。那就继续向前吧，这日走到苍龙河畔，青牛突然嘶鸣不已，原来老人家的坐骑居然是一头母牛，也不知在何时寻了私情，竟然准备此时生产，可怜仙风道骨的老人只能陪着青牛在这里产崽了，由于青牛产下了一个牛犊滞留于此，这个村子就叫"留犊村"了。清乾隆《鄠县新志》记载，明崇祯九年前，因"留犊"二字闻之不雅，遂更名为"牛东村"。万事不挡前行客，老人与青牛将牛犊留于此地，继续前行，次日来到渼陂地界，看南山入画，碧水荡漾，流水潺潺，修竹林立，水田漠漠，人家生烟，实在是一处歇脚的好地方，于是坐下休息，但见坐骑青牛连日劳累、泥污不堪，老子心下疼惜，于是拿起轩辕剑就开始刮洗青牛身上的泥垢，为它洗去奔波之累，后来人们将此地叫作"瓜（刮）牛台"。

走天桥，过涝河，古历六月的日头实在太毒辣了，头戴斗笠遮阳，肩跨包袱向前，一人一牛气喘吁吁地沿着秦岭脚下的蜿蜒小道蹒跚西行。当空的燥热让老子昏昏欲睡，忽然间，他抬头发现西南二三百米外，山色奇异，树林荫翳，老子心中一喜便下牛急向前去。刚一拐弯，便有一股凉风迎面而来，青牛停下脚步，摆头甩尾，"哞——"，高兴地对着这片山林长长地吼了一嗓子。老子走到路旁树荫下，摘下斗笠，细看这山——山势奇特，林木茂盛，风景秀美，凉意森然，于是便牵着青牛向山腰走去，想歇息一番。此时一个采药人正好下山，看见老子汗流浃背却精神矍铄，心中道奇，便问："仙翁欲何往？"老子答道："游道。"略一顿，反问："此山何名？"采药人对答："无名。"老子颔首一笑对采药人说："差矣，有名且为大名也。若不信，请随吾观之。"采药人本来就是一个喜好猎奇的人，现在面前又遇到一位这样仙风道骨之人，脱口说道："愿随先生问根。"于是两人一牛悠然向前。走过一段山路后，老子将青牛拴在一棵大树上，穿过柏树林，来到山溪旁，老子蹲下身子，掬起一捧水，伸到口边，一吸溜，"吱"就完了，回头看了看采药人，问道："汝以为溪大乎？"采药人回答："微微尔。"老子说："汝欲溪大水汪，当在吾饮之处刨挖。"采药人半信半疑，取出挖药的铁铲，在老子刚才饮水的地方刨了几下，顿时就有水往上冒，采药人非常诧异，深信自己遇到圣人了。接着又刨了起来，溪水便大了许多，尽管此时骄阳似火，但是周围却凉气袭人，老子对采药人道："可矣，可矣。"采药人便停下来。此时，谷中清风吹拂，老子轻吟道："沐清风兮吾神智复醒矣，观凉泉兮吾口咽起津矣。暑天凉气，甘泉止渴，真乃阴阳相随，自然之道哉。水孕万生，然适量可矣。上善当若水，噫，道应法乎自然也。此山异奇，此后定当四季清凉，盖过周围群山。"说罢，便骑青牛飘然而去。

采药人下山后，将这事告诉了乡邻，清凉山就此得名。现在山上的泉眼就是当年采药人在老子的指导下开挖的，不过因泉水涌出时声如犬吠，当地人又叫其"狗叫泉"。后来，有道家在清凉山上建观传道，又因六月十五日是当年老子上山乘凉讲经的日子，故清凉山每年六月十五都以庙会形式来纪念先圣。

话说就在尹喜看到紫气东来不久，这位须发皓白的老人终于将要到达尹喜的关，关令尹喜，出关十五千米，红毯铺地，以师长之礼恭迎老子，并将他接到自己的宝藏地——草楼之上。后老子与尹喜结草阿福泉，坐骑牛和马，并放南山中，并写下洋洋洒洒五千言的《道德经》。从此，不老松下授道，清凉山上讲经，楼观台炼丹，铸南山铁案，享南山之寿，终将这块土地打造成了道教之祖庭，天下第一福地。一人得道鸡犬升天，老子的坐骑"青牛"也成为道教文化中的一个著名的意象，老子也被称为"青牛师""青牛翁"等。

老子暂时停留在了这里，他终归是要走的，所以在草楼南高台（楼观说经台）上为尹喜讲授完"三生万物"玄而又玄的问题之后，他便再次飘然而去，最后不知所终。

传说终归是传说，如今的清凉山，依然用古木森森、竹林茂密、柞木成林的景象成就着自己的美名。说到柞木，这附近的山上，这种树真的是长得繁密之极，不过本地人都叫它们青冈、铁匠木，用来做家具生木耳极好；它还有个名字叫槲栎，难怪温庭筠当年走在南山之中想起鄠县凫雁满塘时写下了"槲叶落山路，枳花明驿墙"，这里原来是它的老窝呀！这种树，外国人习惯叫橡树，这回大家也就熟悉了，舒婷的《致橡树》可是曾深深地扎根在一代青年人的心中，橡树伟岸的身躯深植在了多少女孩子的心中，以至于我们很长时间都不能直视那火热的炮仗凌霄花，认为它是虚荣的代名词。橡树籽富含淀粉，可食，可以打关中人喜欢的凉粉，荒年填饱肚子，据说叔齐伯夷不食周黍，当年隐居就吃它。

清凉山，东依传说王莽变化而来的蛇形马鞍岭；西靠东海乌龟变化而成的龟势吉宝山；南耸逶迤屏障五凤山；向北撕开马鞍岭与吉宝山之一角，俯鄠邑之肥水沃土。春夏之际，就如墨绿色的宝石一样镶嵌在群山之间散发着亘古的清凉；秋冬之时，它更像一个安静的老人，依偎在大山怀里，任流水潺潺，云卷云舒，而老子就那么笔直地坐在自己的青牛背上，视端容寂，静静地向世人诉说着这块土地上千年的过往与自然的幻化。

（十五）鄠邑故事之悟空的初恋地

道教圣地清凉山的东边，神山九华山的北边，有座小山叫古泉山，当地人也称其为老牛坡，传说因为太上老君为造福百姓，驱牛磨山，由西而过，将神牛挣死于此。今天，坡上还有"牛鼻子""香炉台""犁沟洼"等地，老牛坡前有一村叫阿姑泉村，关于阿姑泉，有的，不只是一个神奇的传说。

相传明崇祯十七年（1644 年），这地方没有水喝，老百姓喝水要到十几里外的小山沟里挑水，生活极不方便、困苦不堪。而在此几十里外的渭河以北的塬上，住着一户人家，父女二人以种田采药为生，女儿名叫阿姑，聪明伶俐、端庄稳重，生性善良、吃苦耐劳。真是一个如花似玉般的人儿，但却被邻村一老员外看中，龌龊腌臜的老员外不知天高地厚，向阿姑父亲提亲，要纳阿姑为妾，阿姑断然拒绝。老员外恼羞成怒，吩咐手下把阿姑父亲活活打死，阿姑悲痛欲绝，安葬好父亲，连夜渡过渭河，逃到南山脚下，此时的南山因连年大旱，草木不生，当地百姓也纷纷逃荒而去。可怜阿姑无处可去，就发誓要为这里的百姓找到水源。一日，她做了一个梦，梦见一位仙人，仙人指点脚下，说："你只要在这里挖三口井，就可以实现愿望，解决人间疾苦。"阿姑醒后，依其指点，每天起早贪黑地挖呀挖，不论刮风下雨，还是酷暑严冬，从不间断。终于，功夫不负有心人，挖成了三口水井。水出于井，竟然汨汨而行流融一起，顺坡而下，滋润禾田，于是南山万物复苏，重显富庶之貌，而阿姑却因日夜劳累，坐化于此。人们为了纪念这位善良勤劳的阿姑，把这三孔泉称为阿姑泉，并在此修建一座庙宇供奉阿姑，尊称阿姑庙，当然村子也就成为阿姑泉村了。

阿姑泉村到现在依然很有名气，因了钟馗，因了牡丹。钟馗不再赘述，前边已有一文《鄠邑故事之钟馗》说过他的事，今天只说牡丹。国花牡丹，在阿姑泉村由来已久，这花竟然是悟空的定情之花。它和石猴出身的悟空在这南山北麓又有什么样的联系呢？据史料记载，吴承恩于1550年左右开始动笔，于1582年完成了《西游记》的创作，那前一个传说，怎么又生生地后移了几十年呢？这就是关于这里的第二个神奇的传说。

"洪荒草木有春秋，祖鸟哀龙遍地游。八十万年天不曙，钧天开幕舞狓猴。"话说这猴子从石头中蹦出来之后，沐山川河流之涵养，得人间万化之滋润，也有了求长生之心，于是就来到灵台方寸山，师从菩提祖师学得了一身过人的本领。接下来可就不得了了，先向东海龙王借得定海神针——如意金箍棒，"棒是九转镔铁炼，老君亲手炉中煅。禹王求得号神珍，四海八河为定验"。这棒可是太上老君炼出来的，后赐给大禹治水，大禹把治水的功德加了进去，所以就是打死人了都是不沾因果的。后又去地府强销了生死簿，一系列的操作之后，这厮还猴性不改，偷喝了仙酒，还捎带着把太上老君一屋子的仙丹全当花生米做下酒菜，最后还在太上老君的八卦炉里炼就了火眼金睛。总之，闹得天界纷纷乱乱、人神共愤，各路大仙不论男女老幼，均不堪其扰。最后，实在受不了的太白金星自告奋勇，到花果山请孙悟空上天，请奏玉皇大帝封他为"齐天大圣"。自从挂牌"齐天大圣"，孙悟空好不得意，不过时间长了，看众神都忙忙碌碌却有自己的事业，也觉得自己有天大的本事却不被重用，就主动向玉皇大帝要求分点儿事去做。玉皇大帝知道孙悟空的臭德行，干什么事都不会长久，让他独当一面是不行的，可是不给他点儿事做，又怕他无事生非，再闹出乱子，有失仙家尊严，就与太白金星商量，太白金星见玉皇大帝把皮球踢到自己面前，虽然觉得猴子难缠，但也无可奈何。沉思间，他低头向下，透过厚厚的云层，但见那人间瑞气升腾、祥和一片、商贾云集、百姓富足。忽然眉头舒展，生出一计——建议玉帝给盛世添彩，以证仙家之心怀人间、大方有度——那就让孙大圣去给人间帝都送仙家珍品牡丹花，以贺天下大盛，共展仙民同乐。

不巧孙悟空刚好又去蟠桃园偷吃了仙桃，顺带还狂饮了美酒，但好歹三尺男儿有事可干，才能成就美猴王一生之追求，于是二话不说，扛起一捆子牡丹，飞身下凡，一路向东，来到秦岭地界，这时的他已经口干舌燥，疲惫不堪，决计休息一下。定睛遥望，前面居然林草茂密，泉水叮咚；鱼翔浅底，百鸟争鸣；佳木修竹，溪流纵横；古树奇石，异彩纷呈。其间有一阿姑，飘然泉旁，欣然纺作，耕田不辍。他暗叹：这人间仙境简直胜过天宫，那上界仙女实在不入眼中，美女于此辛勤躬耕，天然淳朴，正合心性。接着他筋斗一翻，来到泉边，饮过甘泉，不想走远，爱意如泉，情润丹田，赠枝牡丹，三生有缘。从此心中有了牵挂，别后事业如虎凭风，难怪石猴斗战胜佛，后来在西天取经路上，即使见到如云美女，也不会动一点儿凡心，看来南山阿姑早就成为悟空心中如牡丹一样艳丽的小花。传说之中，善良的人们让石猴生情，但即便是一只猴子，看中的亦是勤劳质朴的姑娘，所以即便是无稽之谈，我们也喜欢说道说道。不管怎样，牡丹山水由此生，阿姑神泉因此名。

看来两个传说没有交织之处，如果要有，那就是鄠邑百姓对于美的追求了，不管是爱情还是生活，勤劳勇敢、平静富足才是我们永恒的话题，而富态多姿、鲜艳美丽的牡丹花，让这个故事幸福满满，从此，这里便有了"牡丹好看何须洛阳"之说。终南山下，阿姑泉旁，人间四月牡丹艳，那么约会春天，不见不散，明年四月来阿姑泉看牡丹吧！

鄠邑大地，悟空的初恋地，那个南山阿姑，连齐天大圣都喜欢，那么，你喜欢吗？

（十六）鄠邑故事之大宋开国状元杨砺

宋太祖时期，鄠邑出了一个读书人杨砺，据说他是大宋的第一位状元。杨砺饱读经书，满腹经纶；机敏睿智，聪明异常。当年殿试第一，太祖皇上御笔钦点状元后，随口问道，新科状元既是关内道西安府鄠人，那么可知鄠地天桥何在？可怜杨砺一心只读圣贤书，哪有机会了解家乡的风物人情，好在皇上英明，没有追究，只是杨砺羞愧万分。回乡探亲，老父正好去田间锄地，杨砺直奔地头，说了自己的遭遇，杨父扔了锄头，大腿一拍，大叫一声："好我的瓜娃呢，你大（父）我就在天桥上正锄地哩！"原来杨砺脚下，正是涝河出涝峪后所经之处，由于地质构造的特殊，河出峪后自成暗河，顺地下流走大约十里左右才再探头人间，于是这一带就被人称十里天桥。看来读书之人不能只死读书本，还得多体验生活，才不至于闹出笑话。

杨砺确实是鄠县人，也确实是宋朝的开国状元，但这个传说改变了两个事实，一是杨砺家不在天桥，而在天桥以东十几里地的庞光镇杨家堡，所以即使他大（父）种了那么一二亩地，那也应该没在天桥之上；二是杨砺他大（父）可不是农民，杨家可是名正言顺的有根有底的官宦世家。不过杨氏家族运气不太好，官是越做越小，他的曾祖父是唐朝节度使，大权在握，威风凛凛；他的爷爷在后唐小朝廷里当州刺史，名震一方，也还说得过去；到了杨砺父亲这一代就只是一个小小的七品县令了。一代常青藤，代代藤常青。有时在人生中，底蕴还是很重要的。话说回来，官运走了下坡路，但杨家的日子还是过得去的，所以杨砺父亲就把节省下来的钱捐到村南的化羊庙。有时也带着杨砺一起去，时间长了父子俩就和道长熟悉了，这道长可不是一般人，也曾饱读四书五经，学识渊博，只是生不逢时，偏偏生在五代十国，战乱不断，哪有工夫举办科举考试，要不然道长早就考取功名为官一方了。道长见杨砺聪明伶俐，是一个读书的好苗子，就跟杨砺的父亲说这孩子天赋异禀，若能悉心栽培，日后必成大器，不如就让他留在庙中静心读书。有这么好的老师在，杨砺他大（父）当然是求之不得，欣然应允。从此，杨砺就跟着道长在化羊庙里学习四书五经、治世处世之道。

杨砺本来名叫杨励，好学上进又有好老师在身边倾心相授，所以年纪轻轻，在后周王朝统治时期，就以文章闻名天下了。广顺三年（953年）的一天，他拿着自己的文章去见开封府尹柴荣，柴荣命馆舍接待杨砺。杨砺在一天夜里梦见一位穿古代服装的人对他说："你能随我来吗？"杨砺欣然前往。他们来到一个地方，那里宫殿巍峨，非人间所能有。大殿上有三十多个大王级别的人物秉珪南向。杨砺上殿拜谒，只见领头的大王前面有张几案，上面放着簿册，他的姓名居首，但不是写作"杨励"，而是"杨砺"。他向大王请教吉凶祸福，大王说："我不是你的老师。"他用手指一人道："那位来和天尊，将来是你的主人，可去问他。"来和天尊笑说："此后40年，你的功名便可成就，而我也就贵显了。"梦醒了，杨砺颇感惊奇，为了祈求梦中来和天尊所说的富贵，他就把名字改为"砺"。建隆元年（公元 960 年），他中了状元。高兴之余，他更加相信冥冥之中，那梦中的来和天尊所言不妄。

这可是大宋朝的第一个状元，朝廷自然要重用，立刻就封杨砺为工部侍郎。然顺意的花儿还没盛开，时隔不久，他的父亲去世了，杨砺悲恸欲绝，数日水米未进，乡人莫不为之叹息。三年守孝结束，杨砺本想在家侍养老母，后来官府不停催促，他才出仕，这次担任凤州团练使推官。但仅仅过了一年，老母罹病，杨砺闻讯，挂冠而去，回家侍养老母，直到母亲去世。家事料理完毕，杨砺觉得没了牵挂，作为一个有着远大理想和抱负的人，也是时候该为国家尽忠了。开宝九年（976 年），杨砺诣阙献书，再度出仕，到西北边地做了一名州史。这年十月二十日，宋太祖驾崩，他的弟弟赵光义即位，是为太宗。端拱元年（公元 988 年）正月，太宗第三子赵恒封为襄王，杨砺出任襄王府记室参军，负责王府的文字工作。杨砺一见赵恒，又惊又喜，回家偷偷地告诉儿子："我今天看见襄王仪貌，就是梦中的来和天尊！"赵恒掌理开封府，杨砺又出任开封府推官，负责审理刑狱。一日，赵恒问杨砺："你是哪年成为进士的？"杨砺唯唯不答。后来，赵恒得知杨砺为建隆元年状元，自悔问得太不得体，对杨砺不以状元自傲的品性，甚为推重。

淳化（990 年—994 年）此年号使 5 年，赵恒被立为皇太子，杨砺兼任右谕德，掌赞谕道德，侍从文章，赵恒对他极为看重。两年后，即至道三年（997 年）三月二十九日，太宗驾崩，赵恒即位，是为真宗。自真宗即位后，杨砺日转千阶、青云直上，仕途路上高歌猛进、一路向前，直到做了枢密副使。枢密副使是最高军事机构枢密院的副长官，职位颇重。当然，这并非因为真宗是杨砺梦中的来和天尊，而是由于杨砺能力过人、才堪大任，再加上他曾是真宗为襄王时的记室参军、开封尹时的推官，故升迁很快。

但是，人生路上，风顺能扬几锨，正当杨砺官运亨通之时，病魔却突然降临，咸平二年（999 年），杨砺六十九岁因病而逝。真宗闻讯，十分悲痛，对宰相说："杨砺耿直清廉，谁知竟去得这么快！"于是顶着大雨前去吊唁。杨砺住在一条窄巷子里，路窄得车驾都进不去，于是真宗下车冒雨步行，来到杨砺的灵前，手抚棺板，嗟叹良久。从宋太祖至宋太宗再至宋真宗，杨砺三朝为官，上下朝都是步行，也没有随从，走路从来都是低头不语；身为高官却多年蜗居在汴梁城内一条狭窄的小巷内，房屋不过三四间，还年久失修，比贫苦百姓人家院墙还不堪，让人丝毫看不出这就是当朝光禄寺丞的府邸，这清苦之境怎能不令宋真宗感叹。回宫后，真宗诏令罢朝致哀，追赠杨砺为兵部尚书。

陕人耿介直爽，做事公正踏实，不喜花言巧语，这些优秀的品质在杨砺身上得到了全方位地展现。杨砺为官清正，一生廉洁，俭朴节约，亦有著作留下，著有文集二十卷。

（十七）鄠邑故事之那些书院

有人说，中国式的"文艺复兴"是在宋代的历史天空中出现的曙光，而完成这个历史使命的载体非书院莫属了。书院最早出现在唐朝，而正式的教育制度则是由朱熹创立的。唐末至五代期间，战乱频繁，官学衰败，许多读书人避居山林，遂模仿佛教禅林讲经制度创立书院，最终形成了中国封建社会特有的教育组织形式。如若我们要去探寻一个地方的文化底蕴如何，最简洁的途径是先看这个地方曾经存在的书院。鄠邑，自金元开始，有资料记载的书院共四座。

柳塘书院

柳塘在终南山下，为金人杨奂隐居教授之处。按清康熙二十一年

（1682年）《鄠县志》推断，其当在重云寺之西南，太平、化羊二峪之间。另据明末版鄠县疆域图载，柳塘书院遗址在县城东南终南山下保峪里与重云里之间的庞光镇乌东村。乌东村有一池塘，传说就是柳塘。附近鸽鹁峪口有泉，直径两米余，终年涌水，应是紫阳泉。又考余下镇张家堡南，昔有池塘，绿竹青翠，柳树成荫，终年不涸，当地父老相传歌曰："柳塘书院清风阁，土牛卧在稻地窝，两个菩萨对面哈哈笑，一柏二石一间老爷庙。"故有人认为柳塘应在此。

杨奂字焕然，元乾州奉天（今乾县）人。聪敏过人，相传三岁时就能随口咏唱诗句。五岁入学读书，母督导，讲历史，传道业。因受到了良好的家庭教育，自小学业出众，但时运不济，举进士不中，于是作万言策，指陈时病，后归隐鄠终南山下，建书院以传道。院内植柳千株，有"清风阁""读书堂""紫阳阁"等，门人弟子百余人。因植柳千株，此地号曰"柳塘"；因旁边有泉叫紫阳，故人称其"紫阳先生"。教授乡里，前后凡四年，与门人研习古籍、解读经典，诗唱词和、赋来文去，长韵短章、古调今曲，每有所作，传遍长安；闲逸潇洒，颇负盛名。《元史·杨奂传》云："奂博览强记，作文务去陈言，以蹈袭古人为耻。朝廷诸老，皆折行辈与之交。关中虽号多士，名未有出奂右者。"

当年崔颢在黄鹤楼前叹道："昔人已乘黄鹤去，此地空余黄鹤楼。"是因为黄鹤楼还在眼前，而今，我们只能站在终南山下，对着鄠邑大地，轻轻地说一声："紫阳一去不复返，白云千载空悠悠。"古迹不在，但诗文永存，欣赏两首杨奂在柳塘的诗作：

《紫阳阁》金·杨奂

碧瓦朱甍动紫烟，清风吹袂渺翩翩。

梦回忆得三生事，悔落黄尘六十年。

再附一首元代诗人李汾的诗，李汾不是鄂人，应是途经此地，能为柳塘作诗，恐怕也是一样的人生遭遇，同病相怜，所以惺惺相惜。

《柳塘》金·李汾

长安西望少城隈，杨柳陂塘手自栽。

渭水波光摇草树，终南山色入楼台。

平生事业书千卷，浮世功名酒一杯。

我亦陆浑山下去，拟寻佳处蘸莓苔。

渼陂书院

王九思（1468—1551）明代文学家，鄠县人，弘治九年（1496 年）进士。王九思与李梦阳、何景明、康海等人相聚讲论，倡导"文必秦汉、诗必盛唐"，史称"前七子"。

明代文学家李开先在其《六十子诗》中评价王九思说："编戏今丽曲，善作古雄文。振鬣长鸣骥，能空万马群。"又在其《渼陂王检讨传》中说王九思："诗文苍古，而词曲则新奇，不止守元人之家法，而且得元人之心法矣。脍炙人口，洋溢人耳。"这当是对王九思诗文、杂剧、散曲的全面且极高的评价。

渼陂书院在县西渼陂，为渼陂先生之别墅。"身退岂待官，老来苦便静。"当年杜甫老先生曾在《渼陂西南台》中写下这句，不知九思先生是否受他影响，归去来兮，渼陂相伴，于是就在他的别墅之上，改建书院，智慧后人，造福乡里。渼陂书院，又称"十亩园"，在空翠堂（后人为纪念杜甫所建）附近。清雍正十年（1732 年）《鄠县重续志》称："空翠堂（位于渼陂）建于北宋，与渼陂书院东西连接。"《古今图书集成》载：

113

"十亩园，即渼陂书院，内有春雨亭，康对山为之记。又有且坐亭、紫阁峰，阁内有遗像存焉。康对山石碣记其盛。"民国二十二年（1933 年）《重修鄠县志》载："又有且坐亭、紫阁峰，今俱亡。"

昔时人已没，渼陂水自流。鲜衣怒马，不敌岁月沧桑。附后人纪念先生诗作一首：

《咏渼陂》民国·张嘉谋

大明多才子，太史无愧禄。功名既成就，弃官归故丘。

编摩不去手，日暇弄扁舟。渼陂故址在，水绕空翠流。

因以铭先生，遗风垂千秋。

二曲书院

二曲书院位于县西南孙家砲，系丰川先生之别墅。清乾隆四十二年（1777 年）《鄠县新志》载："王徵士心敬为别墅于此。期以成日，邀其师二曲李徵君颙讲学，维时学宪毗陵（今常州）嵩侣高公闻其事，为之建坊，大书'二曲书院'，匾其堂曰'斯文未坠'。""徵士"指不接受朝廷征聘的隐士。

王心敬（1656—1738），清理学家，字尔缉，学者称丰川先生，鄠邑区文义里人，后居县城北街。王心敬 25 岁时拜周至李颙（号二曲）为师，讲"正心诚意"之学。从师十年，刻苦用功，40 岁后，便成为远近闻名的理学名儒。宰相朱轼在陕督学时，曾多次到鄠县向他请教；周亲王至陕，殷勤顾问；总督额伦特、年羹尧先后荐，皆辞而不就。相传蒲城某进士殿试时，大学士鄂尔泰问："丰川安否？"某茫然不知所对，鄂笑着说："天下莫不知丰川，子为其同乡人，顾不知耶？"凡一、二品大员来陕，鄂尔泰一定要他们代问丰川安，一时间，黔、粤、吴、楚等地的巡抚都以优厚的待遇聘请他为本省书院总讲习。

丰川先生为人仁慈宽恕，淡泊名利。康熙五十三年（1714年）、雍正元年（1723年）两次"奉旨特征"，皆托病推辞。一生勤于著述，以孔孟学说为宗旨，反对空淡玄虚之说，并能注意研究农业，经世致用。他推崇氾胜之的"区田法"，经周围农人实践，每亩谷子可有小米一石八斗二（每斗约三十三斤）的收获。他的"圃田法"讲种菜技术，主张土地综合利用。如在田块周围种桑，田内种植蔬菜、苎麻、谷物等，一亩的收益能数倍于往常。其子也在他的影响下，著《蚕桑成法》一书，教民栽桑养蚕。

疏二曲书院始末

二曲书院，在邑西南孙家砲村之西郊，乃五十年前独力所创，谋请吾师李二曲徵君娱老讲学之地，常州高学宪公为建坊而题之名者也。其地基后宽五丈，前宽三丈，陆续共盖大小房一十三间。独以地处村外，未设典守之人，仅托人照顾，遂令来往缁黄乞丐人等，往往借宿其中。值冬月天寒则辄盗拆其前后房屋七间，而树木竟为之一空。伤本志之未遂也。乃合众于院东创筑堡城而谋移辅仁一堂于堡内，用存本来之志。拟于明春举工。总之此事，始于丰川独创，其院基则择于己地之正中，初未限定顷亩。又前此曾托人照看，而房屋大半失落，大小树木竟为之尽，地粮则独赔累者五十年。今且欲鉴前弊，但移辅仁堂于堡内自己打就之庄。更欲补建一坊，悬高学宪原匾，以存本面。略添小屋三二间，为来学者起灶夜宿之所。而如堡外旧辅仁堂地基居高临下，有水泉之胜，亦另起小亭三间，作有志者讲诵之暇，供其春风浴泳之逸情。总之，此院至今以后，但拟自己管领，不靠外人致令颓散。遇有志者，则听其裹粮来学，略加照看，然若非真正有志正学之人，则竟不浴泛泛，安插徒博虚名而无益事实也。盖丰川之本志如此。

明道书院

程颢、程颐弟兄二人是宋代理学思想的开山鼻祖，文学家、哲学家周敦颐的学生，北宋"洛学"的创始人。兄程颢，世称明道先生。

他们和鄠邑的明道书院有何联系？明道书院在县城西街，即今西街小学。书院大门内为二门。大门内东西小屋各二楹，为院役守候处。二门内东西厢房各六楹，庭四楹，讲堂六楹，题名"定性"。东西各四屋。讲堂后东西厢各四楹。讲堂为山长主讲处，余皆诸生肄业处也。楼四楹，名"吟风弄月"，初时上设龛奉祀明道先生。下则山长居之，两旁夹室各二楹。庖湢所向南者四楹，东西各四楹。这座书院是清乾隆三十四年（1769 年）知县舒其绅为纪念程颢先生与地方士绅集资购民居而建，并为其作记。程颢，字伯淳，宋代理学名儒。嘉祐六年（1061 年）举进士，调任鄠县主簿。清乾隆的知县纪念先圣，当是欲表己志，引以为知己吧。

历史上的程颢不仅是一位理学家，还是一位精通治道的地方官；不仅是思想家，更是实干家。他有着强烈的济世安民之志向，无论走到哪里做官，他都将"视民如伤"作为自己做官的座右铭，时刻提醒自己坦荡如砥，勤政为民，尽全力多做利国利民的好事善事。程颢古书《二程粹言》（记载程颐、程颢言论集）："明道在鄠邑，政声流闻当路，欲荐之朝，而问其所欲。对曰：夫荐士者量才之所堪，不问志之所欲。"其弟程颐在《明道先生墓表》中评价他："使圣人之道焕然复明于世，盖自孟子之后，一人而已。"

书院，沧桑历史、滚滚红尘间一朵明媚的花，萌芽于唐，完备于宋，废止于清，虽然它逐渐淡出了历史的行程，但它所承载的那些启迪智慧、教化乡民的美好，依然在我们的胸襟中跳动。今天，许我们轻轻地将鄠邑书院的故事，簪进岁月的肌里，相信它们，一定会让我们在回眸时心动。

（十八）鄠邑故事之温庭筠

"千万恨，恨极在天涯。山月不知心里事，水风空落眼前花，摇曳碧云斜。"

——《梦江南·千万恨》温庭筠

明人沈际飞评价"（山月二句）惨境何可言！"清人陈廷焯评价这首词："低徊深婉，情韵无穷。"这词，写尽了思妇满怀深情盼望丈夫归来，希望落空之后的失望和痛苦之情。这首词的作者叫温庭筠，因曾居于鄠邑郊外，自称杜陵游客。虽然把他拉到鄠邑故事里来说有点儿牵强，但好歹他也在鄠邑大地上生活过两年，所以就说一说他的故事吧。

温庭筠，少敏悟，幼好学，除了鼓琴吹笛外，尤长于诗词。《旧唐书》本传中说他"士行尘杂，不修边幅，能逐弦吹之音，为侧艳之词"，意思是说他也长得不好看，所以人称温钟馗，看来应是极丑的，但偏偏他的诗辞藻浓艳，华丽精致，刻意求精，被尊为"花间派"鼻祖。

玉炉香，红蜡泪，偏照画堂秋思。眉翠薄，鬓云残，夜长衾枕寒。

梧桐树，三更雨，不道离情正苦。一叶叶，一声声，空阶

117

滴到明。

——《更漏子·玉炉香》温庭筠

辞藻华美，艳词闺情。如若不流连于此，恐怕也不能有深沉的体验，于是坊间便留下了众多温庭筠与爱徒鱼玄机的故事，或许这也真的是词人创作的灵感源泉，尽管李白曾高歌"功名富贵若长在，汉水亦应西北流"，但自古以来又有几个男子不愿意在仕途上一展雄风呢？情场得意之时，官场势必倒霉，所以，如果稍微用点心去体悟，你一定能感受到温庭筠其实何尝不是借助闺情来感叹遭受排挤、怀才不遇的悲凉心情。

"咸阳桥上雨如悬，万点空濛隔钓船。"二十岁出头的太原祁人温庭筠，在一个大雨如注的日子，来到了长安，开始了自己漂泊的日子。家族没落，父亲早亡，生活困顿，但这些并不能压抑住温庭筠的文思敏捷、才高八斗。每次考试，温庭筠只需叉八次手就成八韵，速度神奇，被人称作"温八叉"。但他这个人很奇怪，不知是为了彰显自己的才学还是爱心泛滥，抑或是对世事不满，他经常为邻座的考生代写文章，于是世人又送他外号"救数人"。任何时代，规则二字不可僭越，走进科场的游戏圈，就得遵守游戏的规则，剑走偏锋，注定了他的仕途始终是不会如己愿的。但人有才气就是不一样，他真的不知收敛、不检行迹。有一次李义山对他说："我近来作了一联，'远比赵公，三十六军宰辅'，没有得到偶句。"他张口就道："你怎么不对'近同郭令，二十四考中书'？"

同所谓的考场救人一样，温庭筠还帮过丞相令狐绹的忙。当初，温庭筠经常出入令狐家的书馆，且很受优待，但他却从内心深处看不上令狐绹。宣宗爱唱《菩萨蛮》，令狐绹想博个皇上喜爱，就暗中叫温庭筠代自己撰词，他告诉温庭筠不要把这代作词之事捅出去，结果这家伙还真给捅了出去。于是大权在握的令狐大人恼羞成怒，立马就疏远了温庭筠。当然，我不是在宣扬做人得向歪门邪道屈服，但既有求仕之意向，都不知话有三说、巧说为妙的道理。

　　但温庭筠毕竟是很有才华的，令狐大人亦能屈能伸，仍能向他咨询事情。有一次，唐宣宗写下"金步摇"的句子，未能对出下句，就让那个连进士都未考中的温庭筠对，结果他脱口而出"玉条脱"，又出一药名"白头翁"，温庭筠又以"苍耳子"为对。宣宗很高兴，但令狐大人却不知"玉条脱"之说，便不耻下问，谁知温庭筠又拿令狐大人开玩笑，说大人所要解决的问题在《南华经》里便可找到，要知道那书可不冷僻，所以大人在治理国家大事之余，也不妨去多看看些书吧。这话可真惹恼了令狐绹，从此他就再也不理会温庭筠了。后来等恃才放旷、图了一时高兴的温庭筠反应过来，在诗里写下"因知此恨人多积，悔读《南华》第二篇"时，这梁子结的，早已无法弥补了。

　　这种放荡不羁的性格与情商，注定要给他的生活平添太多的麻烦。一天，爱好微服出行的宣宗，跟当时还没见过皇上的温庭筠在一个旅馆里凑巧遇上了，温庭筠生性傲慢，见来人有点气势不服气了，于是傲语诘之，戏谑地问宣宗："你不就是当司马、长史之类的官吗？"被否认后，又继续问道："那么，你莫非就是那些县尉、主簿之类的人吧？"对温庭筠的一再诘问，宣宗只好说道："皆非也！"回宫后，宣宗心里实在觉得不痛快，自己是潇洒倜傥、一表人才，凭什么就非得是那些芝麻小官呢？真是狗眼看人低呀！遂命令宰相把温庭筠贬谪到了方城当县尉去。皇上还在诏书中说："读书人应以德为重，文章为末。你这样的人，品德不可取，文章再好也是弥补不上的。"为此，给他送行的一群诗友都为之叹息。在大家为这次送行所做的诗里，诗人纪唐夫的七律诗是写得最好的，其诗《送温庭筠尉方城》云：

　　　　何事明时泣玉频，长安不见杏园春。

　　　　凤凰诏下虽沾命，鹦鹉才高却累身。

　　且尽绿醽销积恨，莫辞黄绶拂行尘。

　　方城若比长沙路，犹隔千山与万津。

　　没有谁是不可以取代的！一个读书人即便有最好的文才，管不好自己的烂嘴，还接连不断、没有眼色地得罪上司，那他青云直上的希冀恐怕只能是美好的愿望了。但是金子还是会发光的。不管怎样，权贵们可以排挤、压制温庭筠，让他仕途多舛、生活坎坷，却压制不了温庭筠的四溢才华，以及他的一腔男子汉的沸腾热血。

　　他在《苏武庙》中写道：

　　苏武魂销汉使前，古祠高树两茫然。

　　云边雁断胡天月，陇上羊归塞草烟。

　　回日楼台非甲帐，去时冠剑是丁年。

　　茂陵不见封侯印，空向秋波哭逝川。

　　杜牧《河湟》诗云："牧羊驱马虽戎服，白发丹心尽汉臣。"温庭筠用这首诗遥念先贤、启迪后进，再一次塑造了这位"白发丹心"者的形象，这英雄的形象不正是他，以及那些热血男儿们一直所追求的吗？

　　他在《太液池》中写道：

　　腥鲜龙气连清防，花风漾漾吹细光。

　　叠澜不定照天井，倒影荡摇晴翠长。

　　平碧浅春生绿塘，云容雨态连青苍。

　　夜深银汉通柏梁，二十八宿朝玉堂。

　　吊古无非说今，忆昔只是想要诉己之衷肠。汉代的朝堂之上有那昔日英才忙碌的身影，而时至今日自己却不能走上心中的柏梁台！这哀叹，是何等的痛心！

可怜一身才华，却因行为放浪，屡举进士不第，长期被贬压抑，一生终不得志。尽管李贺早就写过："请君暂上凌烟阁，若个书生万户侯？"但我们的温庭筠，在流落途中都没有想通这个道理，还沉浸在自己求仕的路上，一直到不知所终。俱往矣！死者长已，但"过尽千帆皆不是，斜晖脉脉水悠悠"留下了；"鸡声茅店月，人迹板桥霜"留下了；"千里关山边草暮，一星烽火朔云秋"也留下了。

是非成败转头空，历史的天空，终是以澄澈的姿态映照出了那些熠熠闪光的星子，而温庭筠以他杰出的文学成就，成为文学史上千古不朽的诗人。

（十九）鄠邑故事之化羊庙

被王九思先生称作"吾鄠山水之胜，兹地为最"的化羊峪位于鄠邑庞光镇化丰村南。东临鸡头山，西靠牛首山，南偎秦岭重峦，北俯百里秦川。峪内林木森森，松柏环绕；野花丛丛，色彩斑斓；流水潺潺，叮咚有韵；鸟鸣声声，不绝于耳。有一庙宇耸立其间，这庙叫化羊庙，又称"天齐庙""东岳庙"。

《封神榜》中，当年姜子牙封黄飞虎为东岳神，"执掌幽冥地府一十八重地狱，凡一应生死转化人神仙鬼，俱从东岳勘对，方许施行"。曾经驰骋疆场的黄飞虎成为上天与人间沟通的神圣使者，成为历代帝王受命于天、治理天下的保护神。唐玄宗时又封其为天齐王，意为功与天齐。宋真宗时封其为仁圣天齐王，后又加封为东岳天齐仁圣帝，黄大将军遂成为人们眼中五岳之首的东岳大帝。

鄠邑的东岳庙不止一座，在北边的甘河镇，王重阳的遇仙桥旁，还有一座明代建筑的东岳古庙，不过现在仅存一座戏楼，这里已成为鄠邑第二高级中学的校园，教育是件功德于千秋的事，这也算是东岳大帝对鄠邑教育事业做出了无私且无尽的贡献吧。不过在一邑之间建了两座东岳庙，可见鄠邑人民自古就对这个七世忠良、武艺不凡、刚正不阿的黄飞虎将军心怀崇敬、虔诚不二。

回到化羊峪上，化羊峪的东岳庙两边的山峰上各有一座凉亭——东边望乡亭，西边吉狮亭。两亭像飞凤振翅，成老牛犄角之势，将化羊庙宇环护胸中。化阳庙的东岳献殿据说是我省保存的、唯一的一座元代建筑风格的庙宇，虽是元代风格，但相传庙宇最早建于宋代明宣德年间，原有130余间，建筑宏伟，规模壮阔，是一处比较完整的古建筑群。古老的庙宇大都是有传说的，既然东岳勘对人间生死转化，所以当地人皆信东岳庙就是阴曹地府的入口，往生者在这里可再回头望最后一眼这一世的家乡亲人，转身一入地府就再也难回今世。每每走到这里，那种肃穆庄严不由让人心生虔诚，不敢造次。据说这庙被大家看重的另一个原因就是，这里有一套《东岳大帝灵签》，鄠邑盛传特别灵验，所以常见信众到这里来虔诚求签，估计这签之灵恐怕和这地方传说中的特殊功能也有关系吧。

不光这庙宇有传说，这化羊峪的名字也是有故事的，而且不止一个。传说很久以前，在化羊峪还叫作扈阳峪时——这扈阳峪，《长安志》载："扈阳峪，一名扈水，今名马腹陂。"《水经注》云："扈水上承扈阳池。"但不知为何鄠县所有的峪口中独此谷名为"扈阳谷"，有人就探问，莫非此地是"扈邑"生根发芽的老巢？当时，有个叫黄初平的道长在此修炼。山脚下的村中有一小孩经常来这里放羊，一天走到这里，口渴难耐，就走到黄道人的茅屋讨水喝，黄道人也很喜欢这个机灵的孩子，一来二去这小孩对黄道人的道学也升起极大的兴趣，于是决定放羊于坡，他在此听道几天。不想几日之后，这孩子的大哥找来，询问黄道人是否见过一个放羊小孩，黄道人指向茅屋前的柏树，那小孩正坐在那里煞有介事地学道。大哥走过去斥责道："叫你放羊，你竟几年不归，现在咋连羊都弄丢了！"小家伙茫然睁眼，说："羊没丢啊，那不是在山坡上吃草吗？"大哥望去，满山坡都是石头，并没有羊的踪影，于是追问弟弟，那孩子随手指向山坡道："不是在那里嘛！"大哥顺着弟弟手指的方向看去，惊奇地发现原来的石头居然全变成了活生生的羊。大哥不明所以，叮嘱弟弟赶快回家后就离开了。小孩在黄道人这里又逗留了几日，回家后却发现门前的小树已经参天耸立，而父母早已都不在人世了，哥哥的孙子竟然都长大成人，看起来比自己的年龄都大得多。这情形，还颇有"怀旧空吟闻笛赋，到乡翻似烂柯人"的感觉，山上几日小留，人间居然沧海桑田，而自己放的那群羊呢，竟然卧在了山坡的坡上，真的成了一块块藏在草间的大石头。牧童无奈，只好回山继续跟随黄道人学道。后来，人们就将此地改名化羊峪，之后建成此庙，遂命名为化羊庙。

还有一个传说，化羊河的龙君是一条得了仙气的百年蛟蟒，修炼期间常常兴妖施法，导致河水泛滥，两岸被淹，周围百姓为此吃尽了苦头。一天，巡视人间疾苦的东岳神来到这里，听到了这些事后很生气，召来化羊龙君责问因由，并下令河水改道，让其出峪口后改向东行，从无人居住处流过。临走时东岳神还遣来泰山东岳庙前的一座石狮到此守护监视龙君，并撒出一只凤凰，定在峪口之上，化羊龙君再也不敢嚣张。从此，这里百姓安生，作物丰盛，一派祥和。人们感激东岳神造福于民，便在峪口河岸修了这座东岳庙来纪念他。

化羊庙东岳献殿完全彰显了元代建筑风格。夸张的瓦当，狰狞的怪兽，红绿相间的雕花脊筒，线条优美流畅。那梁那柱、那门那墙、那砖那瓦，无不透出苍劲古朴之气，让人震撼，令人回味。献殿前有元代石碑一通，是元世祖忽必烈之子安西王忙哥刺敕令旨碑——蒙汉文石碑一通，碑高2.37米，上部蒙文，下部汉文；立于明景泰三年（1452年）的《重修古迹东岳庙记碑》一通；《化羊峪补修东岳庙记》碑一通。大殿上，中间供奉的是专执人间生死的泰山神东岳大帝，左边配享的是主司文运的文昌君，文昌君也称文曲星，是中国神话中主宰功名禄位的神仙；右边配享的是宋朝鄠县籍"关中第一状元"杨砺。凡人杨砺能配享于此，除了鄠邑人对文化以及文化人的追从与骄傲，还有一个相关的传说，来自宋真宗的"万岁牌"。

相传，宋真宗赵恒乏嗣无子，受状元杨砺奏荐，曾向东岳大帝祈祷求告，其后果得一子。真宗为报答神恩，特赐书："东岳天齐仁圣帝"并做成金字牌匾赐予化羊庙。牌高七尺，宽一尺，其中牌座高五尺，雕刻精巧，书法挺秀，肃穆大方。最有趣的是，秦岭麻雀很多，但因这方匾有"圣旨"二字，麻雀吓得都不敢栖息其上。但这块被当地人叫作"万岁牌"的匾后来竟被人偷去做了床板，真是有辱斯文！不过还好最后被追回，现在已经成为化阳庙的镇庙之宝。

作为山水灵地，这里也曾有过一所学校。民国二十八年（1939年）抗日战争时期，陕西省教育厅为避敌机轰炸，将陕西省立西安师范与女子师范学校迁至化羊庙，同时改称陕西省立鄠县师范学校。后来鄠县农林局筹办的农业技术学校也在化羊庙创办。庙中碑廊还嵌有当年学生旧地重游的题诗："化羊峪中峪亡羊，杨砺衣冠何处藏。鸡头岭岩万尺险，牛头山坡千柏苍。春风盈野终南秀，秋雨漫山渭水长。昔年读书幽雅境，今朝雨化桃李红。"

白云苍狗，青山依旧，在巍巍秦岭的大蟊之下，冬日的化羊庙，像极了一位参透人生至理的沧桑老人，微笑着，素履躬身，只待我们前来，在时光的流年中与他再次相逢！

（二十）鄠邑故事之白马河与状元庙

　　南山叠翠，四塞为固，富饶关中，成就天府，龙脉秦岭，福佑万众。卧于秦岭怀中的鄠邑，永远有着说不完的故事。鄠邑沿秦岭最西南，紧接周至的村子叫柳西村，村西一岭叫西岭，也有村落遍布，岭下有沟叫西沟，沟中有一条河叫白马河，越过白马河就是周至九峰永丰村，虽然这条河现在是周鄠两家的界河，但丝毫不影响两家的百姓相依相伴，今天要说的就是两家交织挽手在一起的故事了。

　　终南山有一条唐僧西天取经的神仙路，就在这两村之间的大地上。传说那年唐僧西天取经，走出长安城，沿着秦岭脚下一路向西，在这里就酿出了一个故事。

　　当时挑担子的只有孙悟空，但坐骑白龙马已经压在了唐僧的屁股底下，经过西岭竹竿坡一带时，白龙马生起病来。这白龙马乃西海龙王三太子所化，原名玉龙三太子，因烧毁天帝所赐予其父的明珠，被天帝惩罚，幸得观音相助，于是被提前释放，在蛇盘山鹰愁涧得以和唐僧西天取经，换取重新做人的机会。但偏偏他过惯了锦衣玉食的生活，且久居阴冷潮湿之地，不能很快适应颠沛流离的生活，况且还得吃野草、咽野菜、喝路边水沟里的脏水，所以一路走来困苦不堪，且肠胃难以适应，最后不吃不喝，不拉不尿，眼见得那肚子一天天的就大起来。呦，病得还挺严重的，唐僧菩萨心肠当然不能撒手不管，宣布就地休息，可惜唐先生不是兽医，无法诊治，只能长念佛号，祈祷白龙马早日痊愈。这一日傍晚，突然狂风四起，阴云密布，电光闪闪，就听得"咔、咔"两声

125

惊雷，因病体虚的白龙马身子一抖，登时吓出了一身冷汗，还失了玉龙太子的龙家形象，连屎带尿拉了整整一夜，最后将体内的龙精龙液尽情释放，不留丝毫。这在关中，俗称"换肚子"，玉龙太子被这闷雷击得换了肚子，从此变成了凡间的马肚子，再也不怕草料脏水了，这一劫算是过去了。白龙马也算是一个竭尽全力的小徒弟，大病才愈，不敢歇息，马上驮起师傅唐僧继续西天取经去了。只留下那些龙精龙液，哗哗啦啦，在此顺着山坡流泻而下，成为一条河，到今天还流淌不息，因是白龙马的龙精龙液所开拓的河流，人们就称这条河为白马河。

时光荏苒，这河盛不住时光，终于变成了一条小水沟，但听说今年雨水多了，居然还泛起了浪花。看来那句话说得没错，没有什么比时间更具有说服力了，因为时间无须通知我们就可以改变一切。

这西岭深处，更是有《西游记》里众多故事的留存，盗取了如来赠给唐僧的那件袈裟的黑熊怪，他的老巢黑风洞就在这里；稍微向西去的大曲村后山有红孩儿洞，在虎头山庙西，牛角沟半崖间也有一石洞，据民间传说是悟空他大哥牛魔王的洞府；虎头山庙西，向东南，鸽子沟西侧的悬崖上有三个洞，传说是牛魔王之妻铁扇公主的芭蕉洞，当年悟空借芭蕉扇就是翻着筋斗云在这里借扇子的。后来因成群的鸽子栖息此洞，现在人称"鸽子洞"。

西沟还有一座财神庙，本地人称"黑虎殿"，传说是为财神赵公明座下的黑虎显圣而建。在向北靠山边子的就是鹰嘴峰上的鹰峰寺，这鹰峰寺以及西边的鹰鸽寺不是太闻名的，不过这鹰峰寺前的状元庙倒是在十里八乡，人人皆知。冬天站在环山旅游路上，向南一眼就能看到秦岭北麓群山最近处，那一个高高凸起的山峰，就像一个撅起嘴巴的雄鹰，这只巨鹰高踞虎头山前，雄视着广袤的关中大地。在鹰嘴的上面，挺立着一座五六米高的两层宝塔，那就是方圆百十里间闻名的"文曲阁"，俗称

"状元庙"。远看此峰，孤高不群，直插云天，山顶上孑然一间小庙，危然耸峙，颇有那么一点非凡壮观之气势。

这状元庙位于周至和鄠邑交界的周至九峰乡永丰村境内，所以到状元庙有两条道可走，一条是鄠邑这边的柳西村，沿西沟向西南方向爬山，不过如果车子好，驾驶技术高，是可以直驱鹰峰寺前的，向北一百来米就是状元庙。但不建议驾车上山，因为状元庙香火旺盛，道路却过于狭窄，来回双方会车难度极大，且过了状元槐后就是土路，我们上去时是惊了一身汗的。还有一条路，可取道周至九峰永丰村，永丰村是虎头山下的一个小村，从村委会广场西边而上，过虎峰寺，然后一路向东，路宽，但是坡度大，小排量的车建议慎行。走永丰村的车也得停在半路上，然后步行上山。距离状元庙的路程，两边比较一下，永丰这边能近一半。

不管从哪边上山，都要穿行无尽的密林，来到峰下，才能感受到鹰嘴峰的险要，因为整个鹰嘴就是一道险要的山梁，而两侧就是深不见底的悬崖峭壁。行走在山梁上，尽管两边千丈深谷，尽管时值深冬，但林木繁密，枯枝横陈，却也遮蔽了一些视线，让人还能有一丝的心安。沿着不能并行两人的台阶登上顶峰，右有一凉亭可供休憩，但今日的凉亭只能在山风中瑟瑟独立了，毕竟不是周末，也非考试旺季，上山的人不多，不过还是看到了三两家的家长在那里虔诚地焚香祷告。两棵大树，分立左右，赐福飘带，迎风招展，满身披红，在冬天的寒风中为这灰白的世界平添一抹暖暖的色彩；两层小楼，名曰魁星，红砖砌就，青瓦攒顶，四角的铃铛在冬天的寒风中叮当作响，让这世界少了一些寂寞。北向有一香炉，香烟袅袅，供奉文曲星君，百姓烧香祈福，家长登临朝观，据说特别灵验，碑文有证，布施许愿者皆能如愿。

山势嵯峨，山神灵验，使无数善男信女趋之若鹜。这，也算是一种追求吧，毕竟，人都有欲望，需要安抚。但佛，真的能助我们一臂之力吗?

"众生度尽,方证菩提。地狱不空,誓不成佛。"想起了地藏王菩萨的宏誓,地藏是博大的,而这世界是变化的,当私欲四下涌起,菩萨,也该累了!当然,人世如幻,身命若浮,我们可能一直在梦里挣扎,所以我们需要寻找一份慰藉,来安抚一下自己对美好与未知的追求,那就原谅你吧——人。

此刻,在这鹰嘴峰上,世界寒冷寂静,朝北远眺,冬雾迷离,自然之手隐去了远处更多的关中美景,但"金周至,银鄠县"的土地还是毫不吝啬、竭尽全力地展现了部分色彩在我的面前。目光所及,村庄林立;道路交横,车辆不息。

这远处的世界,正在用另外一种方式,向我们宣告着这盛世的繁华!

日子在生花

（一）家在关中道

一叶落而知秋临，雨虽至却伏未尽。关中道的秋天是从炸阳依然当空开始的。这不，今天立秋，早上老天爷还哭哭啼啼地落下了几滴眼泪，现在又是蓝天白云，太阳高悬。哪怕烈日当空，也有了胆子出窝儿去撒个欢儿。

河堤路是必去的地方。河是沣河，不算壮实，但也有它的威严与柔美，从南山鸡窝子一泻而下，人称沣溪，出峪口横插关中道，途中收高冠河、太平河，与潏河汇合之后，方称沣河，然后一路逶迤，一路洒脱，奔向渭河。只是这沣水绝不是独将它的婀娜美艳留存于世间，造福两岸百姓那可是一马当先的，所以在叫作沣河后的第一地点——秦渡镇，人们沿沣河东岸，蓄水造渠，这里就是关中水利工程之"关中八惠"的沣惠渠渠首，这里，一河一渠一湖。河叫沣河，潋滟生姿；渠叫沣惠，端庄敦厚；渠边有湖，湖叫仪祉湖，引水于沙坑，修湖于此，是为了纪念中国现代水利先驱李仪祉先生的，因为这条渠就是在先生的倡导、设计下，于1941年引水修建的。碧空如洗，黛山似螺。仪祉湖波光粼粼，沣惠渠水声潺潺，而沣河呢，毫不介意被人分割，它可不会停下自己的脚步，依旧无怨无悔地时而沉静，时而欢腾，一路向前去证明它响彻亘古的美名。

关于秦渡镇，当下最著名的是米皮和一口香小油糕。但上溯历史，这里确实是深厚源远，秦渡毗邻沣河，《诗经·大雅·文王有声》记载："沣水东注，维禹之绩。"大禹曾治理过沣河，足见这里历史之久远。而沣河边上的秦渡是西周时代的沣京，周文王伐崇后建都于此，故史称"周丰宫"，相传秦镇南门外原先有一个大土堆叫"墩台"，据说这个墩台就是周文王的烽火台，而现在它已烟消云散，不知所踪了。后来秦弘始三年（401年），皇帝姚兴及文武百官由京城奔赴草堂寺听取高僧鸠摩罗什讲经，又一说是去草堂寺请鸠摩罗什为其父安魂做道场，于是在此设立渡口，这里才命名秦渡，历经时代之沧桑，到明代宣德元年（1426年）前后，改为秦渡镇。曾为京畿之地，渡口要道，故人流如织，商旅不断，可惜时光荏苒，长安城风光不再，但商贸交流亦从未间断，店铺林立，百货琳琅满目，被人称为"万人集"，所以，它能在明清时期依然当上关中"四大古镇"之首，那可不是吹出来的。

　　沿河堤路往北，路旁的庄稼在疯狂地成长，花儿们在肆意地怒放，而知了呢，也不分早晚，鼓着腮帮子，在不要命地一声接一声嘶鸣。当嫩绿蜕变成老绿的色彩，当柔弱转身生成了泼辣的姿态，当蚊子也恬不知耻地逮着你，不管三七二十一地想饱喝一顿时，关中道，这才进入了生命力最旺盛、最狂妄放浪的时节。当周围的一切都进入了疯狂地成长中时，脚下的沣河水呢，依旧不疾不徐地缓缓向前，只有那和它一样悠闲自在的白鹭，扇动翅膀划过水面，牵动起了人的点点情思。越过梁家桥，来到了一片向日葵的世界，一垄接着一垄，这里花刚开败果刚熟，那里就又是一片金黄，灿若星河，直刺人眼，号称千亩葵花林带，还真的有让人望不到边际的感觉。在一片金黄之中，又起一条小渠，渠头耸立巨石，昂首飒然，上曰："昆明池首。"抬头东望，绿油油看不到边际的就是细柳地域，道边的柳叶在秋来的第一天就已泛白，让绿叶有了一点苍凉，苍凉得甚至枯黄掉落，惹得路旁昂首挺胸的野草头上，平白挂上了一条条扭曲的小黄虫子。是秋了，不见了"上林苑里花徒发"的寂寞，因为这立秋日的葵花真的带给人明媚向上的感觉；不见了"细柳营前叶漫新"的孤独，因为这沣河边的绿叶真的让世界涌出了恣意蓬勃。但这正午的声声蝉鸣中，却还是让人不由滋生出一种情愫，那就是"道旁杨柳依旧在，不见将军猎渭城。欲说细柳营中事，千年一瞬暮云平"。

沣水借渠，东去潺潺，写意昆明池畔。烟轻昼永，引莺啭上林，鱼游灵沼。此刻，我就站在沣河边的灵沼，"灵沼"，好诗意、好灵气的名字！《大雅·灵台》云："经始灵台，经之营之。庶民攻之，不日成之。经始勿亟，庶民子来。王在灵囿，麀鹿攸伏。麀鹿濯濯，白鸟翯翯。王在灵沼，於牣鱼跃。"灵台、灵囿、灵沼，被称作"西周三灵"，它们的身影可都在今天的灵沼大地间有迹可循。人皆认为，大凡能在《诗经》中留下名姓的，也应是这块土地莫大的荣幸了！所以我们有多少人给孩子取名，无不翻开《诗经》细细寻来，不过，这灵沼，可是《诗经》借它成就。当然，在关中道上，据说是秦砖汉瓦俯首可拾，历史典故更是让人能信手拈来，只在《诗经》中，你就可翘首望《终南》顾水见《蒹葭》；可山间沐浴《晨风》地头轻唱《渭阳》。灵沼，就这样，与细柳对峙，在河的西岸施施然拖起历史的裙袂，翩然而舞，在繁华中沉默，在沉默中不屈，在不屈中上进。

"流光容易把人抛，红了樱桃，绿了芭蕉。"无关乎身边黄灿灿的油葵，无关乎耳畔呼呼飞响而过的《诗经》，唯愿当歌对酒时，阳光常照金樽里。站在沣河的绿洲之上，眼前的河堤路，蜿蜒、幽远、美好得让人久久沉醉其间，而南望秦岭，高耸逶迤，指苍穹而霸天地；北眺沣水，绿意荡漾，恣情绵长地还原着盛世的斑斓美好！

家在关中道，我由衷地为家乡的"三河一山"绿道工程骄傲，为我能生在这样一个自立坚强，不屈向上的国度而自豪！

天府富庶地，享尽人间美意！

（二）写在春天

有时我们的心情需要用文字去诠释。对过去我们曾假设过无数个答案，惊叹曾经的某一步如果走错，今天该怎么办？对未来我们也有过无数的憧憬，但行走中，却多了一份焦虑，每走一步都小心翼翼，怕明天会再次叹息！其实，路无对错之分，走哪条都行，只是你所遇的风景不同，收获不一而已。

总想拥有一份豁达的生活，但自我的豁达能否让整个生活变得灿烂？这是一个很费神的问题。考虑良久，尽管答案是否定的，但我们还得做个豁达的自己。

有关荣誉。当一切庸俗殆尽时，荣誉才真正有自己的光辉！不苛求，人心自有一杆秤！不想说话时，别强迫自己。沉默会让别人更清楚地认识你的分量。与相知者言，与无趣者远。

关于付出与回报。没有完全的对等，对象不同，结果不一。当付出大于回报时，提醒自己：淡定！因为很多时候生活给予我们的已经很丰厚了。难受，不一定用落泪来表现。让风将泪吹干，用牙将痛苦嚼碎。把头抬起，四十五度角，这时，一切都将过去！

工作成就证实了人存在的价值，尽管沾上了铜臭，但没有金钱，在这个城市里我们无法立足。我们不爱钱，但我们得生活。

关于爱情。人生中绝不可欠缺的东西！珍爱但不可自私，紧握于手的沙，总会漏掉。

生，是上苍的一种恩赐，尽管不能活得很漂亮，但我们也得倍加珍惜；死，是人生的句号，不管画上的迟早，但得像虔诚的阿Q一样，尽量画圆。其实，有时候文字又怎能淋漓尽致地阐释我们的心情呢？

（三）流淌在春天的思考

当清新的空气从窗外挤进我的小屋，我知道，这个早晨我不能懒惰了。

起身，走进春天。"寒雪梅中尽，春风柳上归。"迎面吹来的风暖暖的酥酥的。路边，腊梅黄黄的花瓣带着些许的微尘迎风而立。只听过菊抱枝头死，哪见梅立横柯上？伸手，轻捻，细碎，飘零……碎瓣随风飘落，但指尖蓦然一股幽香飘来。不由心中一震：就在昨天，曾在寒风中，曾在大雪下，腊梅花孤傲地开放，开出了寒冷灰色中的靓丽多姿，开出了凛冽刺骨间的高风亮节。或许，它曾让某人的眸子里闪动过惊喜；或许，它曾让迎面的路人闻香而止步。可就在这春天的早晨，它却干枯在了枝干之上。有人说，它是报春的使者，但使者怎能在春天到来的时候香残玉殒？可能时光就这么无情吧，它不会让我们生活在我们期待的圆满之中。但在不断地残缺中，我们却也可以得到更多、更美的东西。如今晨暖风，荡漾在腊梅旁边的柳枝上，让柳枝婀娜的翩跹而舞，在舞动中，又轻轻地抠开柳枝上的芽苞，将绿叶悄悄地拽出来。小小的嫩叶将舒未舒，像胖娃娃的小手，不是一个、两个，而是一串、两串、一大串一大串。它们被春风带入这个世界，却又在和春风相互逗弄着，将欢喜的气息洒向整个天空。

是的，我们的生活就是这样的，当我们还在为过去而留恋叹息时，今天就已经活泼地来到我们的面前。容不得拒绝、容不得停滞，甚至容不得思考，就那么鲜亮地和你照面，向你问好，让你不由得想说一声：生活，真美好！"沉舟侧畔千帆过，病树前头万木春。"向蜡梅轻声说一句：再见！给柳枝打个招呼：你好！

"林花扫更落，径草踏还生。"远处，一簇簇粉白的绵延不绝的花在向我招手，走过去才发现，原来是红皮李！尽管山上的红皮李开花的时间总是抢不过灿烂的迎春花，但它开花的热闹程度却绝非迎春花能比，尽管花色粉得不够白净，但它还是尽自己的力量把最明媚的笑容留给了春天。走在红皮李树下，感受着千年前陶渊明的落英缤纷，看花瓣斜斜地飘落下来，任它沾满我的衣襟。看着看着，不禁替这薄命的花儿思绪万千，这满树薄若蝉翼的花瓣为了在这个春天的早晨酿出这一场花瓣雨，不知费了多少苦心啊！难道一年三百六十四天的积蓄，就为了这一晨的怒放？在还没有来得及睁开自己的双眼之前，就又洋洋洒洒地将自己送回大地的怀抱？脚下，软软的，是一地的草尖，柔软但有劲道。它们托着片片红皮李的花瓣，像在举行一场生命的祭奠，一地粉白，庄严肃穆。想起龚自珍的诗来："落红不是无情物，化作春泥更护花。"蹲下身，向小草致敬；蹲下身，更为花瓣动容。这小小的花瓣呀，呕心沥血，不求荣耀，哪怕只在春光中辉煌一时，也要将自己的事业进行到底！

掬起红皮李的花瓣，顺风扬起，晨光中，我看到了无数奋进的精灵。是的，无可置疑，明年此刻，它们依然会怒放在这里，而它脚下的小草，依然会挺起脖子，高举它们，为它们再次进行一场更加隆重地祭奠！在生命的轮回中，它们——花瓣和小草，相互依偎，相互鼓励，用不屈的坚强诠释着活着的意义！

"时有落花至，远随流水香。"春天，在这个早晨撞醒了我。走进春天，融入春天，我想说："春天——真好！"

（四）养肉记

人就是这样，突然有一天，你就会非常喜欢干某一件事。像我，突然间，从去年冬天开始，不对，应该再早点，是去年春天吧，开始喜欢上了多肉。喜欢它们的憨态可掬，喜欢它们的呆萌可爱，更喜欢它们活得扎实与惬意，当然也有它们容易成活、不用精心伺候就能成就美好的率性！

养几盆多肉，过过农人瘾。远离乡村摸不着土的日子是虚幻的，我喜欢土粒从指缝间滑过的感觉，我喜欢将沙土拥向植物的根部，扶正浇水，我知道我在帮一个生命站立。不算纤纤的十指上沾满土粒的感觉让我总有在老家后院种菜的错觉，虽没有那时挖土下籽的酣畅淋漓，但在这挤挤挨挨如在鸽笼般的家里，竟也带来一丝丝甜意，总算是摸上土了！

养几盆多肉，让生活慢下来。这是一个飞速发展的快餐时代，抬眼望去满眼的高科技，周围总有学不完的新鲜事物、做不完的冗杂事务，烦了，真是烦了，那就养点多肉吧。早晨，从拎起洒壶开始、从盯着肉肉看它细微的变化开始，惊喜就这样到来了。这盆颜色加深，花叶的边缘有了上天勾画出的一条红丝线；那一朵的枝丫间居然出现了一个呆头呆脑的、蠢蠢萌萌的小芽包；这一丛在昨夜秉上天眷顾后，竟洋洋洒洒地涂抹了一身的浅粉，裹在细粉中的红颜成就了一个词：酡红如醉。

当然，不时也会有惊吓出现。一大朵如莲的花儿，突然间在一个早晨，全身变得病态透亮，蔫蔫地与你对视，你不由得想给予它一些力量，而它就在你柔软地触碰中轰然倒塌。只留下你的惊叹与惋惜，再加一句愤愤然地自责：水又浇多了！

养几盆多肉，感受一下生命的力量。偏有一些多肉，顽强得让人唏嘘！一棵莲类多肉，从枝叶间出现了四个小娃娃，可爱的样子萌化了我的心。格外喜爱的结果就是将一个小娃娃与妈妈连接起来的纽带，一条细似丝线的枝干弄折了，还好没彻底断掉，除了自责与痛惜，我没有奢望奇迹的发生，而这株小小的生命却在某日的早晨，从那个还小似豆粒的娃娃脖茎底下，直直地长出了一个细细的白色根茎，那细弱的根茎强烈地向我昭示着生命的顽强与伟大。而第二天，我又发现了半根须茎，依然顽强地向下、向下方的土地间进发，一种异样的情愫震荡在我的心间，这就是对世界的热爱吧，艰难而执着、微小却自信。

养几盆多肉，激发一下语言的灵动。

黄金万年草——

枝嫩叶柔又何妨，命长万年不思量。不问春夏秋冬节，葱茏一片似金黄。

玉露——

金杯盛满玉琼浆，墨玉飞瑕露馨香。

虹之玉——

红红绿绿杂相抚，珠珠团团紧拥簇。

筒叶花月——

筒装叶盛绿满怀，花前月下美尽来。

茜之塔——

青龙锁喉成宝塔，待到来秋染红霞。

不是附庸风雅，而是自然流露。如歌所唱："岁月是成熟的叶子，在这一刻将我围绕，在盛开的时候让我看到，这一切来得刚刚好。"

曾经写过几句养多肉的心得：别养肉了，一养，就会欲罢不能、身陷其中；别养肉了，一养，就会无怨无悔、不能自已；别养肉了，一养，就会学而不厌、又怕毁花不倦；别养肉了，一养，就会谢绝出门、不看电视、不动手机、只是劳作了……不过，养多肉，我真的无怨无悔！尽管用一些资深人士的话说："你们养的那，普货当道。"其实再普通，它们也是一群生命，不要嫌弃，养多肉，永远要记得：忍得住当下的平庸，才能看得到来日的辉煌！芸芸众生，又有几个出身名门世家，即使再普通，也要像多肉一样，努力地活、阳光地活、不断完美地活，这才是生活的真谛！

感谢时间这个打磨机，因为，它是上帝赐予多肉和我们去变化成就的最好礼物。

（五）沿黄"国家1号"公路

先上一张沿黄旅游地图，不过不要被上面直溜溜的路线欺骗了，"国家1号"公路那肯定是山川之秀美绮丽，河流之蜿蜒曲折，高原之高大险峻，各种地形地貌集于一身，尤其是过了壶口，沿黄路逶迤弯转，兜兜圈圈，和黄河一样，瞬间拉长了时光的脚步。

时间：5月5号。起点：西安。又是一场说走就走的旅行。上连霍高速，到华阴出站口下，一眼便看见沿黄公路的起点标志，弯急人多未拍照。开拍已到洽川，高高的高铁桥像一把放在黄河上的竖琴，底座就是黄河湿地，长长的水泥柱子从远处望去，就像一根根紧绷的琴弦，让人忍不住想伸出手弹奏起来。

"蒹葭苍苍，白露为霜。"这里是《诗经》的源头，这个季节的洽川应该是最美的时候，可惜漂亮的芦苇丛、美丽的处女泉不是我的目标，所以冲破车阵，向北吧！

合阳与韩城的交界处，大河在这里肆意纵行。走到韩城，岂能错过太史公祠？新修的宽阔祭祀大道有八车道之宽，两边是根据《史记》作品雕刻的雕塑群。广场大气厚重，历史氛围浓厚。祭祀大道的尽头中间矗立着高大伟岸的司马迁铜像，擎天大雕像，让人望去顿生敬意。走过铜像，一座圆拱形古桥迎面而来，桥旁立一石碑，上面写着"芝秀桥"。相传汉武帝在此采得一枚灵芝，于是这河得名芝水，桥也因河而取名。芝秀桥远望如长虹卧波，两侧设有石栏杆及望柱，柱头上饰有"瓜果"

石雕。千百年来，这座古桥栉风沐雨，坚守这里，迎接着每一位来司马迁祠墓的拜谒者。

走进祠内，肃杀厚重，让人不敢高声言语。看了介绍，没想到的是，太史公现存的蒙古包似的墓冢竟是元世祖忽必烈敕命修建，周围嵌以八卦及花卉砖雕图案，八卦象征了司马迁"究天人之际，通古今之变"的终极探索，因而此墓也叫作"八卦墓"。墓上的五子登科树，森然张开，佑护一方百姓。据《韩城志》记载，"城内有太史公祠，年月邑人莫不祭之"，韩城人至今仍有每逢节日就祭拜司马迁的习俗，传说这样可以保佑远行之人，尤其保佑远行的士人举子得到平安与功名。而昔日，那些西去长安参加科举之人，走到这里，也都会无一例外地虔诚膜拜。

出了祠院，从侧面小道转出，向左有一条磨盘铺设的路，想着刚上山时的凹凸不平的石条路，石条上清晰而众多的车辙和这路相得益彰，瞬间感受到历史的沧桑，司马迁一生的坎坷与悲壮……伟人无须评价，厚重的历史不用我浅薄的语言去缀述，怀一颗虔诚心顶礼膜拜即可，带一腔感动情轻轻离开就行。

一路向北继续行！

壶口景区没有停下的原因是，六点到达孟门山，短短几里路，九点才到壶口瀑布边，耳听瀑布轰鸣之吼声，眼观汽车尾灯之闪烁，尽管心有不甘，但还是选择了放弃。

6号早上，从夜宿的宜川云岩镇早早出发，不过还是在这里走错了路，耽误了些行程。

400多千米的沿黄路，终于看到了豹子5的路碑，在荒凉中，这里程555的石碑与几朵格桑花的组合，居然点亮了行程中困意的眼睛。

算是进入了陕北地界，远远望见的白色帐篷终于有了答案，原来是勤劳的延川人民给枣树打的伞呀！看来，红枣好吃难作务，在以后的日子里珍惜吧！

　　乾坤湾是一幅天然太极图，位于陕西省延川县城南部和山西省永和县打石腰乡河会里村53千米接壤处，是黄河古道秦晋峡谷上一大天然景观，也是黄河最亮丽最壮观的风景点之一。黄河这条流淌了160万年的母亲河，在流经这一带时，形成了一个"S"型大转弯，形成了一个神秘的造型。来到圣览山巅，在乾坤亭内极目远望，形似太极图的乾坤湾尽收眼底。眼前山峦起伏，沟壑纵横，黄河犹如一条巨龙在黄土高原丘陵沟壑间奔腾不息。位于S型的黄河古道边畔上的河怀村和伏义河村，犹如黄河巨龙怀抱其间的"阴阳鱼"。

　　乾坤湾奇特的景观，留下了一个古老的神话。相传远古时，太昊伏羲氏在这里"仰则观象于天，俯则观法于地，观鸟兽之文与地之宜，近取诸身，远取诸物，于是始作八卦，以通神明之德，以类万物之情"。在大湾的左河道中，托起一块鞋状的沙丘，人称鞋岛，是黄河中少见的在河之洲。这里水鸟翔集，是为鸟类的天堂，没有人为的干扰。至今，鞋岛鸟的种类仍是一个未知数，有待专家考察。再细看乾坤亭，地下是用大石铺成的阴阳太极图，和山下的乾坤湾相对应。亭柱上刻着两行大字——"天地造化乾坤湾，羲皇推演太极图"，大气磅礴，叙事了然。

　　黄河携古今，乾坤映天地。坐摆渡车再达羲皇岭，到达羲皇故里伏羲村。先民们就生活在这里，传说伏羲曾在黄河一带教人织网捕鱼、驯养家畜，创造了婚嫁仪式、琴瑟乐器等，使黄河一带成为原始先民最先繁衍生息的中心区域之一。

　　伏羲村沿山崖而建，临河而修，矮矮的洞穴一个接着一个，形成一片向阳的穴居点，看上去颇为壮观。黄河在这片土地上画出了一个又一个美丽的图案，一站亿万年，让这些先民们拥有了富庶的生活，让历史有了传奇，让我们这些后人忍不住发出声声惊叹！

　　离开景区，沿河北上，逶迤的黄河在这里弯弯绕绕，不知画了多少个弯。继续前行，界碑414，这个必须拍入镜头！沿黄路共长828.5千米，这里刚好是中点，刚好也是延川和清涧的交界。看到青涧，于是萌生了离开沿黄路的想法，去看一下路遥吧！沿黄路，如果以后有机会，我一定从清涧出发，走完全程，走到府谷的墙头乡。

从沿黄路到清涧县城，必经高杰村镇袁家沟，这里地势险要，群山环抱，沟壑纵横，但可别小看了这里，毛主席的《沁园春·雪》可就诞生在这里（《袁家沟：〈沁园春·雪〉诞生地》，载于《陕西日报》2019年8月5日）。1936年2月7日，毛主席到黄河岸边视察地形，眼见雄浑壮观的北国雪景，心情非常振奋。回到借住的老乡家后，他坐在炕桌旁，写下了这首气壮山河的《沁园春·雪》。毛主席在礼赞祖国壮丽河山的同时，评古论今，宣告只有人民才是国家未来的主人。

《笔架山》诗云："何年大笔写宽州，拼得珊瑚作架留。涧水淋漓频染翰，山川景物一齐收。"清涧，古名宽州，挤在山间，尤其是旁边的笔架山，看起来很秀气，不太像陕北的风格。今天歇脚清涧。宽州，历史悠久，典故俯身就有，弯腰即可捡拾，红色革命老区，必须转一转！

7号早晨，冒着细雨，来到210国道旁石咀驿镇王家堡村路遥纪念馆。纪念馆门前是一座雕塑，一头奋蹄昂首的耕牛，拖曳着路遥的两部代表作《人生》和《平凡的世界》，默默耕耘在苍茫的黄土地上，就像路遥的那句名言"像牛一样劳动，像黄土一样奉献"。路遥已经成为中国文学史上一个重要符号，他在作品中讴歌的都是奋斗、上进、付出，一个人要始终做到这一点，看似平凡，其实极不平凡。喜爱这扇笔耕不辍的大门，轻轻关上大门，留下永久的记忆。生于斯，归于斯，我想，路遥是幸福的，因为他回到了自己永远的家。

210国道，真的好亲切，在西安，我们就住在它的旁边，没想到路遥的家也在210国道旁，沿210国道向南，越过清涧县城和延川县城，古道文安驿旁的梁家河，习主席也曾在这里住了7年。

古镇文安驿，质朴而安静，真美！

（六）遇见，欧洲

从飞机的窗口向下望去，阿姆斯特丹郊外的片片牧场被小河流切成了一块块肥硕的绿蛋糕，牛羊像芝麻粒洒在上面，贪婪地享受着，享受着这上天赐予的美食。这就是水上威尼斯——阿姆斯特丹。很想融入其间，去了解荷兰这个我很陌生的国度，可惜在此休整一晚后，我们踏上了去德国的旅程。在德国，科隆大教堂刺入苍穹的双塔建筑，正义女神的天平与宝剑，满街的宝马与奔驰给我们留下了深刻的印象，但较之于法国巴黎的惊艳，这实在算不了什么。且不说城市的规划，建筑的奢华，单就卢浮宫和凡尔赛宫中的世界级文物，就令人瞠目结舌，尽管有些东西的确来得不够光彩，可这一切就是告诉了我这个中国人：落后就要被人看不起，落后就要挨打！塞纳河畔的凉风在轻轻地呢喃着这座城市的历史；协和广场的高塔在向世人炫耀着这个国家的光荣；香榭丽舍大街两边浓郁的咖啡香气又在向人们宣告着法国的富足与豪华。我不是一个喜欢热闹的人，尽管站在吸引着万千游客、金光闪闪的埃菲尔铁塔下，我还是有点失落，我不知道我想要的是什么？

离开比利时，当我再次踏上荷兰的土地，我知道，这才是我最想到的地方。肥得能滚动的牛羊给风车村的恬淡优雅增添了不少活力，独具魅力的木鞋琳琅满目，还有小院随意种下的花草，无不让人陶醉其间！更让人大为赞叹的还是我们的最后一站：北海小渔村。大西洋在这里温顺得像个姑娘，柔和地摆弄着自己的大纱巾，撩起层层的金波闪得人眼花，要不是远处跃动的点点白帆，真不知自己身处何地了。沿着海堤，渔村人家的房子像从儿时童话里走出似的。海岸上几个老人在晒着太阳，安享着他们幸福的晚年，孩子与周围的人们嬉笑着，海湾里大大小小的游艇向我们诉说着荷兰人富足而惬意的生活。

天蓝，草绿，水清，人美。阿姆斯特丹，我喜欢!

（七）古骆峪国

是秋了，白露已过，但这里依然绿意盎然，这里是秦岭国家植物园。

可我要寻找的却是骆峪国，我想看一看的是轩辕帝三儿子骆明的封地，想觅一觅的是鲧与禹的家，想走一走的是杜甫入蜀时拖家带口走过的傥骆古道。

那就继续前行，S107 国道上，大大的标牌上写着：古骆峪国。向南，走进骆峪，路不窄小，一条新修的马路平平坦坦，但两边景色却毫不逊色。骆峪的水花是激昂的，因了河底的大石头；骆峪的树木是丛生的，因了这满沟的河水。难怪白乐天常爱在此处游玩，还会在驿墙之上提笔写下："石拥百泉合，云破千峰开。平生烟霞侣，此地重裴回。今日勤王意，一半为山来。"

骆峪国，是人文始祖轩辕黄帝第三个儿子骆明的封地，史称"古骆国"。古骆国的历史是中华民族文明的源头，也是中国姓氏朝代的源头，古骆国皇城遗址距今已有 4200 多年的历史，骆峪称谓始于骆明，据《皇帝谱系》记载，骆明是轩辕黄帝的第三个儿子，是鲧之父，禹之祖，大约在公元前 2200 年，黄帝通过战争结束了氏族部落之间的争斗，统一了黄河流域的广大地区，为了巩固新生政权，黄帝把自己的儿子和有功人员共 70 余人，分派到自己统治范围的其他地方，建立了 70 多个小国家，骆明被派到骆峪建立了"骆峪国"，骆峪因此而得名。

汉高祖年间，开通了全长 240 千米的骆峪古栈道，从此，古道沿线就留下了极为丰富的人文历史印记，它们与这里自然独特的风光交相辉映，永远印在了人们的心中。

依然山横水卧，难觅昔日踪迹。但我分明看见了那日杜牧挥墨写下的："长安回望绣成堆，山顶千门次第开。一骑红尘妃子笑，无人知是荔枝来。"如果杨贵妃早知道昔日为她每日送鲜荔枝的小道最后竟成为她逃命的唯一途径，她还能纤手拈荔枝，不思役人苦吗？贵妃逃难纤足踩过的小路，如今已铺成了水泥路面，一脚油门，跃过千年，空谷回音，佳人难觅。

理想高蹈入云，现实呼啸坠地。安史之乱后，将近五十岁的杜甫渐渐明白了今生今世，致君尧舜上的理想，压根儿就是一个笑话，换一种生活方式吧，在耕读中了此残生。那就去秦州吧！不知当年杜子美和他的妻儿是如何走进这骆峪古道，踏上了怎样艰难的路程，只知道他向往的秦州并没有留住他的步伐，最终，一路南行，在成都暂时安放下了他那颗忧思疲惫的心。

斯人已去，岁月沧桑，风流云散。

罢了，在这秋季的山水之间，就让我独流连吧！

（八）一路向北

一路向北，直达榆林。到了榆林，才发现满城满眼的居然都是柳树，榆林，榆树呢？

时间尚早，那就去镇北台看看，沿着古柳垂绦的国道，逶迤向北，远远地就看到红山顶上的雄伟建筑。镇北台，距离榆林市区 7 千米，建于明万历三十五年（1607 年），台共四层，依山高踞，控南北咽喉，锁长城要塞，是古代重要关隘和军事瞭望台。镇北台虽不大，但在明长城遗迹中的名气却不小，素有长城"三大奇关之一"（东有山海关、中有镇北台、西有嘉峪关）和"万里长城第一台"之称。

镇北台全部用青砖包砌，各层台顶外侧砖砌约两米高的垛口，垛口上部设有瞭望口，各层垛口内四周相通。第一层是当年守台将卒营房，至今基座尚存。紧依台北下方建一方形小砖城，叫贡城，是当年蒙汉官员接待洽谈及举行献纳贡品仪式的场所。沿着台阶，来到城垛之上，北可眺望塞外沙漠草原之浩渺无际，南可观榆林新城之欣欣向荣，向西可看榆溪河随岁月缓缓流过的步伐，向东可窥古长城蜿蜒绵长的痕迹，而向下，听说可是有一战备隧道直通榆林城中，以备不时之需。凭垛眺望，不由让人神思飞扬，想起那烽烟燃起之处，金戈铁马，尘土飞扬；想起那驼铃声声之途，商旅来往，喧嚣声张。俱往矣，而今，这高高的镇北台上，只留下了游人们的一声声慨叹。

回城路上，想要瞻仰一下红石峡，原本以为大名鼎鼎的红石峡藏在某个大山坳中，跟随导航，竟来到了榆溪河，此刻夕阳西下，脚下的榆溪河像一条绿的飘带缓缓地流着，在我们的脚下掠过，红石峡呢？那些我早就听说过的石刻呢？我不禁满脑问号，下车，走向河边，突然间，河对岸的岩壁映入眼帘，篆、隶、楷、行、草，一方方的题字、对联就那么突然地钻进你的眼睛，还有你的心里。我迫不及待地进入大门，不能拾级而上，只能沿阶而下，因为红石峡在我们刚才走过的路的脚下。河道就在谷底，下到半崖，抬眼望去，峡内杨柳成荫，群花生艳，河水长流，葱茏一片。东西红崖对峙，峭拔雄伟，长约三百余米。东崖为雄山寺，西崖为书法石刻，在两岸石壁上分布着大小不一的25处石窟。西岸壁上的书法石刻颇为著名，旧时边将、文人来榆林，多在雄山寺豪饮唱和，留下160多幅宝贵的书法艺术作品，字大者约6米，小者寸许，题刻中有晚清名将左宗棠所题的对联，革命先烈杜斌题刻的"力挽狂澜"，字迹苍劲，功力不凡。

关于红石峡的起源，《榆林府志》记载：宋朝时，榆林一带归西夏国管。当时红山有泉水自穴中涌出南流。西夏国王李继迁看中了这块风水宝地，派人障水别流，凿石为穴，埋葬祖先，复引水其上。因此，在红石峡水库的普济桥东侧原立碑一座——"西夏王李继迁葬乃祖彝昌于此"。时光荏苒，石碑已毁。还有另一种说法是，1472 年，余子俊任延绥巡抚都御使，准备修长城。当时，红山北边，清水河的水汪了个大海子。海子中间的水寨中住着一伙水贼。为消灭这伙强盗，余子俊便派人在此凿石为渠，引海子的水从榆林城西南流入无定河。水退后，余子俊派大军消灭了这伙强盗。当时，把凿开的石峡叫红石峡，引入的渠水叫榆溪河，两岸凿修用以灌溉的渠叫广泽渠。总之，这榆溪河也算是榆林人的母亲河，它养育了这方土地上的劳动人民。

夜宿榆林。在榆林城内的老城墙上，我终于看到了大大小小的榆树！榆林的早晨，是从城墙根下的一碗羊杂汤开始的，羊杂汤鲜香可口，油而不腻，若不是饭量有限，真想多吃几碗。

出行者总是步履匆匆的，所以，城镇无须多留，出发，去神湖红碱淖！

红碱淖，号称沙漠里的一抹汪洋，如此神奇，必得看看。"淖"是蒙古族语，是水泊、湖泊的意思，红碱淖位于陕西神木市与内蒙古自治区伊金霍洛旗之间，处于黄土高原与内蒙古高原的过渡地带，毛乌素沙漠与鄂尔多斯盆地的交汇处，是中国最大的沙漠湖泊。红碱淖还有一个名字，叫作"昭君泪"，难怪一进景区，便有一个高耸矗立的女子石雕，抱着琵琶黯然落泪呢。这个名字来自一个美丽的传说，当年王昭君远嫁匈奴，走到尔林兔草原，即将告别中原，下马回望，想到从此乡关万里难回首，顿时千般感慨、万般惆怅涌上心间，这一驻足，便流了七天七夜的眼泪，于是就形成了这一汪六七十平方千米的湖泊。连天上的王母娘娘也为此感动，于是便派七仙女下凡，仙女们各持一条彩带，从七个不同的方向向其走去，于是红碱淖就有了七条季节河流扑入怀抱中的情形。

昭君回眸洒泪，滋养了这片大地！

站在湖边，淖上波光粼粼，烟波浩渺，淖里水草丰盛，群鱼嬉戏。远望湖水对面，水天衔接处，沙漠草原浩瀚无边，有古树苍苍，驼队蜿蜒。沙漠草原的风光与江南泽国的景象在这里巧妙地融为了一体。五月的红碱淖依然吹着透心凉的风，为了不被冻着，沙地滑草倒也是一项不错的选择。坐上游艇，我们准备到对面的沙漠中去骑骆驼、滑滑草。游艇在淖间滑行，掀起一缕水波，惊起一群遗鸥，据说这种鸥类已经极少，它们对水质和环境的要求极高，可见我们的红碱淖还真是被大家保护得极好。下船冻得瑟瑟发抖的我们骑着骆驼朝着草场出发，沿着木条铺成的沙梯，大家爬上了高高的沙丘，远望红碱淖就如沙漠中的一颗明珠，闪着熠熠的光彩，大自然真是神奇，竟然在这荒漠之上造就了如此灵动的一湖琼浆，让毛乌素的怀中有了晶莹的悦动。被冻坏的小伙伴们开始了纵情的狂欢，在这沙漠的深处，在这上天垂爱的地方！

吃过红碱淖的大草鱼，下午出发成王陵，直指鄂尔多斯市。

成吉思汗陵旅游区，位于内蒙古鄂尔多斯伊金霍洛旗，紧邻全国重点文物保护单位成吉思汗陵，是世界上第一座以成吉思汗文化为主题的大型文化旅游景区。可惜少了逛景点的兴致，那就在车上感受草原的美吧！

伊金霍洛旗到康巴什的旅游路，笔直宽阔，像一条墨玉的绸带，泛着黑色的金属光泽，路两边的格桑花开得正艳，姹紫嫣红，美得让人心颤！

康巴什干净漂亮，现代化气息十足。乌兰木伦河静静地流过，滋养着这片富庶的土地。鄂尔多斯市区如一条长长的丝带，绵延几十千米，伴着乌兰木伦河一路前行。

再美，终究要回家。往回走，再次走进毛乌素沙漠，虽然绿意回归，治沙人用自己的智慧和坚韧的毅力证明了人类的伟大，但我还是希望再绿些，这里需要再绿些。

一路狂奔，晚上七点半到达统万城。统万城位于陕西榆林靖边县城北58千米处的红墩界乡白城则村，是匈奴人的都城遗址，因其城墙为白色，当地人称白城子。又因这是东晋时南匈奴贵族赫连勃勃所建，故又称为赫连城。这里是匈奴族在人类历史长河中留下的唯一一座都城遗址，是中国北方较早的都城，已有近1600年历史。后来在北魏太武皇帝拓跋焘一统北方期间，统万城被攻克，从此设置为统万军镇。

夕阳西下，尽感苍凉！蝙蝠群舞，暮鸦嘶鸣，荒废的城堡古木森森、影影绰绰，在无尽的沙洲间兀自独立。

走在夕照下惨白的残垣断墙上，悠悠之思不禁涌上心间，前不见古人，后不见来者，感念天地之大却玩不过时光的手掌。远处，一只小毛驴，孤独地在白城子遗址内吃着野草，不时还嗥鸣上一两声，拐了个弯才发现，它是有小伙伴的。两个小毛驴，居然给这荒凉的破败城堡带来了一些生机。

暮色涌起，我们很遗憾没有更多时间留恋这里，耳畔，白城子里悠闲吃草的小驴子的嘶叫催动了我们离开的脚步。

白城子，横亘在毛乌素沙漠之中，给历史留下了永恒的烙印！

最后一站，丹霞地貌——靖边波浪谷。

夜宿靖边，大清早我们便启程了。沿明长城一路前行在龙州大地之上，路旁的风力发电站一片接一片，如高大魁梧的将士，身披铠甲，待命而立，而将士们高昂的头颅上的红缨，不，现在是一叶叶银色的缨穗，随着塞外的风摇动着，不禁让人想起王昌龄的"但使龙城飞将在，不教胡马度阴山"，抬头四望，广袤、苍凉、干旱，但却叫人振奋，叫人激昂。跟着导航，来到了龙城遗址，可惜和白城子一样，到处都是残垣断壁，浅一脚深一脚地走在堡内的黄土地上，来自塞北的劲风越过山脊，使你步履蹒跚。恍惚间，虽不见当年的刀光剑影月如霜，不闻胡笳羌笛吹芦管，但当你又一次站直了，环顾四下，你又怎能不触景生情，感慨万千？

景区很大，没有时间细细去欣赏，所以我们就直指龙城遗址附近的水上丹霞。水上丹霞是一种在内陆盆地沉积的红色屑岩，岩石被流水切割侵蚀，地壳抬升，四周的山脉雨水流入盆地形成湖泊，红砂岩围着湖水，或在湖中崛起，形成水上丹霞。水上丹霞属于波浪谷中的一部分，靖边波浪谷，当地人称其"红沙峁"。这里的砂岩形态各异，或层层叠叠、绵延起伏、纹路清晰、线条流畅，或怪石嶙峋、孤峰独立、垂直陡峭，唯一相同的就是岩石色彩，与大漠黄沙不一样的色彩，是红得刺眼的红！这些立体的、令人眩目的、极具雕塑感的砂岩和岩石上流畅的纹路，是由亿万年的风力侵蚀、雨水浸蚀、重力崩塌、时光消磨、沙粒沉积、岁月雕琢而成。在这里，所有起伏流溢的波浪，都沿着同一个方向流泻而去。于是有人说，这是时光的指纹。

水上丹霞，自然离不开水，在层层红色波浪翻涌的下面，却是一池碧绿的清水，静谧而幽深，如一大块上等的翠色帝王玉，让你在感叹时光的惊艳中又放下了那颗沸腾焦灼的心，于是你不由得想静静地坐下来，坐在时光的指纹间，静思一下人生，虽不知能了悟多少，但总不会愧对美景吧！

徘徊在丹崖之间，面对山之魂、地之心，我是一粒轻沙、一颗微尘，不知所向；走在凝固的、亘古不变的波浪上，我是一片云彩、一叶扁舟，随风而过。

爬上丹崖，旮旯拐角处居然长了三棵大杏树，一沟的落杏，除了小，也是挺诱人的！捡一篮，走喽，回家！

（九）遇见，澳大利亚

8月3日，今日，悉尼。

来到了著名的邦迪海滩。细细的沙粒，不，应该叫沙沫，钻进了人的脚尖，以至于钻进了人的皮肤。没见过这么柔软细腻的沙子，走下去，南太平洋的浪花一波接着一波袭来。蓝天下，碧水上，是一群又一群的年轻人在冲浪。他们一个个迎浪而上，蓦然间，海浪却顽皮地将那些技艺不精者抛下海去，瞬间就不见了踪影，引来人们一阵阵的惊叫，而就在那碧浪消匿处，惨败的冲浪者又露出了身影，引来阵阵的欢呼与惊叫。就在这一阵又一阵的叫声中，我们也忍不住走下海水，想让浪花吻吻我们的皮肤。快乐的浪花即刻跳起舞来，贪婪地舔舐起人们的脚，继而小腿，接着大腿。于是又是一阵尖叫、嬉闹、狂奔，这回一群人不是向海里，而是向海滩仓皇而去。

快乐总是短暂的。坐上车，奔向下一个景点——悉尼歌剧院。当花瓣形的高大建筑出现在我们眼前时，除了惊叹与赞美，我们也由衷地为他们而骄傲，更为那位负气至死不回的建筑师而遗憾无比。左侧，悉尼大桥静静地矗立在海水之上，像一位健壮的老人，托起无数悉尼人平凡而又忙碌的生活。天空飞过的海鸥为这夕阳下美丽的画面平添了几笔音乐的色彩！干净、美丽、优雅，这是悉尼留给我的最初印象。我，期待更美的出现！

8月4日，今日，堪培拉。

一座安静的城市，一座人与自然共存的城市。桉树，随处可见，桉树以这个城市为家，这个城市以桉树为生命！

8月5日，今日，兰山国家森林公园。

　　兰山因山上桉树被太阳暴晒，叶面蒸发而蓝光浮动，致使整个山头因颜色变蓝而得名。这是一座富裕的山脉，因为它的肚子里装满了亿万年前就葬身于它怀中的宝贝，今天，那些宝贝的名字叫"煤"。然而澳大利亚政府却果断地封住了煤矿，致力旅游业的发展。一个聪明的民族，是一个懂得为子孙留下财富的民族，尤其是一些不可再生的资源。观光缆车宽大而平稳，林间木板铺就的小道盘旋曲折，抬眼望去，是无尽的澳大利亚国树——桉树，尽管林木的种类颇为单一，但走在遮天蔽日的森林中，还是忍不住不停地深呼吸，想让呼吸系统也做个充分的 SPA。虽然不是在水中，但这里的空气就像洁净的水，而我们就像绿色海洋中的鱼儿，久久不愿离去。山头，族长家的三个姑娘因巫师的咒语而永远地站在了那里。如今，她们只能每日深情地注视着这些来来往往的游人，但她们的心中，何尝没有对美好人生的追求？只是当年，她们如果能勇敢地打破峡谷两岸不能通婚的陋规，和对面的三个王子成亲，或许我们今天的眼中只是少了一道风景，但人世间定会多一群幸福的儿女。故事总会留给人一些遗憾，而兰山的美景却完美地印在了我们的眼中、心中。

　　8 月 10 日，想家啦！

　　8 月 11 日，今日，巴拉瑞特金矿。

　　冒着细雨前行，有点儿冷。坐在空调车上真不想下去，好在车到疏芬山，太阳忽然冒了出来，看来它也想让我们对这个小镇好好了解一下。小镇还保持着一百五十多年前的样子，沿弯弯的街道向上，各种古老的手工作坊迎面而来，街道上人们的装束打扮还保持着那个时代的特点，不时还有马车优雅地驶过，站在蓝眼睛白皮肤人的中间，我真想不出来一百五十多年前的一万多中国人，是怎样历经三个多月的艰难航行，来到这里开始了他们的淘金梦。坐上缆车，下到黑黑的坑道去触摸那时人们的工作环境。一个小小的铁笼，就是他们走下坑道寻梦的交通工具，紧急救生道是一个垂直的梯子，仅容一人爬行，一层一层的掘金坑道竟向地下延伸了十一层。当年我们的先辈就在这里，在这暗无天日的坑道里，开始了他们的梦想。据说有人发了财回了故乡，而更多的人却魂撒异乡，永远地徘徊在了异乡的天空；还有的人流离失所，好在广袤的大地收留了他们，从此澳洲人的血脉中也有了华人血液的流动。岁月，就这么无情；人生，就这么离奇。徜徉在小镇上，雨丝再次飘起，我不知道那是不是中国矿工们心酸的思乡泪，如果是，就让它们洒在我的身上，洒在我的心间吧。细雨中，巴士启动了，拧头望去，一颗泪珠落下我的脸颊，巴拉瑞特，这个让人动容的地方。再见，一百五十多年前来到这里的勇敢的中国矿工们；再见，这个有着传奇故事的小镇；再见，疏芬山。

8月14日，今日，继续在Kings wood College学习。

如果说前两天的走进课堂参观让我受益匪浅，那么今天就更令我难忘，因为今天的午饭居然是三位老师带着八个孩子为我们准备的。吃中饭的时间到了，我们来到了学校的餐厅，原以为这些热狗是学校在外面采买的，没想到居然是三位老师带着学生从前天下午就忙着开始为我们亲手烤制的，要知道，今天我们的学生就有一百四十六位，他们的劳动量该多大呀！知道国外的孩子的自理能力较强，但看到他们系着围裙在操作间忙碌，我还是震惊了一番！为了表达我们的谢意，我把带去的小礼物亲自送到了三位老师和一个来自马来西亚热情的小伙子手中，为他们的厨艺，为他们的付出，为他们的热情。下午的体育馆之行也不可不说，为了让孩子们有更深入地交流，今天Kingswood校方决定带两校部分学生去体育馆。驱车十分钟，便来到一座室内体育馆。走进场馆，还没等我们明白活动安排，Kingswood的学生们就已经主动而卖力地拉开弹性很大的网门，让大家一个一个进去，其间还不时有其他孩子换班帮忙，看到这种情景，我有一种感动，一个优秀民族的孩子，一定会从点滴小事做起的！当然我们的孩子也不赖，分组练习时，他们已经和Kingswood 的学生们一起拉起网门，让老师和同学们进出。认真、包容、付出、热情，是 Kingswood 人留给我的深刻的印象，在这里的每一刻，都值得我铭记。

8 月 15 日，准备回家！

> 轻轻地我走了
>
> 正如我轻轻地来
>
> 我会把美好留在心间
>
> 我会把记忆留给永远
>
> 我轻轻地招手
>
> 作别墨尔本
>
> 缠绵的细雨
>
> ……

古人云："读万卷书不如行万里路。"这个假期，和学生一起出行，一路走来感慨良多，摘几篇日记，和大家共享。

（十）一棵树

这是一棵苍老于严冬的树！

曾经，它藏在红艳艳的果实中，作为妈妈的骄子高高的悬挂于母亲长长的手臂上，红宝石似的果实吸引了无数羡慕的眼睛，于是它被送进了一只飞鸟的肚子，而后又从高空跌落，滚落在这一片孤寂的黄土高原上。寒冬，是它休眠的日子，在厚厚的雪被下，它做着春天的梦——它梦见小草和它随风舞蹈，它梦见野花和它呢喃交谈，它梦见夜莺与它缠绵歌唱。然而，现实是残酷的，春天到了，在这干枯的黄土墚子上，想卸下身上那层厚厚的铠甲都是那样的艰难。于是，它拼命地吮吸周围的水分，想使自己膨胀，继而发芽，可贫瘠的黄土高原上没有的不仅仅是养分，还有水——那生命的琼浆。漫长的努力、漫长的挣扎让它明白：如果再有懈怠，它的一生将永远留在那个丑陋的壳里。于是它用尽自己全部的精力，拼命地萌动新芽，终于在那个夏天将要来临的早晨，它破土而出！

茫茫的黄土地像一张陈旧的老照片，远远的黄河在天边唱着那首亘古的歌谣。那颗种子以自己的新绿为这片大地谱写了新的乐章，它顽强向上，夜以继日，吸苍穹之灵气，吮大地之精髓。当它终于将沙尘打弯的腰挺起之时，它已是一名铮铮铁骨的男子汉！它的身边，走过远行的驼队，驼铃的叮当是一首悠远的恋歌，让它难于自抑，随着晚风跳起动人的舞蹈；它的脚下，休憩过疲惫的行人，喃喃的梦语，让它感到离人的沧桑。岁岁年年，年年岁岁，经日月霜华的洗礼，它更加成熟，它想到小时的梦，它渴望走向远方，于是它伸出自己长长的双臂，祈求上天给它力量。它渴望被理解，哪怕身上被别人伤得斑斑裂痕！它旋转着，不惜被烈风剥去裙脚，不惜把生命的支柱露于黄沙之中！条条暴起的青筋是它挣扎的见证；片片翻飞的落叶是它无奈的叹息……那是因为，让它窒息的是，作为一棵树，它永远不可能离开养育过它的土地。纵然有万丈豪情，纵然有宏图理想，可作为树，它只能在这里默默地生、默默地亡。

这是一棵苍老于严冬的树！

孤独而寂寞，在苍茫的大地上，把曾经的拼搏写在脸上；把曾经的痛苦埋在心里；把曾经的追求扛在肩头；把曾经的快乐撒向天空。对着幽蓝的天空，即使被囚在这可恶的樊笼里，即使在这生命的最后关头，也依然唱着那支奋进的歌！

155

（十一）陈仓故道大散关

大散关在宝鸡城南，秦岭北麓。沿着清姜公路，在崇山峻岭中穿梭，一路蜿蜒曲折，越往前走，道路越险，不多久，就看见路边一座古色古香的牌楼，旁边立一"古大散关"的石碑。大散关到了！据说大散关的由来与周天子姬发有关。当时姬发身边有四个重要的谋士，其中一个叫散宜生。姬发被纣王扣押囚禁的时候，散宜生等人设法营救。周朝建立过程中，散宜生立下大功，为此，周天子把陈仓一带分封给他。散宜生以姓为国，建立了散国。由此，散国所在的山叫大散岭，清姜河流经的溪谷被称为散谷。

大散关是陕西关中四关之一，古称散关，被称为"秦蜀襟喉"，虎踞于莽莽秦岭之中的雄关峻岭之上。作为关中西南的唯一要塞，大散关"关控陡绝"，自古以来就是巴蜀、汉中出入关中的咽喉。正如《史记》记载一般，"北不得无以启梁益，南不得无以固关中"，真是一个绝佳的战略要地。

"早岁那知世事艰，中原北望气如山。楼船夜雪瓜洲渡，铁马秋风大散关。塞上长城空自许，镜中衰鬓已先斑。出师一表真名世，千载谁堪伯仲间。"走到这里，总能让人不由自主地想起陆游的《书愤》。昔日的金戈铁马、厮杀惨斗，早已了无踪迹，块块碑文，留下的只有道教的传说。

相传当年老子骑青牛西行，途经大散关，当时守卫大散关的关令叫尹喜，他拦下老子，并请老子写点什么，不然不给老子颁发通关文书。老子无奈，于是请尹喜代笔，口授了五千言的《道德经》。《道德经》惜字如金，却字字经典，给我们构建了一个朴素、自然、豁达、飘逸的世界，让人总能从中汲取治国安民、修身养性、立人处事的精髓。

上关口，左右两道。从左上，坡度超过六十度的台阶引导游人向上爬去，大概六十六级，取六六大顺之意。从上往下看一层层的台阶，晃得人眼花，陡仄的天梯让人冒出了虚汗，真的好险呐！

向前走，峭壁之上，曲径通幽，古木森森，拾级而上，凉意阵阵。行至最高处，一座烽火台傲然屹立。站在烽火台上，向周围看去，巍巍秦岭，铜墙铁壁，如铮铮铁骨的伟男儿屹立人间，清姜大河在我们脚下奔涌而去，如果不是宝成铁路和212省道穿大山而过，这里可真是鸟雀难飞。脚下，天然隘口横跨眼前，这里不做战场，岂不可惜。

难怪人们称得散关者得天下。好一道雄关，好一派景致！

下行，往隘口的古战场走去，先见龙泉一眼，一汪泉水叮当作响，跃下池沿潺潺向前，这一潭碧绿，这一溪灵动，让人忘了这里曾经的金戈铁马、硝烟弥漫。

但自古至今，英雄总能被人铭记！比如陆游的两位好友，抗金英雄吴玠、吴璘两兄弟。也正因为他俩的英勇善战，以有利地形，选强弓劲弩分番迭射，密集如蝗虫而至，纷繁如大雨倾注。并用骑兵断其粮道，连续抗击三天，大败十万金兵，让敌将金兀术中箭负伤，狼狈逃走，宋军才得一洗"靖康之耻"，稳固了南宋偏安江南的局势。而这次大散关大捷也因成为影响中国的一百次重要战争而被载入史册。

其实自古以来，大散关就是兵家必争之地，这里载入史册的战斗就达70多次。大散关第一次融入兵事，就见证了"明修栈道，暗度陈仓"的军事传奇。公元前206年，汉王刘邦采纳韩信"明修栈道，暗度陈仓"的计谋，派将领烧毁褒斜栈道，以示忠心去迷惑项羽，麻痹镇守关中的大将章邯等人。待到几个月后，刘邦一面派人去修复需要花费几年时间才能修好的褒斜栈道，一面命大将韩信率领精锐部队奇袭大散关，夺取战略要地陈仓，一路进占关中，夺得天下，成就了一段千古传诵的军事经典。

由于地势险峻，易守难攻，曹操西征张鲁途经此地时也留下了"晨上散关山，此道当何难"的诗句，抒发胸中的感慨。公元228年，诸葛亮在重新加强了吴蜀联盟的基础上，趁曹军于东吴交战之机，集中数万兵力挥师散关，攻打陈仓。由于曹军顽强固守，诸葛亮连续攻城20多天未果，只好引兵退走，留下了"出师未捷身先死"的悲壮一幕。唐天宝年间，风流三郎李隆基弃都城长安西逃，在马嵬驿为兵士所逼，赐死杨贵妃。李隆基背负亡都之耻与丧妃之痛继续西逃，穿越大散关而流亡蜀地。从此，风华绝代惊艳了世界的唐王朝也随着他穿过大散关的背影而走向没落。

在中华人民共和国成立的过程中，也有大散关的功劳。1949年12月11日，扶眉战役胜利结束后，人民解放军18兵团在贺龙率领下经大散关入川，参加解放大西南的战役。这是大散关至今最后一次在军事上发挥作用，当然也期待从今以后，散关失去它的军事作用，让和平幸福永驻我大中华！

从刘邦项羽的两雄相争到诸葛亮的北伐失利，从曹操的西征张鲁再到南宋军民的抗击金兵，历朝历代在这里都曾上演过一幕幕悲壮的战歌，有运筹帷幄决胜千里，也有老马失蹄扼腕叹息……在那铁马金戈的战争岁月里，大散关一直以己之险守护着关中的安宁。

大散关，一座英雄的关！

牛顿不起，车堕谷间。昔日，大散关以一夫当关、万夫莫开的地理优势佑护了关中千年的太平，使得繁华盛世得以传承；如今，大散关遗址掩埋着历史的串串碎片，只有宝成铁路、川陕公路与之相交而过，但这里，却依然不断地在向人们展示着它的独一无二。

（十二） 在邛海

在四川的上里古镇，美好的早晨是从一碗牛肉抄手开始的。

吃饱喝足，走，去看邛海！

G5 依然是我们今天不能离开的路，途经大渡河——绿水汪汪，白云团团，美不胜收！过了雅安，终于看到了传说中的云端高速——雅西高速。G5 雅西高速段连接雅安与西昌，经过四川盆地边缘，登上横山，越过青衣河、大渡河、再见河等水系和 12 个地震断裂带，延伸到崇山峻岭之间、山重山险之地。其间地势险要，山岭叠翠，云雾氤氲，从云上到水面似乎只翻了一个山头，但一千米的落差最大达七米，这样的高速，玩的就是刺激，玩的就是心跳！一路上，蜿蜒的公路就像在夏风中舞动的飘带，途经的每一处湖泊、高山、云海、花海，都精致到让人惊叹！让人震撼！

在惊讶、惊奇、惊叹中，在心跳、心悸、心惧中，我们来到了西昌。

邛海，位于美丽的月城西昌，据说邛海被人们誉为大凉山中的一颗明珠。早就听说了这里的独特，抬眼去看，邛海形似蜗牛，头在西北的海河出湖口一带，湖面到湖心深度的变化很大，所以湖水看上去颜色深浅不一，但无论深浅，全是绿，浅绿让人欢喜，深绿让人沉静。泛舟邛海，烟波浩渺，鳞浪层叠，居然还有鱼儿冒着泡泡，跟着我们一起前行。

水边的植物，对于北方的人来说总是新奇的，绝对不是芦苇，但又很像芦苇，那是什么呢？不知道，反正好看入景就行。湖边湿地公园的格桑花，这种我昔日认为最美的花，在这里居然失去了颜色。岸边的小路也践行着柔软与坚硬的完美结合，不知是青草丛中冒出了平坦的石块，还是石块的缝隙间长出了毛茸茸的青草。行走在湖岸，手中的镜头随便闪过，便是一幅上好的摄影作品。

这花不错，红艳艳的高悬枝头，它的果实也让人称奇，居然是一树豆角，和西安菜市场上的菜豆角绝无二样啊！在这里，我们称之为狗尾巴草的野草也长成了气候，不过，颜色变红了，体态变大了，当然，名字也就变了——叫狼尾巴草了。到处的狼尾巴草，但在这里，它们却长出了大气的范儿。三角梅，一树一树，高者指天，矮者伏地，就是这么灿烂，就是这么热烈，就是这么生生地燃烧出了一堆堆紫色的火焰，恬静、幽美、热烈、如画。坐在湖边，哪怕什么都不干，都像温柔了一个世纪。这里，真的是一座春天永驻的城市！当然，美的地方，晚上吃的美食也一定不错！

人生或许就是这样，我们在乎的是沿途的风景，在乎的是看风景的心情，旅行不会因为美丽的风景终止，走过的路必将成为背后的风景，不能回头、不能停留，否则就会错过更好的风景，明天，向泸沽湖出发！

（十三）晨光中的泸沽湖

泸沽湖的早晨，人们是被最新鲜的空气叫醒的。

一夜微雨，看日出是泡汤了，不过雨后的湖光山色又是一番风采。沿着环湖路，走过大落水村，车停了一次又一次，因为这一路上，处处惊艳，处处让人留恋。这么美的湖，探一下源吧。

关于泸沽湖的由来，当地民间流传着这样一个古老、神奇的传说：格姆女神是一个聪慧美丽的姑娘，她不仅与周围的许多男山神有"阿夏"（情侣）关系，而且与远方的男山神也有交往。有一次，一个远方的男山神来和她相会，但她正与附近一个男山神幽会，远方来的山神急忙想调转马头，被急勒而停的马嘶鸣了三声，格姆女神听到，便立即追赶而来，但心爱的担男山神已经走远了，只见山下踩出一个很大的马蹄印，女神赶到马蹄印边，天已启明，她只好站在马蹄印边失望地哭泣，泪水流满了马蹄印，变成现在的泸沽湖。远方的男山神听到哭声，回头一望，万分留恋地在马蹄洼的泪水里撒了几颗珍珠和花种，珍珠变成了湖中的小岛，花种漂到边上，发芽生长，葱郁茂盛，年年开出杜鹃等数十种鲜花。

原来，这里是一个这么多情的地方呀。

山青水绿，微波荡漾，泸沽湖，简直是色彩与风的偏爱。而水中那一朵一朵像睡莲一样的小白花，它可是有着一个非常有意思的名字：水性杨花。是否与格姆有关，我无从考查，但它却有着与名字极不相符的模样，白色的花瓣簇拥着一朵鹅黄的花蕊，简单质朴，宁静素雅。叶丛沉浸水下，茎长得很长很细，这根纤细的茎，会把小白花送到离它根叶很远的地方。

当然，"水性杨花"是人们赋予它的名字。这种花的名字实际为"波叶海菜花"，产于云南、四川，生于湖泊中，它对水质要求极高。水清则花盛，水污则花败，所以人们也形象地称它是"水质的试金石"。泸沽湖干净清澈的水留住了水性杨花，而水性杨花纯洁的白又为泸沽湖增添了纯净与妖娆。碧蓝的水面上，一朵朵白色花瓣，接连成片随着水波舞动，在阳光下熠熠生辉，宛如一片片坠落人间的星辰。如此宁静，又格外璀璨。天在湖里，还是湖在天上；身在人间，还是转身天堂，令人恍惚，竟不知所处了！

看到了草海，草儿青青，鸭群游戏。又发现了一个东西，这才应该是标准的猪槽船吧，一根圆木挖槽而成，窄窄长长，昨天坐的应该是后来的改良版。抬头，齐刷刷的草儿，一片一片，高至腰间，郁郁青青，也看到了割过的草根，这得养多少牛呀？于是问了问当地人，原来这草是用来编筐篮的。难道这就是传说中的蒲草吗？看到那些穗子，我们更加确信，这就是大家喜欢的水蜡烛——香蒲草。

桥，一座桥撞入眼中！泸沽湖草海中的那座桥——走婚桥，被大家称为"中国最浪漫的情人桥"。风景如画的泸沽湖畔，生活着国内外罕见的延续着母系氏族特点的摩梭人，那独特的走婚形式、自然而原始的民俗风情，为这片古老的土地染上了一层神秘的色彩。泸沽湖畔的摩梭人奉行"男不娶，女不嫁"的"走婚"习俗，泸沽湖上唯一的一座桥是摩梭男女约会的地方，白天，成年摩梭男女在聚会上以舞蹈、歌唱的方式对意中人表达心意。男子若对女子倾心，则在白天约好女子后，于半夜前往女子的"花楼"（摩梭成年女性的房间）。在这里，男性称女情人为"阿夏"，女性称男情人为"阿注"。夜幕降临，走婚桥上来往的都是赴约心上人的"阿注"们。建立阿夏关系的男女双方各居母家，男子暮来晨往，只在女方家过夜，所生子女一律由女方抚养，男子与女方在生产、生活、财产上没有必然联系。"阿夏婚"以情为主，结合自由，离散随意。

眼前的泸沽湖，仿佛是时间的一个谶语，用现实的温婉与梦境应验了人类最初对原始生活复活的热烈向往。有人说，每一个踏足泸沽湖的人，内心都有一段属于自己的往事。生活很现实，但泸沽湖却是那个可以让你做梦的地方。

泸沽湖，真的是一个神仙居住的地方。

（十四）在俄罗斯

（1）遇见——莫斯科

原以为我们的第一站会是红场，没想到竟然是公墓！古木森森，花草飘香，走在其间，不满渐渐消去，竟也忘掉了最初的胆怯。精美的雕塑，动人的故事，让我们仿佛置身于俄罗斯英雄的人民之间，法捷耶夫、奥斯特洛夫斯基、卓娅、舒拉、果戈理、契诃夫、门捷列夫、乌兰诺娃，抑或一个小小的妇产科医生，或大的政治人物，你的贡献就是将你埋葬于此的理由。徜徉其间，一座墓碑就是一个传奇的故事。这里不讲尊卑，只讲奉献，这里是新圣女公墓。在俄罗斯人心中，新圣女公墓不是告别生命的地方，而是重新解读生命、净化灵魂的教堂。那些墓碑，或朴素或奢华，无不雕琢精致；那些人物，或饱受争议，或集万人敬爱，他们的命运或悲或喜，但他们的身后必定是被人无法说尽的感动！在这里，灵魂被洗礼；在这里，我们懂得了公平与尊重！

而红场之上，朱可夫雕像高高地耸立在国家博物馆红色的大楼前。整个雕像用青铜打造，这座雕像虽然是 1995 年塑的，但是它却是一座 19 世纪的丰碑。朱可夫在苏联卫国战争中的杰出贡献，使他作为与库图佐夫、苏沃洛夫相提并论的俄罗斯民族英雄而被载入史册。正如艾森豪威尔所赞颂的那样："有一天肯定会有另一种俄国勋章，那就是朱可夫勋章。这种勋章将被每一个赞赏军人的勇敢、眼光、坚毅和决心的人们所珍视。"

即使在雨中，纪念英雄的圣火也依然在红场燃烧不息，而俄罗斯英雄纪念碑、国家博物馆、克里姆林宫殿群、伊凡大帝钟楼以及总统府大楼则在它的周围紧紧相拥，又与之形成了一个和谐的整体，用历史的声音告诉来到这里的人们，它们昔日的辉煌与荣耀！

莫斯科河从基督救世主大教堂前缓缓地流过，仿佛在向人们诉说着这个崇尚英雄的民族的故事，有辉煌、有失败、有坦途、有曲折，一切悠悠不尽。牢记胜利是人之必然，然而能够牢记失败并且不抹杀失败的民族是不是更值得我们尊敬？而俄罗斯人，就是可以将他们的一切真实地展现在人们面前的民族。

远处，克里姆林宫建筑群中的教堂金顶熠熠闪光，高耸天穹，感谢着上天对这片土地的眷顾。

（2）遇见——圣彼得堡

圣彼得堡拥有变化多端的天空和云层，所以这里的天气也就喜怒无常了，它时而厚重、阴沉，时而轻盈、浅淡，以至于你永远猜不透，下一刻的天空会给你何种脸色。

涅瓦河是仅次于伏尔加河和多瑙河的欧洲第三大河流，全程有 28 千米流经圣彼得堡，最后到波罗的海芬兰湾。涅瓦河是圣彼得堡的母亲河，派生出的河流、水道让圣彼得堡有了"北方威尼斯"的美称。涅瓦河畔，有一对狮身人面像，据说是埃及国王送给圣彼得堡的礼物。这对狮身人面像是阿门霍特布三世法老的面像，是公元前 1455 年—1419 年雕刻的，距今已有几千年的历史，1832 年从尼罗河运到圣彼得堡。这座狮身人面像没有胡子，据说是埃及的军官在押送狮身人面像到俄罗斯之后，认为胡须是权利的象征，不能留给俄罗斯人，于是就用枪托把狮身人面像的胡须给打掉了。狮身人面像就这样静静地伫立在涅瓦河畔，已然成为俄罗斯一个著名的旅游景点。

圣彼得堡的名称来自三个不同的起源："圣"源自拉丁文，意味"神圣的"，"彼得"是基督使徒之名，在希腊语中解释为"石头"，"堡"在德语或者荷兰语中称为"城市"；如此一来，圣彼得堡的名称就和彼得大帝之名互相吻合了，当然也说明着，这个城市蕴含着的不凡。因为这座城市的奠基人就是这位身高近 2 米，喜欢不断学习与改革的俄罗斯最杰出的皇帝——彼得大帝，而彼得堡罗这座建在兔儿岛上的六角形的炮台城也就成为今天的城中之城，供游人造访。虽然彼得大帝在这里打开了一扇通往西方的窗户，并将它建成了一座军事要塞，但它最终却失去了军事意义，成为收监政治犯的监狱，可以说它是一个背负着俄罗斯沉重历史包袱的要塞。它宽厚的墙壁里筑有许多暗炮台，以及阴沉、寒冷的单人囚室。从长长的在押犯人名单中，我们找到了许多名人的名字：拉吉舍夫、高尔基、车尔尼雪夫斯基、陀思妥耶夫斯基、赫尔岑以及十二月党人，他们就被关押在这里。

历史是沉重的，但这里的悲哀，却让我感受到了遥远的亲切。望着斑驳的墙壁，不由得浮想联翩，时光的长河从来不能阻止人类前进的步伐，当自由被囚禁的时候，歌颂自由就是他们的使命；当生命失去了存在的证明的时候，死亡便会坦然来证明伟人们存在的价值。但是，当自由与生命都成为奢侈的年代，我们又该将我们的灵魂寄托到哪里呢？厚重的历史总能引起人们的思考，然而思考总是艰难的，抬头仰望，只有要塞上空金黄色的塔尖，依然在涅瓦河畔、在圣彼得堡的大地上，闪着神秘的光芒。

虽然彼得堡罗要塞建筑群中的重生之门让人不寒而栗，但彼得堡罗大教堂辉煌的金顶却像一把自豪的胜利之剑直指苍穹，让人振奋不已，尖顶之上的天使伸展双翼，保护着脚下的众生。远处，滴血大教堂和喀山大教堂似一对从容淡定的老人伫立于路旁，在遥遥相望中默默静守着流年的沧桑，让来到这里的人们自己去感受亚历山大二世这位仁君的悲烈故事，自己去感受传奇的圣母故事与英勇的俄罗斯人民。这里的每一座教堂、每一个故事，都会有无限的光辉照耀着我们，让人顿生膜拜之情。

是的，毋庸置疑，圣彼得堡，真的就是一座英雄的城！

相见时难别亦难，最美的遇见在这里，未曾离开，却期待再一次的相逢。那就让我悄悄地说一声：再见，莫斯科！再见，圣彼得堡！再见，俄罗斯！

（十五）云阳龙缸

夜栖龙角镇，早晨，我们是被一阵鸡鸣叫醒的。山雾弥漫，空气清新。早餐之后，我们继续向山间行驶四十千米，就到了被人们称为长江三峡最后的香格里拉——云阳龙缸风景区。

云阳龙缸风景区位于重庆市云阳县境内东南隅，集天坑、峡谷、溶洞、高山草场、森林、土家风情于一体。走进大门，先去云端廊桥。建在海拔1010米高悬崖上的"云端廊桥"，以"天空之花"的花瓣作为造型，廊桥上可以欣赏周边的美景。其悬挑长度为26.68米，廊桥距离地面的高度为718米，比美国科罗拉多大峡谷的玻璃廊桥的悬挑长度还长5.34米，是世界最长的悬挑玻璃廊桥。冒着丝丝细雨，在云雾缭绕中向上穿行。来到云端廊桥，可惜天公不作美，雾气翻卷，团团相拥，脚下的万丈深渊也无法看得清晰，不过倒少了些惧怕，踩着玻璃栈道毫无感觉。

山里的天气娃娃的脸，无法感受惊险的刺激，那就继续向云雾锁身的大山深处行走。还好，有小火车，坐上小火车，去龙缸。依山势往上爬，拐个弯，又依势向下，此处最宽的地方不足2米。有一块5米高的巨石，巨石顶端横卧着一块长石条，石条一端偏向缸内，稍勾，酷似鹰嘴，得名鹰嘴岩。

关于龙缸的起源，可是有故事的。相传很久以前，清水龙缸一带是龙的家族居住的地方，龙的家族原来都是住在龙洞里的，据说那时的龙洞有数十里长，北边的出口在现在的大安洞，南边的出口在七耀山。这么多的龙住在一起不仅拥挤，吃水、洗澡都不方便。于是老龙王下令在半边街的后面建一个洗澡池，供龙的家族在这里洗澡。后来老百姓叫它

"龙滚凼",就是现在的大天坑,也叫"大龙缸"。而在离龙洞不远的龙岗处挖了一口大水缸,供龙的家族喝水,所以老百姓叫它"龙缸"。

那龙缸建在大山顶上,缸里的水是从哪里来的呢?其实,水就是从清水塘来的。原来清水场上有三个很大的水塘,一个在天鹅抱蛋的地方,一个在消水洞坝子里,还有一个在焦家湾里。这三个水塘要数消水洞这个坝子的水塘最大,在水塘的东面有一条溶洞直通龙缸内岩壁上的月岩洞,龙缸里的水就是从这条溶洞吸入的。老龙王说了,龙缸里的水不能装满,够喝就行了,要把清水塘的水留一些给老百姓。所以龙缸里长年只有半缸水,清水塘的三口水塘也是长年清澈见底。后来,因大海先后淹没了三次,龙的家族为了治理方便,于是就搬到东海去住了。

龙缸天坑深 335 米,居全国第三、世界第五,龙缸天坑的坑壁由峭壁拱成,倾斜幅度近 90 度,这种直上直下的形态在世间罕见。龙缸内壁如削,最宽处达 2 米多,最窄处不足 0.4 米。人站于缸沿上,一边是千仞缸壁,一边是万丈深渊。壁缝松枝横卧,古藤倒挂,缸底丛林碧绿,四季吐翠。林间百鸟争鸣,盘旋低飞,烟云升腾,景色优美,故素有"天下第一缸"之称。

沿着悬崖峭壁上的栈道,来到映月洞。关于映月洞,也是有说法的。相传张果老要宴请其他七位大仙,在中秋之夜来品尝他的长生不老仙酒,还要在月光下吟诗作对,大有王羲之兰亭序之盛况。但酒至数巡,未见一丝月光,众仙借酒取笑,张果老急将不得,一气之下疾奔天空去寻找月亮。

结果跑到了龙缸这个地方,看见月亮被嵌在了山的穿洞里,于是他使尽仙法,好不容易才把月亮推了出去,回到了天空。哪知张果老用力过大,在穿洞里踩出了两个很深的坑,留下了他穿草鞋的脚印。要不是洞内道路被铺上了石块,大家还可以眼见为实,一睹为快。

云阳龙缸景区内地貌奇特,除了龙缸,还有溶洞,溶洞密布,奇峰怪石、石笋摩天、雄险俊秀、千姿百态，走在溶洞中，就像是走进了自然科学的博物馆、地质景观的大观园。

穿过溶洞，眼前一亮，绿汪汪的石笋河令人心醉神迷。山无水不润泽，水无山不灵秀。那就坐船走吧，歇歇脚，去领略另一种美吧。云阳龙缸景区，真是集雄、奇、险、峻、幽、静、秀丽等各种神韵于一体的美好之所在。

（十六）一场秋雨起

知了这家伙，唯一能让它闭嘴的就是雨了。

黎明，又是被一阵知了的聒噪声吵醒，正想着，要不要出去走走，锻炼一下身体，说实在的，我这人太懒，少有的一些锻炼都是在内心千万次地挣扎下，最后鼓起勇气进行的。窗帘尚未拉开，人未下床，主意还未定，突然知了的叫声齐刷刷地消失，还未适应这悄无声息的清晨，接着就传来了叮叮咚咚的雨声，立秋后的第一场秋雨下起来了，而且居然逼退了蝉鸣！

近几年的环境绿化，不得不说，太好了，以至于蝉鸣终日不绝于耳，让人不时心生烦意。但是随着物质的富裕，生活质量极大提高，却再也见不到孩子们在暑假期间扛起带着小兜子的竿子，手提着有盖的瓶子，成群结队的在田间地头抓知了去烤肉吃了。当然，那时在关中人的认知里，最好吃的不是知了而是它的幼虫，我们这里叫"牛犊儿"。知了产卵落地孵化，幼虫在树下土间生活三到五年，听说有的还要十几年，掘树根吸树汁，包括它羽化成蝉亦是这样，所以对于树来说，它真的就是害虫，因此我们小的时候，大人们十分提倡孩子们去抓知了摸牛犊儿，为什么叫摸牛犊呢？因为抓牛犊儿的最佳时间是晚饭过后，夕阳隐去了最后一丝光辉，卧在大树下的村落已经将最后的炊烟送入天际，农人归家，蝉鸣停息，一切安静，照亮世界的只剩下了点点人家的灯火，在幽暗而闷热的关中道上，大人们摇着蒲叶团扇坐在树下纳凉歇息，孩子们最好的消遣就是摸牛犊儿了，更不用说这牛犊儿还能让他们过过嘴瘾。此时，正值这些小牛犊们破土而出刚爬上树干，尚未开始它们的华丽变身，它们通体金黄，在熹微的夜色中泛起一点亮光，舞着两个像砍刀一样的大前爪子缓缓地在又黑又粗的树干上爬行，了无声息，但这一切都逃脱不了关中道少年们锐利的眼睛，他们弯腰上手，放进手中的敞口大瓶中，今夜又将有一顿美味入口。少年们每夜出征，抓捕牛犊儿，冲锋四野，乐此不疲。抓得数量差不多时，就到了烹饪阶段了，这东西，最好吃的方式是用油炸，不过，这得多少油呢？谁家舍得？况且，牛犊的爪腿绒毛间还有不少土呢，因此最好的办法就是火烤。乡间的麦草，那是不要钱的，只要注意别燃了人家的麦草垛子，一切就万事大吉。

虽然大家说的牛犊儿好吃，但我却从来不吃，大概是见不得它们在自己的蝉生路上，还未站定就丧生于火下吧，但跟着大家的后面去抓，在那时无聊的时光中，还是平添了很多的乐趣。后来，也读到了很多写蝉的作品，说它忍着剧痛，撕裂躯壳蜕变美好，大有化茧以成蝶的励志类的美好；说它耐着十几年的黑暗孤独，就为了一秋的鸣叫，所以才不舍昼夜地尽力展示；说它"居高声自远，非是藉秋风"，当然，虞世南咏蝉以寄意，表达的是自己的人生态度，这是不用质疑的。一直觉着，但凡文人有所托之物，大抵也是因为喜爱，所以虞世南应该和我一样，没有吃过蝉或者牛犊儿肉的，但以他能位列唐初四大家的身份，虞老先生一定不会像我一样，不知勤奋，还总爱跟在别人的后面去抓牛犊儿。当然，我也不是为了在这里检讨自己，只是年事渐长，明白了一些世事，自然生万物，万物皆自然。"天地不仁，以万物为刍狗"，自然之手，神奇而又有魔力，那所有的命运都是无为的混沌吧！这蝉生可不就是人生，这立秋的第一场雨，目前不就成功地让它闭上了嘴巴。风云雷电，日出日落；山川河流，花开花谢。天地间从不会因为一山繁茂的花开而欣喜，也不会因一场殒命的地震而胆战，因为在它的怀里，一切都会随着时间的流逝而被他老人家抚平所有的痕迹。难怪李白当年都要大叹："其始与终古不息，人非元气，安得与之久徘徊？草不谢荣于春风，木不怨落于秋天。谁挥鞭策驱四运？万物兴歇皆自然。羲和！羲和！汝奚汩没于荒淫之波？鲁阳何德，驻景挥戈？逆道违天，矫诬实多。吾将囊括大块，浩然与溟涬同科！"

窗外，秋雨依然。

但偏偏还是传来了几声蝉鸣，断断续续，喑哑低沉。

（十七）那颗长在辋川的树

那棵树于我，是陌生的。

在过去众多的日子里，我的确不知那棵树的形状与大小，但我知道，它藏在南山的某处。在无数个春夏秋冬间，在无数个闲暇寂寞时，它总是摇摆着枝叶，走进我梦幻的世界，加大了我对它的痴想，拉长了我对它的思念。于是我在心间刻上"辋川"二字，我知道，那棵树长在辋川。

那棵树于我，又是熟识的。

我是从"明月松间照，清泉石上流"中走进了辋川，那时，我的耳畔总是响起叮叮咚咚的溪流欢歌，抬眼总能看到从松柏枝的缝隙中洒下的大片银块。从我开始幻想"竹喧归浣女，莲动下渔舟"的美景时，那棵树就永远地占据了画面的一方角落。是的，在心中，我用手抚摸过辋川的山山水水。青山叠翠，群峰争奇；佳木繁花，遍布幽谷，瀑布溪流随处可见。"苍苍落日时，鸟声乱入溪"，辋河的水悠悠地流着，在落日的余晖中潺湲而行。那棵树就雄踞于岸旁,俯瞰辋水,还不时地伸手去逗弄那打着小漩涡的河流,于是那一树绿色便在水中荡漾开去,也将我一颗柔弱的心带入河中,去仰视那浣纱的姑娘,并在她灵动的歌声中和她一起嬉戏舞蹈;于是那一树绿色便在水中荡漾开去,也将我的一颗跳动的心带入河中,去掀动那归航的渔舟,免得它在密密的荷叶丛中找不到回家的路。真的,我熟知那棵树的枝枝叶叶,以及春天时它挂在枝丫间的圆圆的、绿绿的小果实。那时它经常用自己的小扇子抚弄清风,然而,就像调皮的孩子,招惹清风时却不时地、不小心地将自己的果实暴露于空中。于是,那果实在阳光下随意一闪,就惹来了无数让人羡慕的眼神。

于是,那一颗颗的小珠子泛起微白的绿光,闪耀着告诉人们自己的与众不同。那棵树带我徜徉于辋川的角角落落,从"雨中绿草草堪染,水上桃花红欲燃"的仲春走到"飞鸟去不穷,连天复秋色"的深秋;从"渡头余落日,墟里上孤烟"的傍晚走到"深林人不知,明月来相照"的深夜。

酝酿了太久的思念,封存了太多的炽烈。那棵树,我终究是要看到你的。于是,我来了,我要来寻访你的踪迹。

盘盘绕绕,行进在辋川,我真的看到了"分野中峰变,阴晴众壑殊",我贪婪的目光抚过辋川的一草一木,辋河的水少得让我有些哽咽;我未找到辛夷坞的藏身之处,当然我也就无法感受木笔在涧户寂无人时,纷纷开且落的悠闲自在、随性美丽了!满眼是破落的工厂被迁徙而去的残败,我的辋川,你竟然如此不堪?我的那棵树,你在哪里?失落的眼眸落在了群山之上,或许,繁华与破损本就能完美结合。花落实成,屹立于此,静静等待的千余年,本身就是你对这个世界无声吐露的真情!是的,就在此刻,我看到了你高大伟岸的身影、繁茂旺盛的枝叶。那棵长在辋川的树,你就这么生生地撞进了我的眼帘。

"文杏裁为梁，香茅结为宇。不知栋里云，去作人间雨。"当年文杏馆已没，如今只留隐愤情。在文杏馆的遗址上，这棵树婆娑满枝、随风摇曳，仿佛在迫不及待中，就开始给我们讲述起了关于摩诘的故事，顺着这棵叫银杏的树所指引的方向，我仿佛看到了辋川别业前那位先贤"倚杖柴门外，临风听暮蝉"的恬淡闲适；看到了那位先贤在山涧中凝神细思"行到水穷处，坐看云起时"的豁朗达观。王摩诘，你就如这棵你亲手种植的银杏树，总是用遒劲有力的枝干去书写岁月的沉浮，总是用繁茂的枝叶去展示岁月的美好。是你们，在蓝天下，在白云下，将自在的绿泼洒在了我的心中！这棵长在辋川的树和它的主人，瞬间让我明白了囿于高山与荒野之中那高贵不羁的魂灵，他们在大声告诉我：看淡一切！让时光去打磨，我们终会留下最美的辉煌。

辋水自流山自青，冉冉时光绘真情。摩诘，千年之后，你那棵长在辋川的树，从此，根深蒂固在了我的心中。

（十八）今日白露

从立秋开始，唰唰啦啦的秋雨就不厌其烦地扑向大地，让本身心境不太平静的人，屡屡生烦。晨起，蓝天白云在眼前，秋风微醺拂面来，让人顿时神清气爽。拧头，台历上看见了"白露"二字，日子竟然过得这样快，立秋那日仿佛还在眼前，白露居然在不知不觉间突然到来。记得有一句话：走得最急的是最美的景色。美吗？我有点愣怔了，为我因治不好的咽炎而嘶哑的嗓子？为我夜半茫然焦虑而悄然爬起的身影？还是为最近一段时间那凡俗得不能再去说的普通人的追求？理不清，比麻团还乱。但"白露"这二字，让我知道，今日白露，寒生露凝，从今天起，天气将渐渐转凉。拿起一件外套，心中在告诫自己，好好活着，上有双亲，下有儿女。背起包，上班讨生活去吧。

　　路边，一股奇香袭来，是桂花，算不上喜欢，但还是愿意陶醉其间，迎上去细嗅，一丝甜意涌向心间。小米粒般的花朵密密匝匝，挤在枝叶间，朴实的像一群可爱的孩子，每一朵都无一例外地咧开胖胖的小嘴，用自己的馨香告知这个世界：我在开花！内心的一丝欢愉瞬间被这些小米粒挑起，倏忽间，整个人仿佛也卸下了这段时间的焦躁，以及那些为了生活而焦躁的琐屑事务。向前，脚有一点异样的感觉，低头看去，是一片片褐色花的遗骸，我知道，在我未曾关注它的昨天，这些花朵，一定也和今天枝头上绽放的花朵一样，在昨日的秋光中曾经灿烂地开放，曾经也醉倒了一些像我一样的路人。在它短短一天的花期中，它竭力地开放，认真地完成了自己的使命，落地而息应该就是这些花朵最好的宿命吧。"浅词难寄伤感句，重墨怎续落英飞。"收回脚，我不忍从它们的身上踏过，我愿意致敬一切曾经努力过的生灵，因为我知道，所有付出努力的事物，都能够让岁月染就出一种春华秋实般的美好，即使是一株小小的、在风中悄然结籽的草儿，即使是一朵小小的在风中悄然绽放的花儿。

　　"白云苍狗枯木春，落红归雁一时秋。"午饭后，和好友到公园散步，尽管活得有些岁数，但一见面，叽叽喳喳、天南海北、东拉西扯的，倒也说得不亦乐乎。路边的草地间，居然能长出一丛丛在城市里很少见到的野菜——水芹菜。那叶子上的绿，绿得发蓝，颇有一些昂扬的气势，于是二人停下脚步，感叹这些野生的、卑微生命的倔强，只要有一点点水，它们就能在人工种植的绿草坪间见缝插针地生长，让人不禁反省自己在人生卑微时刻的退缩，活得如此不舒展，简直浪费了每天的几碗粮食。高大的紫皮李下，一方石桌，几个石凳，在午后强烈秋阳都穿不透的密林下的石板路上，酝酿出了一番禅意，让人不由得想坐下来，在幽静的时光中冥思遐想，而真正坐下来时，石缝间的青苔和着有点燥热又有点凉人的秋风，呀呀仿佛唱起了悠长的歌，让人想起了袁枚老先生的"白日不到处，青春恰自来。苔花如米小，也学牡丹开。"归途中，"啪嗒"一声，一颗白果落在脚旁，险些砸在我们金贵的脑袋上。"白果哦，看，果然是白的！"我发出一声惊呼，好友说："怎么这么像杏呢？"瞬间，我俩对视大笑，可不就是杏么，人家就叫银杏。

或许，这才是生活，在困惑中才能找到前行的路；在平凡中才能明白最真挚的情；在无意中才能见到最快乐的自己。于是，想起了那句话：何必因为一只蚊子，惊扰一帘幽梦。

今日白露，此刻的我静坐窗前，我知道，秋天的确是一个成长的季节。

（十九）一架苦瓜长起来

苦瓜，对于我这个不爱吃苦的人来说，永远不会成为我的最爱。

仲春时节，小院中的柠檬开出了第一朵清香诱人的小白花，我想该买点辣椒苗栽下了，于是在一个暖洋洋的午后，到秦镇的农贸市场寻找辣椒苗，家中小院不大，三小把足矣，9元，卖苗子的老人说："再给一块钱给你拿两窝苦瓜苗。"尽管已经是微信付款时代，但人们还是喜欢凑个整数，好吧，十全十美，也好让老人家高兴。

辣椒苗栽在了能享受到最强阳光的地方，而苦瓜呢，树下路边小院的豁口处，倒也能安下它俩的身子，彼时的苦瓜苗，两片子叶还很油绿，中间只长出来了一片黄黄的真叶，栽下它时，我真的都没指望着它们能活得怎么样，但几周后的一天，我突然发现苦瓜苗居然都长出了几片略显黄绿的叶子，而且，在它们并不强健的主茎上，伸出来一根细细的触须，像是在向外探寻着什么，即使从没栽种过，我也知道，应该给它们搭一个成长的支撑点了，于是，在小竹园最稠密的地方，砍下几根竹竿，把它们栽在两窝苦瓜的旁边，给两苗苦瓜搭了一个架子，牵起那细细的触须，轻轻缠绕在竹竿上，给它一个家的方向。

人真是一个奇怪的生物，当有个东西给你一个盼想时，你心中的柔软就会完全向它敞开，是的，那苦瓜苗的触须给了我希望，让我相信了即使柔弱，它也在不屈地成长，此刻的我倒真想看看它是如何开花结果、蓬勃生长的。盼啊盼，当然在这期间，施肥浇水那是必不可少的，六月间，它终于开了一朵花，可惜是雄花，第二天就掉在了地上。有一天，在还不太繁密的绿叶间，我看到了一根火柴棒粗细的小苦瓜，碧绿干净，精致得像小孩子的玩具，终于有果实了，我在心里替它暗暗高兴了一把。抬头，看看它的生长环境，除了早晨的一个半小时能被朝阳抚爱，阳光想从树间洒下几点金光都很难办到；脚边，鸢尾蓬蓬勃勃，婴儿拳头般的果实高高举起，准备开裂四溅，像极了跃跃欲试、随时想侵占它地盘的攻击者；而身旁的洒金珊瑚呢，也长得是洋洋洒洒，恣肆无忧，阻挡了它寻找阳光的步伐。苦瓜心里不知苦不？但我真替它担心了，这小火柴棒子，能长大吗？

又是两周未回家，那天回家也是晚上十点多，我想，先看看那苦瓜咋样，摸黑走进小院，借着手机的光亮，我看到小火柴棒子居然长成了顺顺溜溜的大苦瓜了，旁边已经长成第二个、第三个了。在暗夜中，这架苦瓜总算长起来了，我不禁敬佩起这小小的生命，两三个月间，从那么一个柔弱的小秧苗，牵出藤，扯开蔓儿，花开五瓣，果挂一垂，蓬蓬勃勃、无怨无悔地供人享用。第二天，再一次到院中，看到了精心饲养的辣椒，叶大根深，硕果累累，红艳艳的朝天椒像高举的小火苗在绿叶间闪烁，而那树荫下的苦瓜亦是朝气蓬勃，不输周边的任何一种植物，此时，它的绿叶间涌起了无数个比它的老根茎还壮实的新头儿，这些新头儿带着自己的触须向上攀爬，向周边奋力地蔓延，微风中摇曳的叶子仿佛在告知这个世界：没有多余的阳光，只要我去努力，我也一样能壮大！而那些绿叶间已经泛白的苦瓜们，用它的颜色告知我，它已成熟。

一架苦瓜长起来，不管曾经是有意还是无意，遇见就是缘分。牵手回家，这些天，这架绿油油的藤蔓给我带来了担忧与惊喜、期待和收获。不过，故事还未结束，你看，秋光未去，秦地依然是人世间最美好的季节，明媚而灿烂，这架苦瓜，就继续在我的小院中，肆意挥洒自己如童话般的美好吧！

（二十）秋雨中的小啰嗦

不间断的雨，扯长身子，像泼妇般砸在地上，扑起来的是一阵一阵的潮湿气，弄得人的身子倒是凉凉的，但心间涌起的却是一股股的烦躁。尤其是在这个秋天，女娲补天的石块仿佛经不起时间的磨砺，一股脑儿噼里啪啦地全掉在了凡间，于是那雨呢，就毫不客气地下了起来，铺天盖地，连绵不绝，大有不让人愁死不罢休的气势。

倚窗凝视，那落在地上的桂花，被雨点击打得东倒西歪，毫无生气的样子让人瞬间就忘掉了它们在雨前散发出的逼人馨香。而桂叶，没有了花的点缀，在雨中反倒更加坚挺、更加墨绿了。地上的野草被雨水浇透了，疯狂地乱长，一片片让人揪心的黑绿色，也让这眼前的秋绿得阴沉，绿得不让人开心。尽管不远处的那排香樟树，使劲儿地将一抹明黄涂在自己的脑壳儿上，但还是挽救不了人心中的沮丧，因为这感觉不止来自花已落、叶挣扎、草肆虐，更来自那连日不停的雨，以及密布的阴云。

其实很羡慕范仲淹，虽然自己从没有"先天下之忧而忧，后天下之乐而乐"的伟大抱负，但也曾经有过很多次，尤其是站在大江大河前，想像他一样威武地大喝一声："不以物喜，不以己悲。"不过每每都是以想想而已结束，因为实在没有那种勇气。检讨一下自己吧，其实心胸不够宽阔，总爱计较一些鸡毛蒜皮的小事；也老爱为一些已经过往的、不可逆转的事情而懊悔；当然偶尔还会做一些落人笑柄的蠢事，总是把人都视为知己，恨不得掏心掏肺。只是悲秋伤月的老毛病已经缠在身上了，剥掉这些就像扒了一层皮一样让人痛苦难受，这人生多半都已走过，想改，实在太难。那就算了，逞什么英雄好汉，懒一懒，又不会有什么损失！

原来，是非不是秋雨惹，庸人扰之愁才生。明明知道有些事是错的，却还要坚持去做，是为了什么？心不动，才不痛，透彻了，才知扰动这世界的真的是庸人。此刻，这雨，愈下愈大，我能听到马路上疾驰而过的车，它一定溅起了路上的雨水，这雨水又泼溅在了路旁的花花草草上、人行道上，以及为生活而奔波的行人身上。此刻，在秋雨的倡导下，外面的世界酝酿出了一番又一番的热闹，让这个有点死气沉沉的下午才有了喧嚣与活力。屏住呼吸，用心去感受，那喧嚣与活力，其实就是希望的指引。现在，忘掉你狼狈的样子，且看美好。看！这秋雨不也孕育出了一番禅意——做人，简单就好。

好人，无论如何，请于时光的缝隙中，给精神留一块休憩的地方。让我来设想一下结局，那结局就是遗忘吧，在秋雨中，在心间，燃起一点烛光，摇晃着，就这样睡着了又醒了，就这样模糊在未来的记忆中，依然不知道我是醒了，还是在梦里，也许这就是命中注定。

（二十一）雨睡着的样子

原来，积水是雨睡着的样子。

这是一个多雨的秋天，今年的秋天，雨太多了，隔三岔五就劈头盖脸地浇下来，甚而有时还配着电闪雷鸣，尤其是在薄暮时分，即使坐在家里，也让人心下骇然。

隔着窗户，我看见在风中摇曳的树枝，那黑黢黢的枝干左摇右摆，连带着好不容易爬上它的身体，并努力开花结出来的三个丝瓜也在左摇右晃地乱动。一阵电闪，蠢笨的丝瓜居然在暮色中露出了些许绿色的狰狞，我想它是怕极了被这风雨吹落在地，毕竟它是歪歪斜斜缠在了树上才爬到了高处。或许树亦想让这棵努力的丝瓜安身其家，它倒乐得做一个驮行者，蠢丝瓜说不定还是它漫长的默默征程上的慰藉者。但这风啊，不止，这雨啊，又敲破了苍穹，谁能让它止住？

站在阳台上，此刻我亦能感受到窗外瓢泼大雨在脚下汩汩流动的姿态，下水管道汹涌澎湃的撞击声让人莫名地紧张起来，雨滴空廊怅然生，满眼苍茫暮色中。黄粱不待今朝醒，可笑天下万事空。想起那个秋天，无知无畏，独自一人雨中爬山，一把伞，一部手机，就那么走在了深秋的秦岭深处。一潭，二潭，三潭，一节一节地向上攀缘，伴着溪流水花的翻动，听着石缝中哗哗的流水声响，我居然忘掉了这里是会有野物出没的地方；没有犹豫，没有害怕，只是在想，那黄叶飘零中的九瀑该有多美。那就——快走！于是就这么固执地向前、向前，一直向前！

哗啦啦，一条大瀑布迎面而来、奔泻而下。眼前的路好像已经断绝，一潭清泉静卧前方，让这个秋雨中的大山深处猛然增加了一些光亮，亮得叫人有些惊讶，有些不知所措，就像郁闷到了极点的时候，突然间喘出一口气，于是整个世界都清爽了，苍天古木中所有的郁闷一下子不翼而飞，定睛一看，八潭。未到终点，但美意却已充满心间，不走了，这九潭的美还是别去揭开了，这样九潭才能成就最终的美吧。心晴雨未停，那就尽享这八潭翻卷的风云，斜洒的秋雨；尽享这飞动肆意的水，汩汩流动的水，静如卧玉的水。它们在这里完美地结合，尽情地阐释。行到水穷处，再看云起时，那个在风雨中爬山的女子，静静地站在那里，突然间后悔了行路的匆忙，既然顶着风雨向前，走走歇歇、缓慢而行又何妨？只是执着于传说中九潭的美好，竟忘了路上的美景。

终于，夜雨阑珊，昏黄的灯光下，树叶上只剩下了不多的滴答声，而此刻，月亮也悄悄透出了它的身影。这一切都昭示着所有的喧嚣鼓噪将成为过去，一切都将进入夜的宁静，宁静得如路边凹凼中的积水，只在此刻，慵懒地给你闪一闪它疲倦的眼睛，因为，经过了一番折腾，它已经疲惫不堪，需要沉沉睡去。不需细察，现在，它睡着的样子安恬极了。明天，你在树上，还是能看见那几个蠢丝瓜，拽着长长的藤蔓，继续慢条斯理地长着，而在那些凹凼间，却难以寻觅到积水的影子，凼底的一点儿青泥，是它唯一留下的痕迹。

这世界，不管以何种形式横冲直撞，在喧腾过去之后，都将会回到最初的样子。所以，今夜那凹凼间的积水，可不就是雨睡着了的样子。

（二十二）秋天的 45°角

在秋的界面上，沿 45°，画一条线，是什么？是秋分，是这个平分秋天的日子。

天气乍凉，四望迷蒙，漫天斜飞起来的是剪不断的雨丝。几棵大树不待叶黄，就已有叶翻飞而下，尽管那叶还是绿的样子，但却呈现出了"载不动许多愁"的姿态，轻轻滑过空中，扑向地面，一路发出的絮语就像在诉说着这座城的落寞，这样的日子实在适合——寂寞。

原来，45°是个寂寞的角度。依窗，聆听着雨的哀愁，每一声，每一下，落在心间，于是这哀愁便开始化为寂寞，且与寂寞紧紧相拥，像烟雾一般，四散弥漫地涌向心间，于是那些亦能酝酿寂寞与哀愁的往事也就借机涌向心间，而它们又和今天的情绪纠缠在一起，撕扯在一起，直抵心间的每个角落，不给人留下一点喘息的机会。这时，你会发现：回忆是件很累的事，就像失眠时怎么躺都不对。因为在这秋雨的浇灌下，那些能与你同在的都是哀痛与不如意，哪怕有些许的温馨，撕开它的面纱，在今天的秋雨面前，它们只能是苍白到无力的一种苍凉的掩饰。今天，那些寂寞的颜色，分明写在了每一片飘飞的落叶之上，写在了那平静的、昨夜新涨满的一池秋水里。突然间有些害怕，不敢再去翻动回忆的那池秋水，怕会有腌臜不堪的东西突然现出，怕会在那曾经看似真诚的脸上看到不一样的色彩。在时间和现实的夹缝里，那些美好的往事脆弱得如寒冬时节风干的白纸，禁不得哪怕是短暂的回忆，好像真的发现了，有些事不是你单纯地想，单纯地希望就可以的。这时，你更会发现：活着是件很累的事，哪怕在这样忙碌的白天，因为生活真的就像一只无形的手，一个耳光接着一个耳光地把我们从梦中打醒，以至于现在，我们连谎言都不用编了，所以你看，这世界就只剩下了敷衍和冷漠。

太冷了，这秋天的 45°角。此刻，我站在四楼的走廊上，雨依旧飘飞，我伸手，想将手融进这阴冷之中，可偏偏我在不经意间，看向了脚下的 45°，不用踮脚，从走廊的隔栏间，我看到了一丛丛的八角莲和小枝的洒金珊瑚，在雨水的滋润下，在平日里见不到阳光的天井中，孕育着浓浓的绿意，泛着水光的绿，绿得让人感动，而它们的脚下，贴地而生的麦冬，挺起了自己的胸膛，也泛着水光，让一把把绿色的小匕首染尽了脚下所有的土地，亦不给那块土地透气的机会。在不大的天井里，在雨水能够直落的、阳光轻易照不到的、最为阴冷的地方，它们在长，在拼力地长！那天井中的一群泼辣样子，让我的眼睛有点湿润，草犹如此，人何以堪？摸摸脸颊，我知道，骨子里的我曾经是一个那么坚强的人啊！怎么走着走着就忘了，忘了我曾经的坚守。迷途其未远，来者尚可追。世界不大，日子不长，你呀，可不敢轻易地将寂寞变成了习惯，因为我们这样的人，好像喜欢的依然是繁华。

曾经有人说，那些45°仰望天空的微笑，大多数是因为不想眼泪流下来。于是，我抬起头，45°，我发现了五楼上面的天空，不是小小的方块，尽管在今天，没有多余的色彩，但我分明看到了更大、更遥远的天空，而从那里飘下的丝丝秋雨，掩不住我嘴角的微笑，因为我的眼里没有眼泪，因为我明白了，在那些往昔里，有些事，不是我们没有力量去做，而是不肯做。

站在秋天的45°角上，微微抬头，以45°仰望，那里是广阔得可以包容一切的天空！

今日秋分，解锁了寂寞的最高境界：与己相悦，与世界相悦。

（二十三）去看看那片金黄

又到深秋，窗外一树银杏金光闪耀，在阳光下格外明丽。当然，树下最不缺少的是那些早早扑向地面的先驱者们，它们在绿色的杂草之上分外惹眼，但那凋零满地的样子却让人疼惜也让人感叹。

近几年，作为风景树，银杏已经遍布西安的大小街道，当然，古都西安绝不缺少欣赏银杏的景点。单株的，如古观音禅寺的那株银杏，据说是李世民亲手种植的，有1400多年的历史，枝叶婆娑，每年11月，这株银杏就会将寺院的半片天空全染成金碧辉煌的颜色。落叶飘飞的季节，如果有一两个憨态可掬的小和尚在树下读书、弹琴，或者有一个僧人扛起扫把孤独地行走在树下，那也真是一道撼人心弦的风景。因为这情景瞬间就颠覆了女子才能造境的认知，你明白了男人，哪怕就是无欲无求的男人也可以酝酿出美来；你也就更明白了，每年11月古观音禅寺人山人海、车马难行的原因了。当然楼观台和重阳宫的银杏也不错，亦是古树，但距离西安有些远，好像就少了些人去关注了。不过我觉得看银杏还是要看成片的树林，那种感觉更加壮美。西安也有这样的地方，城北的汉阳陵就是西安人秋天最爱去的地方，可是我没有去过，因为当时看图片，感觉树太小了。几年过去了，那些树应该长大了，应该也有一点点银杏树的婆娑姿态了吧，可自己又好像过了喜欢看热闹的年龄，今年是没有一丝想出门去看看的想法了。

还好，窗外的这棵银杏尚可给我带来一丝慰藉，让我知道了时间的轮转，让我知道了深秋的到来。端着水杯，站在窗前凝视良久，在思绪飘扬间，我不禁哑然失笑，其实我还真是喜欢银杏树的，为了看银杏树，我曾经驱车沿着山间窄小的公路前往辋川追寻王维的踪迹，去看银杏馆中的那棵银杏树。我清楚地记得我看到那棵银杏树时的惊喜，我记得我飞快地步伐，我抬头向上仰视时的欣喜，我的手触摸到它粗硬龟裂黑褐色的皮肤时内心的震撼。我想着王老先生一定是在这棵树下吟出了"竹喧归浣女，莲动下渔舟"，树前那道弯坑，应该就是当年水波粼粼的辋河吧！抬头，青山卷白云，飞鸟逐前侣；低头，却不见了倒影入清漪的辋水，不见了纷纷开且落的木芙蓉，更不见了"当轩对尊酒"的人。孔老先生说得好，逝者如斯夫！可摸着这株银杏，我分明看见了那日的王维，他在辋川用自己的诗歌和画作，化自然的纷纷然为宁静、淡远、空灵、悠渺，在辋川寂然的山水风光中编织了一个安逸超然的心灵桃源，天地虽大无所逃，那就在这里，在这棵银杏树下安然一生！

又想起那年，听说永寿有一片银杏林，蔚为壮观，趁着周末，我们出发去永寿。渭北高原的深秋自是一番美景，连片连片的苹果树密密匝匝，让我想起我的老家曾经栽种的 800 亩果园，而眼前的果树都变成了矮化树木，不过科学的管理并不会让他们少结果实，且品种还在不断翻新。我眼前看到的累累果实一律是红艳艳的富士苹果，为了让果子更红，当地农人将地全用银色的铝箔铺满，一眼望去银光闪闪，车行其间宛如在一片碧波银浪中乘船而行，不过，闻着果香，看着不断变化的田园美景，这种出行比起海上的单调行船有意思多了。为了欣赏美景，并多买些农副产品，我们一直沿着国道前行，除了驰行在渭北平坦的高原上，跟着导航，还要翻山越岭。这里是我们关中人俗称的北山的山，和南山秦岭不同，他们全都是土山。但土山也有它的独特之处，由于黄土的直立性很好，所以所遇的悬崖峭壁也不少，行走其间，总让人担心这些断崖似的峭壁，一旦塌下来可该怎么办？因为这些岌岌可危的山崖，真的很让人惧怕。不过就是这些高耸的、贫瘠干旱的峭壁之上，却长满了一丛丛的野菊，仿佛在告诉人们它们的坚不可摧。那些菊花，白色的淡雅，紫色的迷幻，让这看似荒凉的地方多了一些柔媚与倔强。

跟着导航，我们终于来到了一个小村庄，掏出手机，"滴"的一声，低头看去——"甘肃电信欢迎您"，我不由得捂着嘴笑了，两百多千米，陕甘交界，就为了看银杏林，这银杏林得有多辉煌才能对得住我的起早贪黑、快马加鞭在这山间小路上的追寻呀！下车，苞谷秆瑟瑟林立，麦苗摇着它尚且细软的头发，网上看到的一片金黄在哪儿呢？向村人打听后才知道，原来还得拐个弯到村后的山坡上才能看到，我们又沿着村中小路走向村后。我们看到了，一片黑黝黝的枝丫整齐地直指苍穹，黄叶只有几片，悬挂枝头随风漫舞，不知是在高兴还是在沮丧间就跳下树枝，打着旋儿飘向地面，而地面上，就是我想看到的黄叶，它们铺了厚厚的一层，遮住了整片树林的地面。"黄叶自是有情物，飞身而下报母恩"，有人感叹道。他们也是和我们一样慕名而来的人，可我依然有些不甘心，望着黑黑的枝干，我期待的美好呢？居然随一夜的秋风凋残而去，"昨天还满树呢"，身边的村人说。原来我们与辉煌只差一夜的距离，原来美好就是如此的脆弱！带着惋惜，捡起几片树叶，回家。

走到车旁，在深深地遗憾间回头远望，枝干上没有了辉煌，但整片树林的枝干却黑黢黢更加遒劲，卸掉金碧辉煌的冗装之后，他们刚劲的美才得以展露，衬着远处的蓝天、衬着嫩绿的麦苗，宛如高原上的一列列士兵，而这些铁骑士兵，他们的脚却正踩在一片辉煌之上。满地的金黄，这是一片成熟之后的无私奉献，好像我们也未与美好错过，只不过，它们以另一种形式存在了而已，只是我们不必那么急迫地丢掉寻找的步伐。

眼前又有几片金扇飞舞而下，而我是否也该丢下冗繁的琐事，再去看看那成片的辉煌？

（二十四）立冬日

断崖式的天气，直接给秦地带来的是冻骨的凉意。路的两边，不管是只能迎风摇曳的枯黄的芦苇，还是在它脚下依然绿意森然紧贴地皮的青草，无一例外的，在这个立冬的早晨，都裹上了一层厚厚的如糖般的白霜，让人忍不住想伸手逗弄一番，甚至想伸出舌头舔舐一下，不过所有的想法也都无一例外地在露出手指的瞬间，荡然消失。入冬了，在白霜之下，秦地的初冬，竟然如此之寒冷。

不过在自然的寒冷之下，脑子好像也清冷了不少。于是有些事，也算是清明了许多。

坐在窗下，打开书，在这样的日子里，适合去读一读庄子。

"天之苍苍，其正色邪？其远而无所至极邪？"湛蓝的天空，那是它真正的颜色吗？它的辽阔高远也是没有尽头的吗？记得小时候，每每远眺南山，总觉着那山不就是人家屋子的山墙，薄薄的一片，如果我能搬个梯子爬上去，那我一定会翻过去。可为什么大家偏偏要说我的大伯就迷失在那山里呢？据姑姑说，我小时候最爱坐在大伯干活时推的独轮车上，那时的我恐怕很得大伯喜爱吧？否则为什么连我的剩饭都是我大伯吃了呢？但为什么我的脑子里没有一点儿大伯的影子？当我终于成长到能去爬山的时候，我被我昔日的浅薄吓到了。怪石嶙峋，连绵不断，一层层、一道道，风吹黄叶落，云去千峰立，诡异的大山横亘在我的面前，我知道了，我的大伯真的是会迷失在这里的。后来，我也曾不止一次独自一人开车行走在秦岭腹地，在群山之中，在寂静无人的山路间，无论是春或秋，夏或冬，我总是有所期待，就让我见一次我的大伯吧！可那山啊，从来没让我看清它的面目，我，还有我不曾记起模样的大伯，终究只是山间的一粒碎石子，渺小而卑微，而山，亦如天空般辽阔高远，没有尽头。

"朝菌不知晦朔，蟪蛄不知春秋。"朝生暮死的菌草不知道黑夜与黎明，夏生秋死的寒蝉，不知道一年的时光。有时候，我们就是这么短视，为了一点点的蝇头小利忘掉了自己的初心，于是，我们在世界的精彩流转中迷失在自己的悲痛里，作茧自缚难以解脱。想起了前些时日的心绪不宁，人到中年，柴米油盐酱醋茶，仿佛一夜之间，混乱不堪一地鸡毛，四处碰壁无路可走。虽说是俗世俗人，要活得接地气，但终究是想要的东西太多，于是掉进了欲望的深沟，在兜兜转转中，弄丢了自己！

合上书本，那上古的大椿啊，该如何找回？

所幸霜晨之后，在一个暖暖的午后，慢行于沣河河堤路上。天空偶有大鸟飞过，张翼徐翔，时而传来它粗嘎的叫声，仿佛看透了沧海桑田，高高地于苍穹之上睥睨天下，于是你就不由得对它能潇洒于天地之间心生羡慕；拐个弯，有一古柳闯入眼帘，駿黑粗壮却被生生砍了头的主杆上，是条条伸出的细枝，在这古河道上，显出了人为的残忍痕迹，原来这树，竟没有按自己的意愿去活！但好像也没有妨碍它枝枝向上，不对，这是屈服吗？不对，这分明是执着呀。睿智的庄子，思考着，痛苦着，向往着自由解脱的境界。怎么在这里，矛盾如我？但仿佛这古河道的飞鸟，还有那呜咽不停歇的河流，突然间也让我明白了自然的秘密。"若夫乘天地之正，而御六气之辩，以游无穷者，彼且恶乎待哉？"顺应天地万物，借自然之变化，在无边无际的境界中遨游，我们还需要去仰赖什么呢？无所待才会游无穷，于是我们的世界应该只剩下宠辱不惊，闲看庭前花开花落；去留无意，漫随天外云卷云舒。可古柳，终究是被砍了，庄子兄，我是不是太固执了，所以我好像永远走不远。

看看此刻，斜阳入林，白云肆意，山河相交，岁月无恙。那就学学庄子，在无待的精神世界中，去完成美好的追求，也应做自己，在有待的物质生活里，活成一个踏踏实实的人。

（二十五）那个叫朝邑的地方

那个叫朝邑的地方在大荔，路过大荔县城，怎能不去同州湖呢？

五千米的环湖自行车道绿荫婆娑，清爽干净！千亩湖面微波荡漾，一望空阔！

道旁的浅水池塘里的睡莲争相开放，五颜六色，尽态极妍，衬得荷叶更加油亮喜人，让人不禁想吟上一句："青荷盖绿水，芙蓉披红鲜。下有并根藕，上有并头莲。"往前走，一河在前，雕塑一座，上是母抚儿乳，下方碑座上赫然写着"洛神"二字。走到这里，才知道了同州湖水来自洛河，还一直以为是渭河水岸，不过洛水东流，还是在这同州大地上扑进了渭河的怀抱，和它一起流淌进了我们的母亲河——黄河。猛然间想到了《洛神赋》，此洛河是否是彼洛河？一丝疑惑涌上心间，翻阅资料，果真如此。原来真的只有一条洛河，就是发源于陕北，东南经洛川流入渭河的洛河，也就是我们脚下的这条河。而流入河南洛阳的洛河，本称雒水，发源于陕西商雒，流经雒邑即得名雒水。三国魏黄初以后，才与流入渭河的洛河混用，也写作洛河。今天总算明白了，尽管两河一南一北，但都发源于陕西。

骑着双人自行车，徜徉在环湖路上，抬头，片片良田掀绿浪，漫漫黄沙笼绿云，千亩鱼塘灌绿水，十里长堤绕绿林。五月的微风之下，那个爽快，那个惬意，那个淋漓尽致，不入其境是绝对品味不来的。美景行不尽，朝前走吧！朝邑，才是今天的最终目标！

沿着公路，朝东再行。朝邑镇，地处黄河、洛河、渭河金三角地带，自古以来就是兵家必争之地。来朝邑，只是想看看那个传说中的丰图义仓。丰图义仓位于陕西省大荔县城东的朝邑镇南寨子村。1882 年由东阁大学士闫敬铭倡议修建民办粮仓，历时四年竣工。"丰图义仓"意为"丰年储粮，荒年赈灾，储粮备荒，防患于未然"，慈禧太后曾御封此仓为"天下第一仓"，并在仓顶赐"虎""龙"二字。丰图义仓与苏州的"丰备义仓"并重一时，驰名全国。

远远望去，丰图义仓前，一座塑像威严站立——闫敬铭，东阁大学士，为民者总会被人牢记！远眺丰图义仓，巍然一座城堡，独立于黄河西岸老崖之上，地势险要。丰图义仓建筑格局为城中城，分内城和外城。外城坐东朝西，依山就势，夯土筑城；外城是义仓防御的第一道防线，由于年久失修，外城土墙已经颓败了。穿过厚厚的外城墙洞，我们进入了另外一个世界。沿着长长的内城城墙向前，内城坐北向南，厚重斑驳的木门向我们展示着丰图义仓曾经的沧桑，南面除大门外，还开着东西两门。推开东边的小木门，中部照壁上镶嵌着"丰图义仓"四个石刻大字，远远望去，清晰可辨。中间为天井，院落深广，晾晒存取食粮，互不扰累。内城边缘，是以仓墙合一的建筑形式构筑，四面环抱，略无间隙，兼具防御和仓储双重功能。西南有坡道通仓顶，顶面平铺青砖，沿边砌以栏墙，四面均留有畅通的排水道，晒粮转运，极为方便。

从外观是城墙，从内看，分明是一间间的粮仓，外墙内仓——这正是丰图义仓设计的与众不同之处！粮仓依次排列，无声地诉说着自己昔日的风光，贮存粮食的大木柜呆卧仓中，仿佛在等待着下一场丰收的到来。

拾级而上，阵阵凉风让人更加为这庞大的建筑群肃然起敬！

站在粮仓顶部，眼前千里沃野，麦浪翻滚，你不由得为这块肥沃的土地拍手称赞！

仓顶之上，竟然还有一个朱文公祠，进去细看才知他居然是仓祖——那个在我脑海中只推重礼学的严肃而古板的大师，居然是他开始提议建立社仓。关注民生的人就是我要去敬重的人，朱老先生，今天，我为你拍手称赞！慈禧太后的"龙""虎"二字也还不错，作为那个时代的女人，尽管最后声名狼藉，但这字还算是遒劲有力。

历史的长河从来不会断流，城墙上那年的青砖忍受不住岁月的寂寞，被风雨抠烂了坚硬的身躯，留下了一身的伤痕，人呢？何尝不是如此！人生天地间，若白驹之过隙，忽然而已。感谢庄子，隔着时空的隧道给我们留下了这句刺透人心肺的话！

朱文公祠挑檐上的风铃迎风摆动着，没有了昔日清脆的响声，唯有小满之时的燕子还在翩然飞舞，告诉人们今年的风调雨顺、丰收在望。抬眼，一切都沉寂下来了，沉寂下来的一切都让我们静静地去思索。

（二十六）大水川的秋天

又是一场说走就走的旅行。早晨起来，想去走走，那么，大水川，如何？说走就走，直接奔上连霍高速，一路向西，直至坪头。

九龙山景区，包括三个景点——九龙山、灵宝峡、大水川，依次排列，那么，从最远的大水川开始。

顺310国道前行，走过九龙山，走过灵宝峡，到达山脚处的南由古城。大水川曾是古丝绸之路的必经之地，所以这古城当年肯定是繁华不尽，不过尽管叫古城，但今天的南由完全是全新改造，所以，除了吃吃喝喝，这里不用久留。

进了景区，得换两次车，开始坐的大巴还不错，越往上走，路越狭窄，几经辗转上了山梁。登高远眺，崇山峻岭，绿树掩映。进入川道，换乘的是小型的敞篷观光车。

车往前行，得天独厚的地理环境，造就了大水川的一草一木，形成了独特的高山草甸风貌。坡地渐多，植物种类渐渐繁多。其间溪流潺潺，叮咚作响；草场广阔无垠，繁花似锦；森林茂密，层峦叠嶂。如画风景尽现眼前，这绿色，即使秋分之日，也是如此的娇嫩、柔软。

远处这家牛，爸爸在悠闲地吃草，妈妈安闲地静卧，好温馨，尤其是那个小牛犊，扭着身子，躺在草坪上，居然露出了白花花的小肚皮。再往前走，马匹渐多，牧马人的鞭子在空中爆响，那些骏马，却悠闲地啃食着鲜嫩的野草，有几匹还跑进小溪里踩水嬉戏。忽然想起，刚才导游说的，这里可是多个朝代的皇家马场。

静心谷、悦心谷、清心谷，文雅的名字倒也很符合景色的本身，因为在这里，绿色统治了一切。而且这绿，滴翠流光，直逼人心底。一直以为，这种绿在欧洲才能见到，但在这里，竟然毫不费力地找到了，原来，美就在我们身边，原来，只要走出来，你一定会有不一样的发现！

回程，远眺麦垛山。名如其山，因为外形像农村的"麦垛"而出名的麦垛山，四周陡峭直立，没有丝毫坡度，而山的顶端，像极了刚出锅的大圆馒头，草木丛生让圆圆的馒头又变成了稍加散乱的麦垛子了。围绕它的是清澈的赤沙河，河水环绕，没有一丝丝人为的建造痕迹，此刻，你真的想为大自然的神工鬼斧竖起大拇指。在麦垛山的西面，是"影子瀑布"，为什么有如此之名？远看，银白的瀑布从天而降，像一匹银色的长布，像一块闪亮的水晶幕，又像一条一条永不断头的银色长丝，倒挂在天女的织布机上。但你去细看时，才发现那瀑布居然是水渍留下的痕迹，所以这个瀑布也就有了另外一个名称，叫"青黛流苏"。

瀑布的旁边有一个停车场，下车去河边休息一下，发现一门，纤云线，会是什么？像路边的花一样柔美吗？抬头一看，明白了！两山夹击，抬头望山，一丝纤云，真的比"一线天"这样的名字雅多了。好像无路，但其实路就在脚下，不过是人工修平修宽、抬高地势而建的，原始形态的路，恐怕我们都无法下脚，因为脚下传来的是汨汨的流水之音，只能用峭拔来形容了！大自然的鬼斧神工造就了让人心悸的世界，所有的形容词瞬间灰飞烟灭，手抚岩石，心间暗叹，顺着壁缝，沿着石梯，上去就能够到达这座山的最高处——缘念亭。坐亭上，能够欣赏到整座山的风景样貌。

悬崖边，一丛红叶伸出臂膀，摇动纤手，点染人心……

说走就走的旅行总是会留下遗憾，途经仙境九龙山，天色已晚，今天是上不了了。留白，他日再来填涂美色，会不会是一件更让人期待的事情呢？

（二十七）古镇陈炉

陈炉古镇位于铜川市东南 15 千米处，因"陶炉陈列"而得名，又因陶瓷而兴盛 1400 余载，成为明代以来西北最大的陶瓷生产基地，于是陈炉就有了"东方古瓷镇"之美誉。

陈炉是我国宋元以后，耀州窑唯一尚存的制瓷旧址，其烧造陶瓷的炉火一千多年来灼灼不息、夜夜生焰，形成"炉山不夜"的独特美景。

白天，在太阳照射下，整座山镇由于陶瓷色彩的相互映衬，笼罩在一片五彩斑斓的光芒中；而到夜间，烧制陶瓷的炉火又霸占了这一方土地，夺目耀眼，将整个古镇更是映衬得神秘妖娆。

立春刚过，寒风还在小镇的街道间肆意穿行，我看到了古镇罐罐墙上栽种的迎春花儿开放了。这一抹黄，哪怕只有这一抹，却给这片黄土地增加了让人愉悦的鲜亮色彩。

古镇很多人依然住着窑洞，靠着手工制陶作坊养家糊口，路边堆着罐罐墙，脚下走着瓷片路。后期的民居，离开窑洞，依山而建，层层叠叠，却依然盆罐垒墙，瓷片铺路，讲究的人家，甚至用瓷瓶砌就整面的墙。走在小镇中，瓷罐砌墙的方法各种各样，看花了人眼。当然，现代化的路灯，在这里也是就地取材，必须是古镇特有的瓷灯。

陕西人吃面，讲究用大老碗，陈炉就是大老碗的出产地。享誉世界的大老碗，是陈炉独有的传统青花瓷，当地人叫作蓝花。上面绘制的写意花鸟鱼虫简练概括，无论是寥寥数笔的兰花、苜蓿花，还是缠枝牡丹，或一尾小鱼，经过陈炉那些能工巧匠们的手，绘制在碗和盆碟上，立即就会鲜活起来，质朴的意趣中呈现出来的是黄土地浑然大气的品格。

在碗上轻轻一叩，铮——，带着金属的回音，清脆如磬玉般动听。

陈是历史，炉是文化。喜欢——陈炉！

（二十八）少华山游龙栈道

"地连秦塞起，河隔晋山微。"诗人笔下的少华山，这么美，那就去逛逛吧！

少华山位于陕西省渭南市华州区莲花寺镇，在华州东南约五千米处。东连小夫峪，西接白石峪，主峰海拔 1664.4 米。因与西岳华山峰势相连，遥遥相对，并称"二华"。据神话传说，少华山与太华山（即西岳华山）是天宫玉皇大帝御花园的一对使女华蓉仙子和华芙仙子下凡显形而成，因华山高五千仞被玉帝封为太华之主，盟冠五岳，少华山高四千仞，被封为太华之辅，赐号少华。少华山险绝高峻，《山海经》曰："小华之山，其木多荆杞，其兽多如牛，其阴多磐石，其阳多㻬琈之玉。"真是奇峰西奔入秦蜀。这里，天蓝！这里，水清！这里，石秀！这里，令人沉醉！

过小桥，去福地。抬眼，福地需得一线牵哦，知道什么线吗？那根牵着缆车的线，自古华山一条道，可这少华山，现在连一条道都没有，只能坐缆车。

树林丛丛，危岩高耸，在人的脚下，一闪而过。少华何盘盘！百步九折萦岩峦。弯来绕去，人工打造后，幽静中的平坦干净更让人喜欢！翘首遥望，还没到。转个弯，抬眼，坐对浮云，该是一种何等的恬淡！不管是心境还是这路边石碑、亭台轩榭上的书写，都让人心生爱意。

那就慢下来，沿着它，去天下第一禅林——潜龙寺，寺名可是刘秀手书。"天下名山僧道多"，少华峰玉皇庙道教遗址、陈抟老祖的"少华石室"、华阳真人及张三丰的"华阳楼仙人洞"，至今尚在，仍能折射出道教往昔的兴盛和辉煌。少华山内外的潜龙寺、宁山寺是陕西著名的佛教寺院，寺内建筑宏大，环境清幽，香火旺盛。特别是潜龙寺，据传是汉明帝刘庄为感念其父刘秀曾在此躲避王莽追杀而建，并亲自命名为"潜龙寺"，距今已 1900 余年，是中国佛教史上影响较大的佛教圣地。潜龙寺所在山势如巨龙，四周千岩万壑，峰峦延绵，林木葱郁，环境清雅，尊为佛家胜地。寺院正殿前方有一棵汉代所植的"柏抱槐"，围粗 4 米多，柏高槐低，生机盎然，各显风姿。

轻凝远障浓还淡，倏忽凌崖翠且重。真美，还真是喜欢走这条路。

踏遍盘螺径，峰登少华巅。山根通百二，世界俯三千。石井穿层障，松涛卷暮烟。㻬琈何处觅，搔首问青天。

登上西侧的云海仙山，举目望远，云烟缥缈，太华咫尺，少华峰灵秀奇峻。

在潜龙寺对面的群山之巅，有一尊仰天大佛，体态自然，栩栩如生，与南边的潜龙寺遥遥相对，是一处罕见的自然景观。

少华苍苍，渭水泱泱，君子之风，与之久长。

抬头望去，层峦叠嶂，群峰竞秀间，海拔 1600 多米高的玻璃栈道悬于峭壁之上，远观犹如蟠龙隐卧于山中，龙首阁为蟠龙之首，龙形栈道是蟠龙之身，行走在少华山迷糊峪内的蟠龙道上，流动的人仿佛在龙脊游走，蟠龙蜿蜒磅礴的气势与人与自然融合为一体，形成一幅美妙的画卷！可惜，阴云涌来，不可久留，走吧……心与青云自有期，期待着与少华山再会！

到人间的天堂，去走走

那是一个离天堂很近的地方，那是一个充满神奇色彩的地方。听说那儿的天很蓝，蓝得让人心醉；听说那儿的星空很近，近得让你几乎触手可及。那里，叫西藏……对于一个生活在中国腹地的人来说，西藏，这两个字是诱人的，那么，到西藏去走走吧。

（一） 难忘新都桥

2018 年 8 月 6 号清晨，终于，我们一行 11 人，踏上 G5，开启了西去的旅程。带队格萨，司机一人，队员十一人，选取川藏路线。从西安出发，直奔成都，第一天全程赶路，住宿雅安上里古镇，不巧，到达雅安，想抄捷径却路遇泥石流，只好绕道而行，终于在晚上 10：30，完成第一天的全程 800 公里，到达上里。杜紫石的《雅州赋》云："夫雅州者，山阿之邑、水畔之城也。地之万物，数小城之'三绝'，缠绵银丝兮，谓之雅雨；江中美味兮，谓之雅鱼；二八俏丽兮，谓之雅女。"在一夜未停的雅雨陪伴下，酣然入睡。第二天早上，红色古镇的喧闹叫醒了熟睡的我们，徜徉上里古街，想见识一下雅女的俏丽，但游人太多，只能抱憾而归。赶路要紧，故雅鱼也未及品尝，我们买两个袋装货，11：00 匆匆从上里出发赶路了。

中午 12：00，开始了最美公路 318 的行程，真正的川藏行从这里开始了！过二郎山，走泸定桥，晚上 19：00，到达甘孜藏族自治州首府——康定。算是进入藏区了，暮色中的康定城边，汹涌湍急的大渡河旁，只能稍事休息了，因为我们今天的目的地是新都桥。启程了，伸伸懒腰，坐直身子，准备翻越行程中的第一座高山——折多山。"折多"在藏语中是"弯曲"的意思，写成汉语又是"折多"二字。海拔 4298 米的折多山，应该是雄伟壮阔的，可惜由于堵车，晚上除了蜿蜒蛇行的车灯，什么也看不到，无法瞻仰折多山的雄姿，甚是遗憾。折多山是康巴第一关，以西则是青藏高原的东部，算是真正的藏区了。晚上 22：00，我们到达了今天的目的地——国道 318 南侧的新都桥。

新都桥被誉为摄影家的天堂。虽为小镇，但其实不小，沿着国道

318，全是高端大气的民宿酒店，五彩的灯光将小镇点缀成了霓虹的世界、火树银花的天堂。仰头向天，星空竟离我们如此之近，忘了一路的劳顿，深深呼吸一口草原特有的气息，想做一个手可摘星辰的神仙。感谢格萨的朋友格桑翁姆和达吉夫妇，专门做好正宗的藏餐，于是一行人终于吃到了人生的第一顿藏餐。酥油茶很好喝，糌粑、奶酪、松茸藏面都很好吃，尤其是藏面，我吃了两碗。吃完晚饭，回到酒店，宽大厚重的藏式酒店仿佛让人置身花的海洋中，各色的格桑花在夜风中轻轻摇摆，枝叶嫩绿，仿佛能掐出水来。粉色的、比脸还大的大理花开得太恣肆了，以至于怒放的它们不得不低下自己硕大无比的脑袋，轻轻地站在它们的旁边，我真担心这些纤细的枝干能不能支撑花儿到明天的早晨。

啾啾的鸟鸣叫醒了沉睡的游人，快起床向新都桥的早晨问个好吧。走出房门，油画般的新都桥展现在我眼前。原来，我昨夜的担心是多余的，那些花儿在熹微的晨光中轻舞摇曳，与昨夜毫无二致。走在街上，浅浅的小河与逶迤的道路相依相偎，绵延向前。房前路旁挺立着一棵棵白杨，迎着凉爽的夏风，哗啦啦作响。远处的山脊，舒缓地在天幕上划出一道道优美的弧线，而它身上披着的是一片剪也剪不断的绿丝绒大毡子，那饱和度极强的绿色真像上帝之手，在已经明丽的晨光中，泼洒下的油漆，从高处流下，流到了我们的脚边，黏住我们的身心，让我们恍如置身画中，在不经意间心凝形释，与万化冥合归一。于是也想像柳子厚一样，长叹一声：悠悠乎与颢气俱，而莫得其涯；洋洋乎与造物者游，而不知其所穷。不忍离去，回头再望，弯弯的小溪，高大的白杨，连绵起伏的山峦，错落有致的藏居，星星点点的牛羊……它们竟能在这样一个不惹眼的早晨，共同勾勒出一个令人神往的光与影的世界，一块如诗如画的神秘世外桃源，一首大自然的瑰丽雄奇的赞歌。美哉，新都桥！

吃过早餐，大家准备爬一个小山丘，去看看神秘的蜀山之王——贡嘎雪山，沿街而行，两旁的酒店和藏式民居很有特色，宽敞的白墙院子，朱漆大门，房屋大都采用石料建造，呈长方形。朝阳而居，采光极好，每座楼房的每面墙上开着三四扇窗户，窗檐上用红、黑、白等色彩描金绘彩，画着象征人丁兴旺、五谷丰登之意的日月或者三角形图案。整体建筑敦厚雄健，阔达有力。听格萨说，这里的人建房子，大都是亲力亲为，从不麻烦他人，有些房子一盖就是三五年，因此每座藏居都凝聚着主人的智慧与心血。沿山而上，有些气喘，但坐在小山包的绿丝绒上，却也是另一番惊奇与新鲜，可惜贡嘎雪山丝毫不给我们留点面子，尽管晨光斜洒大地，新都桥古镇如沐盎然生机中，但远远的贡嘎雪山却隐遁了它的踪迹，紧紧地裹藏在厚厚的云雾之后，如娇羞的新娘，迟迟不肯露面，这就是它的神秘之所在吧，只见有缘人！算了，仙山不解过客意，留待他年再相遇。

据说，新都桥最美的应该是秋冬之交，我们来得有点早了，但谁敢说，一次虔诚地追寻就不是一场震撼灵魂的相遇呢？此刻，坐在隆冬已至却无雪飘的长安城中，我仍然感动着夏天的那次追寻与相遇，不过，新都桥，我更想知道，现在的你——究竟有多美？

（二）海子山

一路向西，越过天路十八弯，翻过卡子拉山，进入理塘。

省道 S217 沿无量河逶迤南行，悠悠的无量河温驯而安静地向前流动，像给无际的草原系上了一条长长的、亮亮的银色哈达，河水滋润着理塘肥美壮阔的草原，山清水秀，草地如毯，各色的野花遍地开放，这么美的地方，岂能辜负人杰地灵之说？所以，上苍就曾在这里，撒下过一颗多情的明珠。这里，是仓央嘉措的故乡。

从小就背"天苍苍，野茫茫，风吹草低见牛羊"，于是我对草原的印象就是荒草连天、遮天蔽日，但理塘的草原改变了我几十年来的想象。绿草如绒，鲜花遍地，绵延不绝，柔软丰润，徜徉于理塘花海一样的草原，在这上天酝酿的柔情蜜意中，在伸手可以撕下几片湛蓝天际上的白云之时，你终于明白了仓央嘉措！

一方水土养一方人，你明白了，只有这样的土地才能孕育出仓央嘉措这样的柔情与才华；你明白了，只因在自由与美好中成长太久，不羁的他才能吟出"世间安得双全法，不负如来不负卿"的诗句，这个不守清规戒律的小和尚终是成为一个叛逆者，在斗争中成长，在斗争中失败，在斗争中亡命！一切都那么合乎天理，仿佛那场阴谋与纠缠就是应天而生。只是茫茫草原之上，高飞的雄鹰、盛放的鲜花，都在身体力行地告诉我们：死者长已矣。

既然谁也无法左右残酷的时间，那么就向前走吧。

拐个弯，一条石头河展现在眼前，温润的草原已被我们远远抛在了后面，而前方，冰冷的太阳挂在天边，高原越来越荒凉，草色越来越浅淡，而冷硬的石头越来越多。目光所及之处没有了树木、河流，就连野草也只不过是偶尔丛生，蛮荒得真像是"勇气号"拍摄的火星表面。汽车继续向上行驶，水，出现了。大大小小的凹凸遍布在大大小小的石头之间，形成了大大小小的海子，一汪汪冰冷的死水闪着诡异的媚眼，不禁让人浑身起了鸡皮疙瘩。而仅有的草也都贴着地皮，怯怯地伸出自己的小脑袋在探望这个世界。我知道，海子山国家地质公园到了。

脚踩在海拔 4500 米的高原之上，你举目所见的，是太阳，是白色的太阳，它像极了死了的星球，高悬于天际，散发着人们很难感受到的热量，只留下一道道刺眼的光芒。你极目远眺的，是天地的无止无休。这个大自然的石雕公园，就那么铺天盖地，以迅雷不及掩耳之势般涌来，千奇百怪却又形神兼备的天然石雕只会令你震颤、令你恐惧，所见到的蛮荒之境直直地冲击着你的灵魂。它还像极了盘古劈开天地之际的混沌苍凉；女娲补天过后大地上的杂乱无章；当然，还有共工怒触不周山后的狼藉一片之境。你不由得就会滋生一种强烈的想法，这里绝对就是中国古代神话的诞生地。

朝前走，走过去，你就真的走进了一种"前不见古人，后不见来者，念天地之悠悠，独怆然而涕下"的孤独悲壮之中，你不仅仅惊叹天地造化的奇妙，你更对宇宙自然的神秘感到不可思议，以至于你都不敢相信，偶尔藏身石头之下的小草或鲜少冒出的小花，是否是真实的存在。而我，当时是蹲下了身子，用手狠狠地搓了几下坚硬的草叶以证明它的存活。此时，你的脚下，除了石头，还是石头；除了海子，还是海子。它们就这么静静地，在夕阳的余晖下，在凛冽的寒风中瑟瑟发抖着，等待着那些惊奇于它们的人们的到来。是的，这就是第四季冰原时代给我们留下来的奇迹。

这里，这些了无生机的石头、这些深深浅浅的海子，它们以原始而艺术的形态永存于此，亘古不变，唯有夏天偶尔丛生其间的野花和偶尔掠过头顶的生灵，才淡淡地显示出它的生命力，也只有这时才能让人确信，这儿居然真的是一处生命的育婴所。

暮色苍茫，在沉寂的古冰帽上，我想起了一句话：一个人的灵魂能走多远多高，来到海子山，你就会明白。

我景仰大自然的伟力，让我在转身之间，领略了纯真至美与荒凉蒙昧。绿草连天兮马牛肥，牧歌飞扬兮万物生。荒石连天兮人禁足，漫天苍凉兮冷风行。而海子山的洪荒无度、恣肆蛮野，我更喜爱，因为它让我裹足不前，难以舍弃；它让我在厚厚的行装之下，放空了灵魂，牵住了上苍的大手。

（三）亚丁印象之一

亚丁位于稻城香格里拉镇。香格里拉藏语为"心中的日月"，"香格里拉"一词，源于藏经中的香巴拉王国，在藏传佛教的发展史上，一直作为"净土"的最高境界而被广泛提及，相传在这里，生命可以得到永生。香格里拉镇，保持着在地球上近乎绝迹的纯粹，被誉为"香格里拉之魂"，也被称为"水蓝色星球上的最后一片净土"。走在小镇上，格桑花肆意地开放，色彩缤纷，在强烈的光线下，竟然让人有一丝丝的眩晕。街旁小巷，藏族老阿妈们守在自己的货摊前却依然不辍劳作，或绣花或择菜，只在你拨弄她的商品时才憨然一笑，不会有更多言语，只用满是皱纹的、被紫外线严重晒红的脸，去告诉你她的热情。站在街上，川西的香格里拉除了太阳下强烈的紫外线让人害怕外，整个小镇是质朴的、安静且接地气的，让人不由心生喜欢。然而沉溺于小镇绝不是我们的目的，我们更想去群山环抱之中的亚丁村。

第一次听到"亚丁"二字就很喜欢，很喜欢这俩字给我带来的第一冲击力。我是一个不讲道理的视听控，只需听得一耳朵，绝不会去想象它拥有怎样的仙境，所以我从没去网上找一些图片看看它的美好，也没有想过它在川西藏人心中的位置，因为之前我并没有意识到信仰对一个人的影响之深刻，我一直活得浑浑噩噩，不辨左右，但我就是在第一次听到这两个字时，无端地喜欢上了这两个字，简单上口，还有一种莫名的情愫，于是，我来了。

在香格里拉坐车进山，山路一直盘旋逶迤、蜿蜒起伏。如同井底之蛙的我一直以为我们的秦岭险峻高拔、气势非凡，我没想到青藏高原上的群山更是突兀高大，但树木鲜少，甚至有时候整个一面山坡全是灰秃的石头，毫无生机，坐在如摇篮般晃动的车中，看着一成不变的山景，你只会产生一种情绪——恹恹欲睡。我闭上了眼，当然，也因为高反的后遗症——恶心。

"快看，雪山！"车内有人在大喊，睁眼逡巡，目标左前方，居然真的出现了一座雪山，它就那么洁净地现身于人们的面前，云雾缭绕，以至于不能看到山顶，而下方则露出了山的本色，山与雪的交汇处参差不齐，那雪就仿佛雪崩后下划成一道道白色的泪痕，而就是这样下滑的痕迹，让雪山变得超凡脱俗，像极了一个清丽干练的女子，且是一个不食人间烟火的奇女子。仙乃日，三怙主雪山之首，我终于看到了你！睡意全无，一路盯着雪山，看它由小变大，由远及近，一个拐弯，来到山脚，亚丁村——到了！

亚丁村，被人们称为最后的香格里拉，隐匿在雪山与森林之间的山谷中，仿佛在此之前根本不存在，而是你的眼睛移到此地时才突然出现的一样。村子位于山间台地上，因日照时间很长，故名亚丁，意思是向阳之地。村子的四周是苍凉的群山，在蓝天的映衬下，山峦的轮廓青黑晶亮，像给群山勾了一个漂亮的黑边，让山与蓝天的区别更加明晰。山谷的尽头，圣洁的仙乃日雪山毫无保留地沐浴在阳光之下，清秀而险峻，就像寥寥几笔勾勒出的简笔画。然而山峰幽暗且险峻、雄伟而安详的质感，却绝非凡人之笔墨所能及的。安排好食宿，刚好正午，去拜谒仙山吧！亚丁共有三座神山，仙乃日、央迈勇、夏诺多吉，它们是守护藏人的神山，据说藏民一生能够朝拜三次神山，便能实现今生之所愿。今天时间有限，只能先去朝拜仙乃日神山了。

仙乃日在藏语中意为"观世音菩萨"，山峰海拔 6032 米。沿贡嘎河一路向上，你会发现藏人对于佛教信印的虔诚，河道中的巨石上画满了各色的佛教图案以及一些吉祥祝福用语，色彩斑斓，吉庆而又肃穆，不由让人心净而庄重起来，哪怕是游客，也不敢去嬉闹喧嚣，害怕自己的莽撞惊扰了神秘的仙灵。拾级而上，冲古寺迎面而来。但冲古寺还是在仙乃日雪峰的脚下。传说高僧却杰贡觉加错为终身供奉神山，弘扬佛法在此修建寺庙，因动土挖石而触怒神灵以致横祸降临，麻风病在当地流行。却杰贡觉加错终日念经育佛，施展法力，乞求神灵降灾于自己，免除百姓之灾。他的慈悲感动了神灵，百姓平安了，他却身患疯病圆寂。人们将他的灵骨葬在他自己建造的寺院内，每日熏香念经，纪念他的大功大德。此刻，寺院中大大的焚香炉和冲天缭绕的藏香烟雾，更是让人看到了藏人祈福的虔诚，而佛教的向善普度之道也由此可见一斑。

海拔越来越高，脚步越来越慢，稀薄的空气并不影响森林的茂密，此刻脚下的台阶已成为镂空的木质镶铁栏台阶，不甘寂寞的花草偶尔也会从铁格栏中伸出头来向游人问个好，而大胆的松鼠们却在台阶下面蹿来蹿去，甚至停下来隔着铁格栏瞪着大大的眼睛看着你，期待着你送给它一块糖果。等你童心大起，忍不住向它伸手时，仿佛怕你抢了它的食物，"刺溜"一下，它又爬上了高高的松树，蹲在高枝之上，向下俯视着你，又仿佛在告诉你：看你现在能把我怎么样？仰头看去，不禁莞尔。待再去转身，仙乃日神山雪白的山顶"忽啦"一下又出现在你眼前，你不由加快脚步，朝着那神奇之处走去。

就这样，伴着花草、溪流、松鼠和稀薄的空气，一路向前。终于，在一片开阔之地，仙乃日脱掉了神秘的外衣，完整地展现在了我们的面前，然后这时，你更惊诧的是它脚下的一湖碧水，像一块温润的碧玉，静静地躺在那里，将仙乃日雪峰紧紧地抱在怀里，且毫不吝啬地造出又一个仙乃日，让你不知哪个是真哪个是假了，于是你不由得感叹造物主的神力与妙笔！这片我们叫湖的水域，本地人叫卓玛拉措，意为"仙女、度母"之意。美丽的卓玛拉措，像一颗镶嵌在菩萨莲花宝座上的绿宝石，熠熠生辉，在碧波荡漾、水天一色、云影波光中，透出它无限的清丽与美好，与怀抱中的仙山一起，成就了亚丁灵山秀水之说。

傍晚，回到住宿地亚丁村，回眸望去，远远的三怙主雪山居然出现了一轮耀眼的彩虹。身边一位手中摇着玛尼转经筒的藏族老阿妈说："有福之人才能在这里看到彩虹。"嗯，我是有福之人哦！

（四）亚丁印象之二

夜宿亚丁民居，喜欢藏族房屋建筑的式样，敦厚结实却又不乏细节的修饰，这种碉式建筑给人带来的是安全与舒适、温暖与惬意。早晨，在凉得有些透心的夏风中醒眼，窗外，油菜花开得肆意盎然、招摇奔放。起床，在花田中拍个照，盖章留念，然后开启今天的行程。

今天去的是洛绒牛场、央迈勇雪山、夏诺多吉雪山，看五色海和牛奶海。

坐上观光车，摇摇晃晃，穿林过溪，时而古木横陈，时而峭壁擦肩，当你正在惊叹自然的伟力、人类的不屈时，突然，一条大河涌入你的眼帘，随之而来的是远处耸入天际的央迈勇雪山和宽阔平坦的洛绒牛场。下车，肥沃平坦的洛绒牛场敞开了怀抱，用各色花草、道道小溪，还有无数的骏马肥牛，将川流不息的人群迎入自己的怀里，以至于让人不敢相信：这里的海拔是4150米！这里是高山牧场！洛绒牛场，背靠三座神山——仙乃日、央迈勇、夏诺多吉，是观看三座雪山的最佳地点。今天，我们的徒步从这里开始。

沿着为方便行人铺就的木桥栈道逶迤向前。刚放出马圈的战马撒着欢儿在奔跑嘶鸣；牦牛们迈着悠闲的步伐，慢慢地咀嚼着肥美的野草；偶尔，还有鸟儿从你的身边掠过，如果你能给予它们一点儿食物，它们绝对不放弃和你亲近的机会，有的甚至还胆大地从你的手中叼去一块面包迅疾飞离，让你不知所措地站在那里发出一声惊叹而引起路人们善意的笑声。当然，脚下亦是热闹非凡，时不时地有小东西蹦出来，别问，肯定是那些小青蛙，溪水无声地流动，水中的各色花草成为这些小勇士的活动平台，蹦来跳去庆祝着生命的美好，也有眼神不济、方向感不好的，直接蹦到了桥上或游人的腿上，于是，那儿一定会喧闹至极、叫喊连天，不知道是小青蛙吓到了人们，还是人们惊扰了它们的自由与快乐？不过，对于这些强大的外来侵入者，可怜的小青蛙总是不辩所以、落荒而逃，而这时，那些藏在水草中的小鱼儿，总会摆动着它们小木棍般的身体，傻傻呆呆地伸出脑袋凑个热闹，然后像是明白了什么，倏忽间又不见了踪迹。

草场再美不过是路过之所，我们今天主要的目的地是两座雪山和两片海子。因为有前期的高反，抱着这辈子可能只有这一次机会所以尽量不留遗憾的想法，在走动时汗流浃背、停下时瞬息僵化，在冷风中和路途的艰辛中，我还是马不停蹄地跟着大部队埋头向前，有的路段或泥泞湿滑、或陡峭危险，甚至还需要人手脚并用攀爬向上，险要处还得被人拖挟，还好我硬生生地坚持了下来，但一路上因各种困难舍弃前行的人亦是不断。不过，三怙主神山绝不会把最美、最好、最让人震撼的美景给予半途而废的人，这是真的！对于能坚持、体力好的人，到达央迈勇和仙乃日雪山之间的垭口，三怙主神山必将惊叹于视野中展现壮丽景观的机会留与你享用。站在这里，回望三座神山，近在咫尺，触手可及。山上云雾升腾，大风方向瞬息万变，而脚下寸草不生，碎石遍布，荒凉异常。这种景色在细雨打在脸上都疼的时候，在发尾飞流着不知是汗水还是雨水的时候，我想，每一个战胜了自我的懦弱而骄傲地伫立于垭口之上的人，必将永生难忘。还好，战胜高反、战胜疲劳、战胜畏惧心理，在海拔 4700 米的高山之上，行进二万七千多步，我们站在了三座神山的中间。

风是瞬息万变的，雨亦然，还没等擦干发梢的雨水，冻僵的双手就已无法触摸到斜打在脸上的雨滴了，或许这是三怙主垂怜我们这些远道而来的虔诚者，让我们少带点遗憾离开吧。拧头向左，远处，一片海子向我们抛来了媚眼，走，去五色海吧！五色海，位于仙乃日与央迈勇之间，湖面呈圆形。现代冰谷下伸延至湖畔，雪山倒映湖中，呈现出多彩奇幻的颜色。这里是藏人心中的幸福湖，据传能"返演历史，预测未来"，而且有很多宗教上的传说。可惜此时的天空，尽管小雨停息，却难见阳光普照，听说阳光灿烂下的五色海是万分迷人的，所以临海而立，我们只能在澄澈透明的湖水前，看着倒映在水中的央迈勇雪峰，发挥想象，在灵魂的深处去寻找那五彩斑斓的世界。

沿五色海下行，海拔 4600 米处，就会看到另一处海子——牛奶海。牛奶海又叫俄绒措，古冰川湖，形状如水滴，玲珑秀雅。四周雪山环绕，山止而成瀑，瀑集聚为海，水色蓝中带乳，传说这里的水还能治聋哑怪病，所以这海子也就成为藏人心中的圣湖。虽然五色海让我们有点小遗憾，但牛奶海却真如一大杯冒着热气的牛奶被雪山捧着递到了我们的面前。

美景不留过夜客，在冷冽的夏风中，带着满足，我们顺着河道返回。河水漫流之处，路旁稍微平坦之地，布满了虔诚的信徒们所留下的玛尼堆，玛尼堆是藏民用石块、石板和卵石垒成的"祭坛"，也被称为"神堆"，它是具有灵气的。玛尼石与玛尼堆的产生，使这些自然的石头开始形象化，并有了意义，藏区凡人迹所至，随处可见，它是藏族人民刻在石头上的追求、理想、感情和希望。

再回洛绒牛场，丝丝阳光洒在如油画般美丽的草场上，洒在了人的身上，也洒在了我们的心间。环顾四周，各色雪峰、森林、草场、溪流、湖泊、瀑布和牧场木屋，相互依偎、相映成趣，成就了藏人自己的世外桃源，今天，能在这里与神山同息、与雪水亲近，我想这也是自然赐予我们这些寻美之人的一个机会吧！亚丁雪山，我一定会把你永久地深爱于心间。

下午六点的香格里拉，大雨倾盆，冒雨回到稻城，结束稻城亚丁之旅。

明天，再上 G318，正式进军——西藏！

（五）芒康

早晨 7：30，沿 S217 退出稻城，至理塘返回 G318。再次经过海子山国家地质公园，晨景与傍晚看到的真的是不一样的感受，这里确是一所生命的育婴场！比起来时的那种荒凉，清晨的海子山上空有了白云的翻滚，让这里有了一点活力，偶尔有一缕阳光从云缝间洒下，小水凼就用潋滟的波光给游人抛起了诡谲的媚眼，使人不由得对这片原始大荒时代留下的奇迹愈加感到震悚与景仰。

翻过海子山，进入理塘，地势渐趋平缓，绿主宰了这里，整个草原像极了一块硕大无比的绿毯子，不过可惜的是，它们被弯弯曲曲的无量河河水随意剪裁成不规则的形状，但倒也给它平添了几分妩媚，于是，在脚下，一条黑色的公路，一条白色的河道，就在这里变成了两条丝带，翩跹绵长，在大草原上跳起了缠绵悠远的舞蹈。远远地，不时还可以看见藏胞们，它们聚族而坐，吃喝跳舞，欢庆他们丰收的节日——雪顿节。

上午 11：30 我们到达高城理塘县城，再次回归最美公路 G318。

在理塘吃饭时，遇到了四个从西安出发骑行去拉萨的小伙伴，他们都是西安体育学院的学生，骑行十四天到理塘。我们为这种勇敢向自己以及自然的挑战精神折服，当然，从雅安上 G318 之后，一路遇到的骑行者、徒步者多不胜数，他们都在为心中的梦想而努力。加油，所有有梦想的人，也愿所有和我们一样走在路上的人们：一路平安！

　　离开理塘县城，再次走进理塘广袤的草原之上，八月是草原最美的时节，而理塘，据说是川藏线上草原最美的地方。走在草原上，各色花儿竞相开放，尽管伏地而开，但丝毫不会影响它们带给人们的美好感受，手抚着这些高原的精灵，你真的有一种想和它们对话的欲望，想让它们告知我们，在这高寒地带，它们如何耐得住寂寞，苦守着脚下的一寸土地，却愣生生地开出了美艳至极的花儿！甚至于，你都想躺下身子，与它们融在一起，或者摘下帽来，向它们表达最诚挚的敬意！在一声长长的喟叹之后，你再一次抬起头来，你看到牧人在汲水生火；你看到清冽的小河带着鱼纹、闪着蓝光平平地掠过河底的碎石子；你看到牛羊在悠闲地散步。一切美景在你不用踮起脚尖时就可以尽收眼底了，这一切的美好突然间就酝酿成一股柔情蜜意，深深地在心间涌起，这时，你终于明白了仓央嘉措的诗：

　　　　你见，或者不见我。

　　　　我就在那里，

　　　　不悲不喜。

　　　　你念，或者不念我。

　　　　情就在那里，

　　　　不来不去。

　　　　你爱，或者不爱我。

　　　　爱就在那里，

　　　　不增不减。

　　　　你跟，或者不跟我。

　　　　我的手就在你手里，

　　　　不舍不弃。

　　　　来我的怀里，或者，

209

让我住进你的心里。

默然相爱，寂静欢喜。

——《你见或者不见我》

理塘境内，海拔 4800 米，在稻城就有的高原反应的余威还未散去，晕晕乎乎中又看到了一个海子，不，是两个海子，它们有一个很美的名字——爱情海。两个海子一大一小，紧紧相偎，一条溪流就像它们牵在一起的小手，将它们连在一起。在蓝天白云之下，在碧草红花之间，和蓝天争着谁更蓝，谁更美，谁更摄人心魄。不过，蓝天哪能比得过它们，因为在它们如镜的怀里，装着两个蓝天呢！

进入巴塘，空气渐渐干燥，草色也不再青润。尽管地名一字之差，但感受却天翻地覆。不过巴塘也自有它的迷人之处，那就是迎面而来的金沙江。金沙江，顾名思义，江水橙黄，泥流滚滚，但事实上它并不只是因为颜色而得此名。金沙江沿河盛产沙金，沙金起源于矿山，由于金矿石露出地面，经过长期风吹雨打，岩石被风化而崩裂，含金的矿石便脱离矿脉伴随泥沙顺水而下，自然沉淀在石沙中，在河流底层或砂石下面沉积为含金层，从而形成沙金。因为河中出现大量淘金人，到宋代这条江被正式称为金沙江。诗人陈志岁《金沙江口号》诗曰："江人竞说淘工苦，万粒黄沙一粒金。不识官家金铸槛，几多黔首失光阴。"看来，人生艰难，自古有之，尽管我们不需要下江淘金，但看着满江金水，也是让人生出了一些财迷的满足感。

川藏交界处的巴塘金沙江大桥，在 G318 的四川竹巴龙至西藏芒康之间。跨过金沙江，便正式进入了西藏自治区。芒康县城是进入西藏后的第一个县城。出行六天了，我们终于可以对着高山大喊一声：西藏，我们来了！

不过，路是越来越难走了，时隔一个月，七月份的泥石流依然让现在的路坑坑洼洼，崎岖艰险，预计下午6：00到达的路程，在晚上10：20才终于到达。明天，真正意义上的西藏行，从西藏东大门——芒康开始！

（六）八宿

一夜细雨，让人忘掉了入藏后道路的坎坷不平，早晨起来，走在西藏大地上的丝丝欣喜涌上心间。从芒康出发，沿途草原碧绿清新，烟云飘摇，非常漂亮，然而进入如美，"如美"这名字真好听，可眼前呈现的却是一片贫瘠的山水，入眼山体松散，草木稀疏。从这里我们走进了以险著称的澜沧江大峡谷。

透过车窗，两岸悬崖峭壁深不见底，偶尔间才能看到澜沧江水。在我从小的印象中，澜沧江边一定是繁花似锦、蝴蝶翻飞，怎么眼前却是穷山恶水，那些美好呢？过了好久，我才回过神来，那些记忆中的美，估计澜沧江都给了云南，这里是西藏，是源头，这里只留下了高、深、窄、曲、陡，只留下了让人坐在车上，一路手都不敢离开心窝，只在偶尔江水露出一丝颜容时才惊叹一声：这么深啊！可车还在向上，上到了我们觉得江水已经离我们而去，就爬上了觉巴山顶。回首走过的路，一声惊叹：好险呀！其实觉巴山并不高，垭口的标高也只是3940米，但由于澜沧江千百年来的深深下切，使得江岸壁立千仞，一派荒凉与坚硬，所以给人留下了山高谷深的感觉。这里是横断山区的著名险段之一，30千米盘山路，近2000米的相对高差使觉巴山成为川藏线上最难爬、最费时的一座山。

觉巴山顶稍作休息，居然看到好多骑行者，还有带着孩子一起骑行的人。附近应该没有城市，我真纳闷他们是从什么地方骑车过来的，问了一个骑行者，说是四川，我闭上嘴巴，我对这些骑行者的毅力发自肺腑的赞叹！我们坐着车尤感惊险，他们骑着车，还带着行囊，是怎么一脚一脚地踏着上来的？人的力量啊，看来也是不可小觑的！

继续向前，果真离开了澜沧江。还是一路向上，来到本次出行中目前最高的海拔高度5130米的所在地——左贡县东达山。这是川藏南线上海拔第一高度的垭口，听说这里夏季草坪青绿、牦牛成群，风光极为美丽，但我却无此感觉，裹紧衣服，缠紧披肩，我还是被风吹得想要倒下，冻得哆哆嗦嗦，而呼吸都不畅了，不过女人嘛，呼吸不畅也得摆个姿势照相，爬上路标座，去和其他人争得一席之地。5130米的路标之下，居然可以用多如牛毛来形容人了，而且很多都是骑行的年轻人，和他们合个影，沾点英雄少年的意气风发和勇敢无畏倒也不错！回头，突然发现，路到这里，不再蜿蜒曲折，而是一条笔直的通向两面的大道，既缓且长，一眼看不到尽头，原来，这里就是大家说的川藏线最长、最缓、最缠绵的路径，武警部队竖着的一块蓝色道路标志牌，上面写着："东达山，海拔高度5130米。"

中午到达左贡，跟着别人蹭了一顿丰盛的午餐，然后出发，不想又和澜沧江相遇。此时的澜沧江，像温柔的女子，静静地向前流淌着。顺江而行，不觉傍晚，夕阳中的业拉山因矿石丰富，远望色彩缤纷，在白云的摇曳下，神秘而高贵，你不由得又一次为自然的力量而惊叹！下山，又一种景象让你惊叹，看，怒江七十二拐！如果自然在这里用它的鬼斧神工雕琢了这样一座连着一座、连鸟也很难逾越的高山大碍，那么，我们的藏区建设者们，就是在老天的脊梁骨上硬生生地开凿出这翻越天堑的天路。这是人的力量！这是人战胜自然的丰功伟绩！一股崇敬之情油然而生，为那些为了西藏建设而奉献一切的人们！

依山而下，海拔高度迅速下降，这何止七十二拐！在提心吊胆中来到山下，却见一条大河奔腾流出，这就是怒江。暮色中，怒江在大峡谷中奔腾怒吼，向前奔涌，让整个山谷都生气勃发！天，渐渐地黑了，路，越来越难走了，车却越来越堵了，师傅轻声说道："有泥石流！"我们都屏息不语了，快点出关口吧，否则，到不了八宿，今夜，该如何安歇？

还好，9:30出检查站，9:50到达八宿，八宿酒店的水居然黄得像金沙江的水，一种不安隐隐入心，果然，就传来消息，我们刚出来的路因泥石流而彻底塌方了，就在我们出关后15分钟，而且是两头塌方，中间堵了几百辆车，真险啊！站在酒店大厅，领队说，318是一条最美公路，但也是一条最危险的路！318，永远属于勇敢者！

愿老天保佑，不要再塌了，愿318路上的所有行人都能安全走出！

（七）然乌湖

翌日早晨，离开八宿。听说昨晚上的塌方还未解除，只能在心中默默祝愿被堵住的人们快点脱离危险。

走出八宿县城，这个时节，一路看到的居然是金黄的青稞。在两山夹击之下，能有好多的一小块一小块的平地，倒也让人看后心生欢喜，我总觉着：高原之上，如果能自产自足，给自己提供粮食，这地方大概也就是藏人眼中的富庶之地了。可惜因为赶路，无法和当地人去交流我的猜测是否正确，但现在，满眼看到的都是丰收的喜悦！和我们陕西人不一样的是，这里的人们收割青稞还是用手拔，因为地块太小了，就无用收割机了，但地头放的拖拉机还是让这片我们之前认为的贫穷之地有了一丝丝现代化的气息。一方水土养一方人，不管在哪里，劳动者总是最美的，劳动的身姿总是最让人欣赏的，带着这样的欣赏之情，90千米后，我们来到了然乌湖。

然乌湖处于喜马拉雅山、念青唐古拉山和横断山的对撞处，是因山体滑坡和泥石流堵塞河道而形成的一片堰塞湖，因此它不是我们想象中的圆形，出现在我们眼前的，就是狭长河道，但它却是藏东第一大湖。然乌湖北面有著名的拉古冰川，冰川一直延伸到湖边。每当夏天到来，冰雪融化，雪水便注入湖中，于是然乌湖就有了丰富的水源，但此时的然乌湖水却是浑浊的，少了它常被人称道的静美，不过湖边绿草茵茵的草场和庄稼，山腰上莽莽榛榛的森林，还有山上五颜六色的杜鹃花和灌木丛林带，以及山顶终年不化、重叠起伏的雪山，却也对人们有着很大的吸引力。

然乌湖最漂亮的地方当属狭长的阿木错，它向西蜿蜒十余千米后逐渐收缩成一道河谷，随季节的不同，河水也呈现出或碧蓝或青绿等数种颜色。岩石和小岛点缀河道，湖面上春夏树影婆娑、秋冬薄雾弥漫，四季美景如入梦幻之境，如诗如画、如歌如泣，别是一番滋味。听说秋冬之时的然乌湖更是以蓝和静而闻名的，深邃湛蓝的然乌湖水恍若天堂滑落人间的一滴眼泪，碧蓝得让人惊叹，寂静得悄无声息，宛若被时间凝固的女子，心头涟漪不泛，人间烟火不食。然而这美丽景色却是藏区闻名的水葬场，虽然听起来可怕，但只要足够的敬畏，身临其境时能感受到的也就只有圣洁的美丽了。

（八）仁龙巴冰川

今天还有一项重要的任务就是爬仁龙巴冰川。

冰川，似乎离我们的生活十分遥远，它们静静地耸立在高原之上，由多年的积雪压实、结晶、冻结，最后才拥有了庞大又坚实的身躯。号称"冰川之乡"的然乌，将离我们很遥远的事物倏忽间推到了眼前，遥不可及的冰川在这里突然间触手可及，怎能不让人欣喜若狂呢？然乌一带冰川众多，规模最大的有来古冰川、米堆冰川和仁龙巴冰川。大名在外的来古冰川及米堆冰川已被开发为旅游景点，游人如织，但仁龙巴冰川却至今未被开发，它就如养在深闺的羞涩女子，仍保持着极其原始的状态，藏在深山之中鲜少为外人所知，不过我们的领队是一位资深的旅游达人，避开游人众多的地方，今天，在仁龙巴，我们或许真的会有一场惊艳的邂逅吧！

没有了大公路，没有导航，跟随着浅浅的车辙，从然乌湖出发，往查隅方向30千米即可。没有了景观台，没有了围栏，远远望去，在海拔4500米之上，只有一片纯净的雪白。别心急，还没到达，冰川哪能那么轻易就被我们伸手逮到。下了车，乘坐"专机"，因为仁龙巴冰川还未开发，要进去，不会自己骑马驰骋的，只能坐当地人的拖拉机。拖拉机在河水与草地间迂回前行，溅起了高高的水花和泥浆，惊起了人们阵阵的尖叫，"高端"车与"高档"水泥路的合理搭配，带给我们的丰厚"回馈"就是满身的泥浆，一辈子有这样一次经历，也是不错的！

路遇牦牛群，听"机长"说，他们在这里一边放牧，一边拉客人去爬冰川，他家不算富裕，养了70多头牦牛。我们下了车，沿着冰河徒步向前，青草在细石间蔓延，野花肆意地开放，小马驹上蹿下跳，自由地撒着欢儿，除了石子有点儿硌脚，一切都是那么让人安闲且自在。然而，在你低头而行的突然间，冰川就来到你的面前，你的脚踩在了冰川的脚上，于是冰川的脚下，冰块开裂，雪水涌出。回头望去，从山上流淌下来的雪水，像极了草原的动脉血管，向远处蔓延，蔓延，织成了细密密的、亮晶晶的河流的网，滋养着山下的一群群牦牛、一堆堆羊群。抬头，阳光照射着仁龙巴冰川，与蓝天相连，夹在两山之间，就好似铺满冰雪的洁白耀眼的银色大道，大有"飞流直下三千尺"之感。长长的冰舌从雪线上延伸至谷底，由于气候和温度的变化，形成了奇形怪状的冰堆冰梯，而其间，更有很多开裂的狭长冰缝，冰缝深处的蓝好似极品的水晶，但却可远观而不可近触，淡淡的，散发着好似来自地心的光，看得人胆战心惊。

尽管没有穿着专业的登雪山鞋子，冒着危险，我还是很勇敢地爬到了冰川的极高处，因为，这辈子，我还能再来这样的地方吗？再低头，巨大的冰块之间那一条条的冰缝，更是闪着晶莹的幽蓝，深不可测。据说冰的颜色越蓝，说明冰存在的年头越久。我没有从那亘古的时代走来，但眼前的这一切，却折射出让人刻骨铭心的远古记忆，这似乎真的就是生命里一场阔别多年的久别重逢，我虔诚地合起双手，想在这里探寻我的轮回。而这一世，有生以来第一次，置身于洁白的冰川之中，俯视着幽灵般蓝色的冰缝，目睹着万年冰川的磅礴之势，我唯有的，只能是对大自然的敬仰和敬畏！

当然，在八月的冰川上，也有好多地方露出了许多的碎石渣，配合着它身旁巨大的山体，看起来有一点儿灰蒙蒙的，可是也不失它玉宇琼山的美。如果想要看到最为雪白的冰川，最好的季节自然是冬天，听说那时的冰湖大多都冻成了真正的冰湖，可以直接行走在上面来亲近冰川。蹲下来，玩玩冰川的雪水，当然也别忘了舔一舔它的滋味，嗯，甜的！

冰山再美终须回头，再见，仁龙巴冰川，我迎着阳光向我们的"专机"走去，这才发现由于刚才一心只在冰川上，我竟全然未觉这周围的山脉是丹霞地貌，而且色彩格外鲜艳，缤纷夺目。举起手机，想尽情地将美景收揽于镜头，忽然发现，刚才和我们一起上冰川拍摄电视纪录片的藏族小伙子，听说也是一个藏族明星——太阳，蹲在河边，搬弄着大石头，给后面需要过河的人铺路，谁说明星少了地气？这藏族的帅哥不正和他的名字一样，带给了我们不尽的阳光与温暖吗？轻轻将他拍进镜头，让我将对藏族青年人的尊敬与喜爱一并收在心间吧。

下午回程，再过然乌湖。没有了早上看到的斑斓色彩，此时的然乌湖水像极了天空滑下的墨镜，漆黑的湖面神秘而荒冷，让人有了不敢靠近的怯意。穿过然乌镇，进入林芝，今晚的住宿地是波密后帕隆藏布江边。

沿着 G318 继续前行，看见了川藏线 4000 千米路牌，距离 G318 终点西藏，只剩下 600 多千米了。

（九）波密

晨起，小院风光无限。

昨夜住宿波密县古乡巴卡村藏族民居，听说这里也是首批全国乡村旅游重点村。到达时已是晚上十点多，人困马乏，话都不想多说了，但却碰到了热情异常的主人，刚放下行囊，本已休息的男主人就已经在大家从车上拿下行装的空档，为大家煮好了两壶酥油茶，端起茶杯，暖意抵心。我们喝完后回到房间，今天算是住到了真正的藏家小屋，纯实木打造的房子，散发着悠悠的松香味道，内带卫生间，洗漱条件相当不错，家具居然全是雕花工艺，当然我这拙眼是看不出来纯手工打造还是机器制作，太累了，也无暇多去琢磨了，倒在床上，瞬间酣然入梦。

夜不观色看不清景色，早晨起来，感叹一句：太美了！同胞家的院子约有 30 亩，院落中五座纯木藏房错落有致。晨光中才发现，这些屋子都是在草坪上悬空而建，除了连接几间屋子的青石小路，整座院子就是一座偌大的花园，除了花花草草，还有好几种果树，此刻，树上都结满了果子，在熹微的晨光中，闪着诱人的光彩，给这些旅途中难见水果的人带来了莫名的诱惑。

趁着同行的伙伴未起床，走出小院，到村中逛逛。村子依帕隆藏布江南岸而建，一边是高大的山脉，松柏高耸，森林茂密，以至于树下都鲜少生长其他植物，裸露的山岩和发红的土壤纠缠在一起，总让人有一种贫瘠的感觉，而另一侧的帕隆藏布江，在大山的脚下翻腾而去，震耳欲聋，气势磅礴。远远望去，整条江都翻腾着白色的水花，如煮得沸腾的水，和着江水的呼啸，仿佛整个山涧都颤抖了起来，站在桥上，人不由得都瑟缩起来，生出了怕被这江水腾出的水汽卷走的感觉，趴在栏杆边，斗胆向下看去，想探一下如此骇人的原因，却只见白雾蒸腾，嘶鸣一片，花了眼睛，晕了天地，算了，往回走吧，待太久怕连桥都不好下去。

太阳已然升起，路边的花花草草上挂满了露珠，两边牧场里挤满了黑白相间的奶牛，它们悠闲地吃着草。旁边，一群小藏香猪不知在石头地里争抢着什么美味，这些小香猪活泼可爱，很像是人家养的小宠物，但据说他们也就长那么大，最多能长到50千克，藏香猪又名"琵琶猪"，被称为"喝泉水、吃山珍"长大的藏香猪，它已经成为藏族饮食文化的一个品牌。

突然，看到了一种好特别的花，一根根的直立着，像一个绒毛掸子，粗粗的掸子上零星地开着黄色的小花，查找了资料才知道这花叫大毛蕊花，相传是纪念耶稣会的创始者伊格那斯罗拉的，他终其一生为净化教会而奋斗，并致力于传福音给异教徒，其坚定的信念受到世人的景仰。因此，大毛蕊花的花语是"信念"。藏地的大毛蕊和西方的教会故事有什么瓜葛，我无从了解，但大毛蕊的花语——信念，我却愿意用它来对这片土地上生长着的人们进行解读，我相信他们对这一片土地就是有着一种执着的信念，于是他们才扎根于斯、成长于斯、建设于斯。

回到住家，同行的伙伴们都已起床，盖章留念的最好方式就是穿起藏裙藏袍狂摆姿势拍照吧，于是所有人员加入到了一场穿戴藏族服饰的繁忙中，村主任家的衣服被大家穿戴一空，单拍、群拍、双拍，好不热闹，10：30，我们告别主人，向林芝出发。

（十）林芝

沿着帕隆藏布江而下，听领队说，我们今天要经过一处 G318 最难行的路段，那就是翻越通麦天险。

一路逶迤而行，一路森木葱葱，一路河流飞跃，真是美景不断，险关重重，但还好，路是通畅的，尽管车多，还未出现其他情况，因为谜一样的 G318，你永远不知道下一秒会有什么情况出现，就像那不时进入我们眼中的，架在河道中的报废了的自驾车。

一个拐弯，一架高大雄伟的大桥突然就进入了我们的视野，这座桥——通麦特大桥，就是 2015 年底通车的新大桥，跨越帕隆藏布为单塔的支流易贡藏布。群山环抱中，这样一座现代化气息浓厚的大桥真的给这山间平添了一道风景，也给旅途平添了一些惊喜。登上河边高地，凭眺帕隆藏布江，赫然发现还有两道桥梁，显然，比起眼前这座，它们显得老旧而危险，而其中一架也已只剩下了残躯，它们就是原来的通麦特大桥，但它们都已完成了自己的使命，留在那里仅供人们欣赏凭吊，感叹不同时代的风采了。

再向前，少了大山的险峻，地势平坦起来，这里是林芝的鲁朗小镇。林芝鲁朗，满眼碧色，温润如玉，牛羊成群，一派祥和。如果不是身边不停地有穿着藏袍走过的同胞，我肯定忘记了这是在西藏，果真有江南之感，这里不愧是被人们称作"西藏的江南"的。

依依不舍，但还得继续，又至海拔 4700 多米的色季拉山观景台，虔诚地祷告，希望看到南迦巴瓦峰。成就南迦巴瓦美名的是它直刺蓝天的长矛般的山峰，以及气势壮观的巨大三角形山体和终年不化、覆盖于其上的皑皑白雪。传说南迦巴瓦峰是十人九不遇的，不知我们运气如何。

等待是漫长的,因为山间气候实在多变,今日的南迦巴瓦峰害羞地躲在了云后,甚至老天爷在此刻,还毫不客气地给我们下了一阵冰雹,害得人瑟瑟发抖,坐在车上不敢下来了。南迦巴瓦,这羞涩的女神,净土中的天堂,看来,此行无缘了。有些遗憾,但人生哪能事事如意?

继续前行。有人说,西藏的惊艳在林芝。这里是整个西藏海拔最低的地区,在喜马拉雅山、念青唐古拉山及横断山的簇拥之下,在雅鲁藏布江及其支流尼洋河、帕隆藏布、易贡藏布等众多河流的冲切之下,高峡深谷广布于此。印度洋温暖而湿润的空气沿着雅鲁藏布大峡谷浩荡北上,催生出山川万物的多样性——生物的多样性,人群的多样性,习俗、宗教以及精神世界的多样性。这里风光旖旎,宛若仙境。听说每年三月下旬至四月中旬,是野生桃花盛开的季节,漫山遍野,一片红粉的海洋着实迷人。看来此生必须再来一次西藏,看看林芝的桃花。

看见一个宣传牌:除了足迹,我们什么也没有留下,除了摄影,我们什么也没有带走。对于美好,我们真应这样。

快到林芝,天空又下起了太阳雨。今天一路一百多千米,经历了四季轮回,享受了快乐时光。傍晚,到达林芝,今夜吃火锅,吃完后沐浴焚香,准备明天朝圣拉萨。吃饱喝足,跟着年轻人一起,在热闹的广场上,跳跳锅庄舞。

步行4.4千米,城市深度游开始,夜览藏地江南——林芝后,晚上11:30,回酒店休息。

(十一) 尼洋河

今天是出行的第十天了。早晨整理行装准备离开林芝,对于城市,旅行者总是不喜欢过多停留,因为,最美的风景一直在路上、在乡野。

走出一大早就很喧嚣的城市林芝，再次走上 G318，路两旁的柳树长枝被东来西往的车流剪成了圆形的树洞，行走其间，如走进了悠悠的时空隧道。

而路旁，林芝人的母亲河——尼洋河在缓缓地流淌。藏族人崇拜大自然，他们祖祖辈辈用神话故事、美妙歌舞膜拜大山、赞美江河。他们形容江河喜欢用一个词：飞花碎玉。可惜我们今天要走一段林拉高速，不能全程走 G318，所以传说中飞花碎玉的尼洋河没有看到，看到的是眼前静若处子、平若明镜、色若碧玉的尼洋河。

尼洋河在藏语中意为"神女的眼泪"，它是西藏自治区工布地区（林芝）的"母亲河"，又称"娘曲"，发源于西藏米拉山西侧的错木梁拉，由西向东汇入了雅鲁藏布江。尼洋河的水常年都是清澈见底、晶莹剔透的，极像一块缓缓流动的温润翡翠，那种流动是站在路上难以感受到的，只有偶尔飞溅起来的浪花确如一朵小碎玉般，瞬间迷幻了人的双眼，让你知道了它的流动。当然，有时它也会随着地形的变化而变得曼妙多姿，偶有狭窄险要地势，水浪就动如脱兔，但我们眼前的这段河流，更多的却是河宽水阔，所以它就更多呈现的是静如处子。尼洋河两岸风光旖旎，景色迷人，不仅人陶醉于斯，连鸟儿也喜欢这里，这里就成为众多野生鸟类的栖息地，听说还有不少珍稀鸟类，比如黑颈鹤等鸟儿，它们专属尼洋，只有这块纯净的水域才能满足它们的成长，成为它们越冬的最佳地域。

远处，尼洋河谷也是遍生尼洋柳，这里的柳树非常特别，它们的树冠都是球形，八月正是万物生命力最强大的时刻，这些柳树，好似团团巨大的绿色球体一般，耀眼于尼洋的山河之间，或独立、或成行、或成片地生长在河边和河中间的滩涂小岛上，于是，你的眼前出现的尼洋风光，就在这直线与曲线的碰撞中，在这山光与水色的调染下，别具一格、秀美无边、与众不同了。

而尼洋河畔，悬崖峭壁之上，沟沟坎坎间，也有着不少吸引人的好东西，你看，一群人站在树边摘一种果子——白叶梅，它是尼洋特产，红红的小果子，酸酸甜甜的。当然，不止有野果子吃，这个时节，318 路旁的西瓜摊子也是一家接着一家。

路遇门巴人的住宅，和藏民的房子有些不同，原木制造，价值不菲，看来林芝的门巴同胞生活应该算是富裕的。门巴族只有 7500 人左右，是我国人口较少的少数民族。门巴，原意为"住在门隅的人"，门巴人信仰藏传佛教，和藏民长期友好往来，和睦相处，所以门巴文化与藏文化关系十分密切。作为当地土著的门巴族，早在公元 7 世纪，就归入了吐蕃的版图。

林芝尼洋河流域，除了工布藏族和门巴族，还有怒族、傈僳族、僜巴人和珞巴族等，当然，也有汉族的人们生活在此，尼洋河，这传说中神的泪水，用一腔透彻、宽阔、博大，造就了一片富庶的藏江南美地，无私地养育着这里的各族人民。

（十二）米拉山

继续向前，离开林拉高速，又一次走上了随着山势逶迤盘转的 G318，准备攀登林芝与拉萨之间的一座高山——米拉山。

米拉山，意为"神人山"，位于川藏线 318 国道上，是川藏线的最高点之一，海拔 5013.25 米，常年寒风吹动，山头积雪；这里也是四川到拉萨的最后一座高山，是川藏线上最后一道天然屏障，拉萨市（墨竹工卡县）与林芝市（工布江达县）的分界山，是其东南面的尼洋河水系和其西北面的拉萨河水系的分水岭。

八月的米拉山垭口上寒气逼人，远处高山草甸连绵起伏，近处奇峰怪石映入眼帘，天高云阔，蓝白相间，在无数个瞬间里幻化出无数个美妙的祥云翻飞图，让人赏心悦目，想要仰头大声赞叹，不过别太激动，因为稀薄的空气一直在时刻提醒着你，切勿跑动，不要多动。

米拉山，一直是藏民心目中的神山，抬头四望，山口上飘扬着的经幡在风中猎猎作响，经幡，藏语称其为"隆达"，隆是风，达是马，所以隆达又叫风马旗。藏族人在丝、铂、绢上面印上吉祥的经文，挂在风口，当风吹拂起经幡时就是悬挂者念诵了一遍经文。米拉山垭口上，印有经文的风马旗随处可见，足见藏人对这方土地的崇拜。我想，这些经幡之上，印刻着的已经不只是经文，而是藏民们精神世界中永世不变的虔诚信仰。藏族人认为山的垭口处是离神灵最近的地方，在那里神灵能听到人们内心深处的呼唤。米拉山口是风最大的地方，于是人们更愿意在这里念诵吉祥的经文，许下美好的愿望，祈愿高处的神灵能随风听到我们内心深处的呼唤，消除我们余生的劫难。

其实，在我们行程中穿越的每一座高山垭口之上，都会有飘扬的经幡，这是当地藏民对于神山的敬畏和祈福，他们早已将自己与神与自然融为了一体。每当悬挂起的风马旗随风招展，每当人们向天空抛洒龙达，都是在虔诚地向神明念诵经文，在为世人祈祷幸福，而这些也是藏族百姓借助风力、水力、及其他的一些自然力帮助自己去增加功德。

米拉山垭口之上，矗立着米拉山的大山之魂"雪域之舟"，这是一组牦牛石雕像。它们，镇守在这高高的山口之上，骏黑强健的身躯，彰显着人们对自然、对美的永恒追求。它们，奋力向前，将藏民的虔诚心愿传达给上苍神灵；它们，俯视苍生，日夜不歇地向人们诉说着自己的坚贞与不屈。

站在米拉山口的寒冷中，感受着猎猎寒风强劲地掠过身体，不，是掠过了每一个灵魂的深处，这世界，此刻只剩下了感动。手是冰冷的，脸是僵硬的，而涌出泪花的眼睛，还在贪婪地、尽情地浏览着、享受着这藏地山峦的壮美，久久不愿离去。

越过米拉山，G318 的所有高山就将走完，而山下正在修建的林拉高速公路在 2019 年就将全线通车，之后，一个让川藏线上的每一位途经者都会震撼的必经观景点——米拉山垭口，将会成为历史。

翻过这个垭口之后，拉萨离我们已经不再遥远。带着兴奋，带着期待，早没有了高反的萎靡，在车上，大家唱起了快乐的歌。

出门十天了，我们就要到大拉萨了！一条大江伴我们而行，这条江，叫拉萨江。继续往前，三个小时左右，隔着拉萨江，远远的，已经看到了布达拉宫，进拉萨城喽！

（十三）拉萨之一

到拉萨，布达拉宫是必须要去的，但要预约门票。凌晨三点，同行队友起来排队，七点又换了一拨人，运气不错，终于在十点钟拿到了预约票，预约的是明天下午一点整。

因住在小昭寺旁，所以先看看小昭寺。小昭寺藏文名叫"燃木齐"，名声和规模都比不上大昭寺，但它却是文成公主奠基建成，寺内主要供奉的是释迦牟尼 8 岁等身像。小昭寺坐西朝东，大门朝东而开，以寄托公主对家乡的思念之情。关于小昭寺的选址，也是有传说的。相传文成公主进藏时，由汉力士贾伽与鲁伽两个人用木车将释迦牟尼佛像送到西藏，到了现今的小昭寺处，木车沉陷在沙地之中，只好四面立柱，覆盖白绸供养。博学多才、笃信佛教的文成公主通过历算，得知此处是龙宫所在地，于是决定把释迦牟尼佛像安放在此地，建寺供奉，认为如此即能震慑龙魔、昌盛国运。一年后，小昭寺顺利竣工。随后，藏王松赞干布主持，为之开光。对于宗教，我这个人好像少了一些感觉，所以，那就去北京东路是拉萨的黄金道路，它沿着拉萨老城"八廓"街北部而行。不同于北京中路上布达拉宫的神圣雄伟、肃穆庄严，不同于北京西路崭新的拉萨新城和尘世修行的哲蚌寺，这里可以看到拉萨市民的传统生活。这里有大小昭寺"佛即生活"的信仰轮回，有冲赛康市场的市井繁华，有木如寺等少为游客打搅的修行生活，还有密密麻麻伸展出去的小巷，而且小巷们如同指针一样统一指向八廓街。所有的巷子填满了服装店、唐卡店（店内不经允许，不可随意拍照），还有小吃店，逛得也让人不亦乐乎。

一路向西，走到了布达拉宫。眼前的布达拉宫雄伟高大，色彩鲜明，让人不由得产生一种崇敬的眩晕。今天进不去，那就跟着大家一起沿着布达拉宫转个经吧！

圣城拉萨，有三条古往今来的转经道，分别为三个圆圈，它们分别是朗廓、八廓和林廓。第一个圈在大昭寺里面，称为"朗廓"，也就是"内圈"的意思；第二个圈围绕大昭寺，称为"八廓"，意思是"中圈"；第三个圈围绕整个拉萨古城，称为"林廓"，意思是"外圈"。其实除了上述三个圈以外，还有一个圈就是"孜廓"，也就是围绕着布达拉宫转的圈。

孜廓也是专门围绕布达拉宫的一条著名转经道，大约有两千米左右，这条转经道将布达拉宫紧紧围绕，临墙而立的金黄的转经筒在红色的围墙下面异常耀眼，无数的转经筒有序地排列，到底有多少个转经筒，无从计算，只知道转完这一道，需要一个半小时左右。布达拉宫无疑是所有信徒的最高信仰，每天都有无数的信徒长途跋涉，不畏艰难，只为到布达拉宫朝圣。所以，这条转经道上，随处可见前来转经的信徒，他们一手轻摇手中的转经筒，口中念念有词，走在布达拉宫的脚下，用挂着光亮的佛珠的手虔诚地拨动着泛着金光、滴着酥油的转经筒，一步一步，旁若无人，潜心走在心灵的圣洁之处。

其间也可以看到好多磕长头的信徒，手上板夹的敲击声和他们一步一匍匐的长跪身影，震撼了我们这些来自他乡的人。比起这些磕长头的人们，绕布达拉宫一周实在算不上什么，看来，信仰的力量真的是无穷啊！

绕着布达拉宫转了一圈，接着走到宗角禄康公园外面，听到了藏戏高亢的声音，走，看藏戏去！虽然听不懂，但也能看个大概，应该是以惩恶扬善为主题的。藏戏是戴着面具、以歌舞演故事，流传于青藏高原。内容大都是佛经中劝善惩恶的神话传说，藏戏承载着藏族文化的血脉，流传于民间，是藏族人文化生活的重要组成部分。所以看藏戏的广场也是被围得人山人海，热闹非凡，当然，中间也缺不了很多像我这样凑热闹的游客。

时值雪顿节，公园里到处都是藏家人过节的身影，聚家聚族，席地而坐，吃着美食，喝着牛奶，好一派祥和、幸福与美好的画面！

晚上，又到布达拉宫去转经。夜色中的布达拉宫广场，总能让人感动。恰好和一个在休息的磕长头小伙子相遇，就顺便聊了几句，小伙子从青海来，带着一村人的期待与希望，希望佛祖会把仁爱的关怀、富足的生活赐予他们，于是一路长头磕来，已三月有余，到达圣城，在布达拉宫脚下，他马上就要完成这次村人给予的神圣使命。

与青海的朝圣小伙子在一起，望着他坚毅而虔诚的眼神，听着夹板清脆而有节奏的回声，这一刻，信仰的力量触手可及！

（十四）拉萨之二

预约票是下午1：00，但我们一大早就赶紧沐浴梳洗，10：30从客栈出发，带着一颗虔诚与恭敬的心准备参观。

布达拉宫，坐落于西藏自治区的首府拉萨市区西北的玛布日山上，是世界上海拔最高，集宫殿、城堡和寺院于一体的宏伟建筑，也是西藏最庞大、最完整的古代宫堡建筑群。布达拉宫依山垒砌，群楼重叠，殿宇嵯峨，气势雄伟，是世界上藏式古建筑的杰出代表。建筑主体分为白宫和红宫两部分，宫殿高 200 余米，外观 13 层，内为 9 层。布达拉宫前辟有布达拉宫广场，也是世界上海拔最高的城市广场。

11：00 整，进入头道门——雪城。在雪城的院落里，主要看的是一些文字性介绍的东西，没有太多让人惊艳的发现。

12：00，二道门排队等候。12：30，向宫殿进军。

先揭秘一下布宫的白墙和红墙。布宫的白墙用特殊颜料刷成，凹凸不平，看起来很粗糙，但可别小看这粗糙的白墙，要知道，涂抹在墙壁上的颜料，绝非我们一般人能用得起的。因为，这可是正儿八经的牦牛奶！是的，牦牛奶，你没有听错！中间还夹杂白灰、蜂蜜、白糖等圣徒所敬献的贡品，这样的涂料，不仅白净，黏性也很高，耐腐蚀，更不易脱落。如此规模宏大的白宫墙壁，全部都是用牦牛奶冲刷上色的，而且还是每年翻新一次。红色墙体以边玛草为原材料，将边玛枝干去皮、晒干，切成 30 厘米长短，捆扎成手臂粗细垒砌而成。红墙也被唤作"边玛草墙"，又叫作"抓箭墙"，因为这样堆砌出来的墙壁，即便是遭到飞箭攻击也丝毫无恙，飞箭会被草墙抓住，所以在布达拉宫上采用边玛草筑墙，竟然还具有防御的作用。

宫殿中随处可见一种黑色的门帘，这是用牦牛毛织成的帘子，厚重密实，遇水则更是密不透风，所以在高原之上，有很好的防风御寒功能。

下午 1：00 整，我们终于拿到了正式门票，准备进入宫殿。进入宫殿，必须摘掉墨镜帽子，并且绝对禁止拍照。沿着布达拉宫古老的甬道拾级而上，穿过幽暗的楼道、陡峭的楼梯，迎面扑鼻而来的浓浓的酥油味令人窒息，但浓郁的宗教气氛却让人不得不肃然起敬。站在布达拉宫的天梯上，仰望万里晴空，那一瞬间，我竟有点无语凝噎了。走过一间间展室，佛教人物、传说故事、珍稀财宝，让人应接不暇，无法多余地去思考，只能在感慨中随着人流往前走去。布达拉宫里面装满了奇珍异宝，而且虔诚的藏民们每一天都会有人拿出自己家里的宝贝向圣殿进贡。在布达拉宫，据说黄金是最不值钱的，可以以吨为单位来计算；不计其数的蜜蜡、天珠、绿松石随处摆放，看得人眼花缭乱；而收藏的经书、唐卡更是天下至极、无所媲美的无价之宝。

在感叹与惊羡中，在思维的麻木中，走完了一层又一层的宫殿，站在弯弯曲曲无尽头的走廊上，放空自己，再次神游其间，感受着圣城带给我的震撼，油然而生一种感受：我来得太迟了！人生没有回头路，布达拉宫的参观路线也一样，只能往前，不可回头。拥挤的游人身边，不时地有一些人走过，他们就是修行在布宫里的僧人。脚下是石板路，胸中是佛经书，穿行在熙熙攘攘参观人群中的僧人们，总是行色匆匆，满脸正色。看到这一身身的袈裟佛衣匆促飘过，我的心中不禁涌起些许愧意，虽然我们是带着或多或少的朝圣之意前来，但也或多或少地打扰了他们的清净修行。好吧，那就将敬意留于心间，在虔诚的膜拜后，走吧！

走出布宫，碰到了一只很有上镜感的猫，它居然卧在熙攘的路中间，看来它已见惯了世间苍生、人间百态，所以才这么淡然地看阶前花开花落，随天外云卷云舒。

拉萨八月的天，太亮了，时间尚早，那就到大昭寺去转转。

大昭寺位于拉萨老城区中心，是一座藏传佛教寺院，藏王松赞干布建造，大昭寺融合了藏、唐、尼泊尔、印度的建筑风格，成为藏式宗教建筑的千古典范。大昭寺最为珍贵的供奉是释迦牟尼12岁等身像。据说佛像从古印度流入中国，又经唐代文成公主带入西藏，被供奉在大昭寺至今。拉萨之所以有"圣地"之誉，就与这座佛像有关。寺前终日香火缭绕，信徒们虔诚地长跪叩拜，在门前的青石地板上留下了无数等身长头的深深印痕。殿内，万盏酥油灯长明不熄，在岁月的长河中陪着藏人走向了心中的神圣与追求。

大昭寺正大门殿堂屋顶上金色法轮和鹿的雕塑，是藏传佛教的标志。正门前有三根石柱，其中一根石柱上用汉藏两种文字刻着公元 823 年签订的唐蕃会盟书，会盟书见证了汉藏悠久深厚的友谊。往前看，近处有柳树迎面扑眼而来，人们叫它"公主柳"，相传是文成公主所栽，远处的山上就是布达拉宫。

千百年来，佛教徒风餐露宿，千里跋涉，以身丈量叩拜而行，来到大昭寺。看着佛像前已被朝圣者匍匐的身体蹭得油光可鉴的石板，我仿佛看见，不，我分明看见的是他们见到佛像就如见到 2500 年前的佛祖一样，五体投地、长跪佛前、不愿离去的身影。在夕阳的余晖下，惊叹着这座在绵长的岁月中佐证着藏人虔诚拜觐的寺院，真的，我的心漫过了大海的狂澜。

而这里，也是藏人朝拜的集结地之一。所到之处，无不是磕长头的人群，挤挤挨挨，但每一个，都旁若无人，在一个个无休止的长头中，走在自己的精神世界里，祈愿着未来的美好。

今天是七夕，和亲眼看着长大的帅气后生相聚在远方的城市，满心感慨，感谢拉萨这座城，让我们的孩子成长得茁壮而健康。戴上洁白的哈达，听着悦耳的酒歌，品着极富特色的藏餐，看着在异乡为理想而打拼的孩子，我想，这才是这次出行中最美的遇见！

（十五）羊卓雍措

沿着拉萨江逆流而上，今天是出行的第十三天，我们的目的地是羊卓雍措。

　　昨夜一宿雨，今晨溢满江。拉萨江和前两天来时的面目有点不一样，不是那天的绿，而是浑浊的黄，卷着浪花向下倾泻而去，漫过了河滩上的一些小树，可怜的小树们只能摇着小绿脑袋在水中苦苦挣扎了。

　　途中休息，路遇一位拉着小车徒步西藏的浙江小伙子，皮肤已经晒得黝黑，江浙人的温润白皙早已荡然无存。居然是今年五月就开始徒步川藏线到拉萨，现在又从拉萨准备到珠峰大本营！大家很热情地与小伙子攀谈起来，嘘寒问暖，把车上仅存的红牛饮料一股脑儿地塞给了他，出门在外人的革命友谊顿时爆发，当然大家也是被他的壮举所感动，一片祥和，好不热闹。甚至于一帮人还凑热闹帮他拉起了小车，估计是为了新鲜，当然也为了蹭一蹭他的直播镜头，小伙子可是一个搞直播的网红，不过，直播徒步西藏，还要去珠峰大本营，那真的不是件容易的事啊！强烈要求合影留念，祝福小伙子一路平安，顺利到达！

　　沿山而上，路旁藏民养的藏獒十分凶猛，脖子一圈长毛，跟狮子似的，吓得我都不敢往前去，结果最后上车，大家伙议论说那毛是给狗带的围脖，我还以为藏獒就是满脖子长毛，可惜了我刚才只敢抱起藏家老阿妈牵着的小羊羔，照了几张"我爱小动物"的照片。

　　盘旋而上，蜿蜒曲折，行至岗巴拉山口，羊卓雍措终于到了！

　　岗巴拉山口是俯瞰羊卓雍措的最佳地点，蔚蓝的天空、远处的雪山与翠蓝的湖水酿成了一幅绝美的图画。而头顶因白云移动造就的光束，会带动你的眼睛，去觅到湖中、岸边更多的美景。静静地站立，此刻，你真的明白了一个词：一眼万年。

　　看着这如美玉般的一汪清泉，看着这触动心灵的美，所有的语言都显得苍白了，唯有的，只能是默默地去感受这来自高原的纯洁和静谧。羊卓雍措，人称羊湖，藏语意为"碧玉湖"，是西藏三大圣湖之一。说是湖，但站在观景台，你看到的却是像珊瑚枝一般向周围伸展的河流，因此它在藏语中又被称为"上面的珊瑚湖"。羊卓雍措与纳木措、玛旁雍措并称西藏三大圣湖，是喜马拉雅山北麓最大的内陆湖泊，湖面平静，一片翠蓝，仿佛山南高原上的蓝宝石，远眺可观珠穆朗玛大本营，脚下可和碧草流水嬉戏，而头顶，大朵大朵的白云翻滚疾走，一点儿也不留恋我们拴在它身上的深情。还听说因光线和季节的不同，即便是同一地点，你看到的羊卓雍措都是不一样的瑰丽梦幻景色。

这湖光山色，真是美冠藏南。

当地人说羊卓雍措是神女散落的绿松石耳坠，美得不可方物，那怎能少一个神秘的传说呢？相传羊湖是天上一位仙女下凡变成的，形似蝎子，曾为9个小湖，西藏第一位女密宗大师益西措杰怕湖中的生灵干死，便将7两黄金抛向空中祈愿、诵咒，又把9个小湖连为一体，其形似莲花生大师的手持铁蝎。居蝎子心脏位置的圆布多岛上，有一座公元16世纪中叶宁玛派小寺遗址，寺附近还有莲花生大师的手印。据说，虔诚的佛教徒每年都会绕湖一圈，这就是所谓的"转水"，这样做等于他们到拉萨朝圣一次，"佛会保佑他这一年"吉祥如意。

而羊湖之所以被称为圣湖，传说主要原因是它能帮人们在这里寻找达赖喇嘛的转世灵童。

羊卓雍措的神奇还在于无论你在哪个角度、哪个位置，都不能看到羊湖的全貌，因为它有三个姐妹——空母措、沉措、巴久措，它们手足相连、难以割舍，而组成了让我们看不到边的圣湖。羊卓雍措的湖光山色，让人总在恍惚之间仿若置身于仙境，无论是太阳初升还是落日余晖，不同层次的蓝色、金色、绿色，都可满足你对于仙境的所有幻想。

或许是这些传说，当然还有些是事实，它们让这羊湖变得更加神秘、神奇、神圣。所以在这只有天堂独有的色彩中，你一定能感受到在天堂才能感受到的肃穆，这份由纯洁与庄严织就而成的信仰让人的心灵深深地被震撼着。

阳光普照山南大地，在羊卓雍措的湖面上，天地之间已没有什么烦恼忧愁，而我，已与万化冥合。那湖边刻有"六字真言"的玛尼堆，将会一直用信仰的阳光照彻所有经过她身边的人们的心灵……

羊卓雍措，人间仙境里的一抹蓝！

（十六）色拉寺

下午回到拉萨，顾不上吃饭，色拉寺，走起！

色拉寺全称"色拉大乘寺"，藏传佛教格鲁派六大主寺之一。色拉寺位于拉萨北面 3 千米处的色拉乌孜山脚下，与甘丹寺、哲蚌寺合称"拉萨三大寺"，但它却是三大寺中建成最晚的。"色拉"在藏语里是野玫瑰的意思。传说在明朝永乐年间，宗喀巴大师的弟子绛钦却杰在山下建寺的时候，这里长满了"野玫瑰"，色拉寺因此而得名。

色拉寺没有布达拉宫的宏伟庄严，也没有大昭寺的人潮涌动，却独有一份自己的安静和惬意。这里绿树成荫、鸟语花香，是个修行的好地方，不过这里最有名、最值得一看的却是辩经。

我们赶到时，僧人们已进入辩经场，辩经场在寺中的一块空地上，由小石子铺就，树木繁茂，在八月的下午，颇显阴凉。

辩经的形式有一对一、一对多，或者多对一的各种组合。僧人们或站或坐，不拘姿态，一般是站立者发问、席地者答辩，辩论话题涉及藏传佛教的各个方面。问题一经抛出，回答者必须不假思索地做出回复，反驳或解答。随着时间的推移，现场氛围逐渐热烈，僧人们也因逐渐进入辩经佳境而变得完全无拘无束，精彩的肢体语言开始出现了，配合着发问，让这个小小的辩经场的空气也变得热烈起来。看，一位正在发问的僧人，右手高高扬起，和左手不断相拍，发出一阵急促而清脆的掌声，然后一边发问，一边将右手伸向对方，将其从地上拉起，不给对方留下丝毫的喘息机会，让我们不由得担心他们，他们会不会打起来。不过，显然我们的担心是多余的，他们的各种动作，只是为了给自己壮威加油而已，辩经可是一件神圣的事情，怎么可以有俗念俗举呢？随着辩经越来越深入，各式各样的手势和肢体动作愈加丰富，看：有的怒目而视，单脚独立并大力击掌以壮声威；高举手臂向下劈落，直指对方面门；有的手舞念珠，拉动佛珠欲要借助神的力量来战胜对方等，林林总总，不胜枚举。

辩经用的是藏语，虽然语言不通，听不懂内容，但我们来色拉寺就是为了亲历一场，这一天天传承下来的具备六百年历史的辩经活动，将自己融入这短诵长吟、低念高唱的环境之中。夕阳斜照，白云翻滚，绿树成荫，佛衣翻袂，在这一方小小的碎石地上，酝酿出的是一种禅意的欢喜。喜欢这里的氛围，喜欢看这些信众喇嘛在古树参天、碎石铺就的辩经场内为了心中神圣的信仰而展开辩论的场景。

更令人感动的是，即使众多游客围观，僧人们却并没有被干扰。佛要我们枯坐参禅，不断修为；也要我们热烈辩论，用心交流，那就全心全意将这美好的追求进行到底。站在一旁，沉醉其间，僧人们心无旁骛的专注，让我们再一次感受到了信仰的力量。

暮色四临，但在这里，无论僧俗，所有的人都沉浸在"辩"的世界，自在且逍遥。终于，你明白了，西藏的迷人之处不只在神秘的雪山大河之间，纯净的蓝天白云之下，更在于那种对佛教的虔诚执着与专注追求中。

在这里，自然与人文，世界与精神，同样精彩！

（十七）纳木措

离开拉萨，离开 G318，从今天开始，启程走上回家的路——G109 青藏公路。

为了赶路，早晨 6：00 摸黑出发，迷迷糊糊坐在车上，夜雨让行程也多了一丝冷意，缩在车上假寐。一觉醒来，天已大亮，撞入眼帘的是念青唐古拉山，领队说，我们今天一天的行程都会伴着唐古拉山脉而行。眺望远处，雪山、草原、牛羊，和谐相处，一派祥和。

G109 比起 G318 来说，平坦多了，公路的旁边，紧挨着并行的是青藏铁路，于是不时就有绿色的长龙迎面呼啸而来，它们昂首向前，冲向离天最近的城池——拉萨。而我们却开始了一路逆向而行，因为，我们要回西安的家了。藏北草原、念青唐古拉山、羊八井，当这一个个苍凉而温暖的名字在车窗外闪过，我知道，我们离家越来越近了。

下车休息时，我发现青藏公路的路况也不太好，可能青藏公路的运输任务很重吧，也许是这高原之上的公路维护比较艰难，总之，公路上总是会看到纵横交错的裂痕，像是人皮肤过于干燥而撕裂形成的大口子，不由得让人心生疼惜。

早上 11：00，到达当雄县纳木措国家公园大门口，进了大门，虽听说还有 50 千米的山路，但心情还是比较愉悦的，因为我们此行的三大圣湖中的第二个马上就要到了。当然，有一个圣湖——玛旁雍措，不在本次出行之列，一是时间问题，二是路程安排问题。如果有时间，玛旁雍措一定是值得去的，它位于被称作神山的冈仁波齐峰东南，佛经中说的大雪山就是神山冈仁波齐，唐朝高僧玄奘称玛旁雍措为"西天瑶池"。佛教经典中被称为"世界江河之母"就是指它，因为它是亚洲四大江河

（印度河、恒河、萨特累季河、雅鲁藏布江）之源。听说玛旁雍措非常美丽，天气晴好时，湖水蔚蓝，碧波轻荡，白云雪峰倒映其中，周围远山隐约可见，景色奇美。自古以来佛教徒都把它看作是圣地的"世界中心"，它是所有圣地中最古老、最神圣的地方，是人们心中至善至美的湖，是宇宙中真正的天堂，是万物的极乐世界，是众神的香格里拉。藏语里"玛旁"是不败的意思，玛旁雍措就是"不可战胜的碧玉之湖"。所以佛教徒认为玛旁雍措是最圣洁的湖，是上天赐予人间的甘露。圣水可以清洗人心灵中的烦恼和孽障，历来的朝圣者都以到过此湖转经洗浴为人生最大幸事。

下午1：30，终于到了那根拉山口。那根拉山口，海拔5190米，这个刻在石碑上的阿拉伯数字，在游人们的眼中，倏忽间就变成了心电图上颤抖的曲线，身边正有许多游人把随身携带的氧气罐罩在了脸上，此时，大家以为只要把鼻子加长一些，就会万无一失，领队却说冬季下雪，这里就与世隔绝了，生活在村子里的藏民只能徒步翻越那根拉山。相对于当地的藏民，在这里，我们真的太脆弱了。

山口的风很大，吹得人瑟瑟发抖，但为了远眺一下心中的纳木措，我还是勇敢地爬到了高处，而远处的纳木措是很有灵性的，像一条蓝色的绸带，很迅疾地就飘落在了我的眼前，一点儿也不羞涩。

纳木措是西藏自治区最大的内陆湖，蒙语和满语称"腾格里诺尔"，藏语意为"天湖"。据说它是西藏第一大咸水湖，是世界海拔第二高的咸水湖。流传在纳木措湖畔的民间传说有两个，一是说海拔四千七百多米的纳木措与主峰高达七千多米的念青唐古拉是一对情侣，居住在主峰上的念青神，在北方诸神灵中最具权威，它拥有广大无边的北方疆域和丰富的财宝，纳木措是帝释天的女儿，念青唐古拉的妻子。他们牵手相拥，生死相依，已度过了亿万年。

而另一个传说则是念青唐古拉是一位暴君，他有众多妻子，纳木措是其中之一。她曾经想背叛他，却被念青唐古拉一掌打落，从此变成一汪匍匐于他脚下的湖水，这个念青唐古拉太简单粗暴、不近人情。两个截然不同的神话传说，就像我们眼前的念青唐古拉山，它的雪峰在阳光下散发出温暖璀璨的光芒，而它的庞大身躯却在蓝天之下显得幽暗沉默、神秘莫测。但我还是愿意相信，他们是生死相依的情人，因为，此刻耸立在我们眼前的念青唐古拉山，在纳木措的温柔怀抱中更见英俊挺拔；而纳木措呢，因为念青唐古拉山的倒映入怀，愈加绮丽多彩，摇曳多姿。

漫步湖边，沿途的山崖高耸嶙峋，仅有的一点点绿草也都紧贴地皮，让人有苍凉的感觉，但眼前的湖水，却在这种苍凉中，呈现出更加摄人心魄的蓝，蓝得让人差点忘乎所以。湖边，高高悬挂的风马旗在空中迎风舞动、猎猎作响；脚下，乱石堆成的玛尼堆由于年深日久，已然形成了一座长达几百米的玛尼墙。藏语中，玛尼堆意为"多崩"，是"十万经石"的意思。虔诚的藏民们每每遇到玛尼堆都会去放上一颗石子或石块，据说他们每放一颗石子就相当于念诵了一篇经文，所以玛尼堆也就被人们称为"神堆"。这里除了石子、石块，还有石板，这些石块和石板上，大都刻有六字真言、慧眼、神像、各种吉祥图案，藏区的玛尼堆寄寓了当地人美好的祝福，同时，这些玛尼堆也成就了无数藏族的民间艺术家。

阳光照耀，深蓝色的湖面波光粼粼，像大自然在湖面上洒下来无数的碎金；湖水清澈，沙粒可数，靠近岸边，细碎的浪花一次次翻卷涌来，拍打着沙岸，朝你问好。你不由得蹲下身子，掬一捧圣水在手，洗净一路蒙尘的双手，再顺手撩几朵浪花和纳木措相互嬉戏，然后轻拍额头与双眼，那份清凉与洁净，瞬间让内心所有的烦躁消失，神清心静。

于是，此刻你就只想静坐在湖边，与上苍进行一次忘情地对谈。

（十八）羌塘

下午 3∶00，离开纳木措，进入那曲境内，也进入了羌塘无人区。

羌塘，如此的熟悉，来自一部电影《七十七天》，一部超级震撼人心的影片，其间的画面感是我看过的电影中我认为最唯美的。但此刻，这里都是荒漠、沼泽，这里有上千星罗棋布的湖泊，有无数的藏羚羊、藏野驴、野牦牛、野马、野狐狸，是野生动物的天堂，但是，对人类而言，这里氧气含量只有平原地区的百分之二十不到，几乎就是生命的禁区。

除了 G109 青藏公路上还算繁忙的车流，整个世界好像突然寂寞了起来，你的眼中所见，只是无边的高原，以及即使在白天、即使天气不算太阴冷，但望去却也不断闪着鬼眼的湖泊，路边偶有人家，也是大门紧锁，看着破落不堪，不知道是否是荒废的居所，还是人家因放牧出门临时离家而锁了大门，配着周围在八月就已经发黄的草地，让人真的有一种无言之感。

羌塘在藏语中的意思是"北方高地"，平均海拔 5000 米以上，是我国地势最高的一级台阶，被称为"世界屋脊的屋脊"。羌塘有数不清的湖泊，在路边确实看到了不少，藏人称湖泊为措，所以走在这里，满眼而来的真的是措措相连，一措再措，措上加措，它们与身边的草地紧密相拥，构成了扬名于外的高山牧场，在这样的高海拔地区，居然还有人放牧，真不可思议。

这些水是从哪里来的呢？据领队说这些湖泊中的水很多都是雪山融化的淡水，因为高海拔，低温，尽管是淡水，但走进去看，湖里是没有任何浮游生物的。不过这并不妨碍它们留给世界的美，你看，此刻，所有的湖面在阳光的朗照下，都呈现出了醉人的蓝色，蓝得让人沉醉其间，浮想联翩、永不觉醒。

行至羌塘无人区色林措自然保护区时，天气骤变，乌云压顶，天空昏暗。车窗外，你辨不清了天与地，除了车前面那还算尚黑的公路告诉着我们，现在还算有路可走，周围的一切都渐渐模糊了，而整个草原更显得幽远神秘。

坐在车上，除了惊叹还是惊叹，惊叹大自然还保留着这样一块如此壮丽憾人的原始洪荒。闭眼，又想起了电影《七十七天》，真想为那些勇于挑战自我的穿越者称赞，生活中，有多少人能有勇气给自己一点时间，去创造一个奇迹。不做的理由千千万万，而做成的理由只有一条，那就是脚踏实地，在荒野上行进，你突然就明白了，自由和幸福真的很可贵，梦想与追求真的很珍贵。

高原的天也像娃娃的脸。刚刚还是锅底一样的天空，在一阵风后，却又云淡天蓝，飘荡的白云似乎伸手可摘，黄绿相间、连绵不断的峰峦，再次清晰地映在蓝灰色的天幕上，真是一种从未领略过的震撼。在这种震撼中，我们感受了羌塘高原的广袤和静谧，见识了它的深邃和荒芜，体验了它天气的瞬息万变、不留情面。这种震撼，让人产生了一种窒息，这窒息和周围稀薄的空气一起，让人昏昏欲睡，无力多动。其实，在这样的高海拔，人最不缺的，就是一种缺氧的半睡眠状态，于是，很多时候，那就在半睡眠中继续浮想联翩吧。

天色渐暗，8：00到达那曲，吃了点儿晚饭，按行程，那曲不是我们休息地，所以连夜出发，今晚的目的地——安多。天又下起了雨，冒着雨，我们走在高原之山，丝毫看不清外面的景色，而车内，也渐渐冷得人在暖风开启之后还想缩起来，那就把一切交给司机师傅，我们闭上眼睛随他去吧。

到达安多，已是夜里11：00了。被领队叫醒，外面的雨还下着，走下车，四下漆黑，除了住宿地门前昏黄的路灯，整个世界都是我从没见过的黑，真的是什么都看不见了，而且冻得人直打哆嗦，掏出手机一看，居然只有3℃，这是八月吗？我真的没有准备好就这样过一下西安冬天才有的日子，那就赶紧走进房间，马上休息。

还好，房间居然烧着暖气，又是一个出人意料。不过，出人意料的还有一个：那就是，睡的是大通铺，没错，大通铺！

今天，应该是本次行程最辛苦的一天了！

（十九）唐古拉山口

昨夜住宿安多，到达时已凌晨，幸亏有暖气，虽然海拔4890米，哪怕睡在大通铺上，倒也没有高原反应，累极了，睡得十分安稳。

八月的安多，早晨6：00，温度只有5℃。因为今天要翻越唐古拉山口，继续穿越羌塘无人区，所以我们冒着中雨就出发了。黑夜的雨中，什么都看不到，安多的模样，只能靠猜了。司机非常辛苦，我们可以在天未亮前在车上再眯上一觉，可他还得专注地开车。

天刚蒙蒙亮，就看见了妥巨拉山的路标，海拔5170米，真是高啊！但毕竟是往回走了，突然想到自己居然在西安上空三四千米的高度上行驶，还颇有点儿喜悦，尽管窗外是一望无际、了无生机的灰秃秃的高原，但兴致陡然高涨，也不觉得寒冷了。雨在这时也停了，但路却依然不平坦。

早上9：00，到达唐古拉山口，海拔5213米。这时，又是细雨翻飞，走下车，寒冷四溢。有人说这里是"风吹石头跑，地无一根草，一步三喘气，四季穿棉袄"的地方。风像利刃，割得人瑟瑟发抖；雨像尖针，扎得人皮肤生疼。但这里，是必须要下车来瞻仰一番的！

唐古拉，藏语意为"高原上的山"，主峰格拉丹东海拔6000多米，终年风雪交加，谓之"风雪仓库"，是长江的源头。全世界海拔最高的公路——G109青藏公路经过唐古拉山，此刻我们所在的唐古拉山口就是进出西藏的必经之地，也是青海、西藏两省的天然分界线，向东过了山口，就算走出西藏，进入青海了。虽说唐古拉山口有5231米的海拔，但四下眺望，却看不到以前想象中它的险峻威耸，反而，眼前所及是山坡平缓，视野开阔。远远的山丘被终年的积雪覆盖，近处有的只是苍凉的荒漠、脚下一踢就散的冻土和刺人骨头的寒风。垭口上面有广场，伫立着雕像，一一细看，分别是为了纪念修建青藏公路牺牲的人民子弟兵，纪念军民共建兰拉光缆工程竣工的雕塑。细雨中的座座雕像，让人不由得敛容肃然，心间升起一股股的崇敬之情，因为这里的每一米路，每一段光缆，都是人民子弟兵用血肉之躯打造出来的英雄之作。

站在垭口，阴云翻滚，寥廓苍穹，触手可及。天路之巅，即使在细雨翻飞中，豪迈之情，也不可自抑，借伟人的诗句来抒一下怀：惊回首，离天三尺三！

轻轻用手触摸纪念碑，谢谢你们，英雄；再见了，英雄！翻过唐古拉山口，就进入了可可西里。幸运的是，刚走不久，就碰到四只可爱的藏羚羊，撩着细长的小腿蹦蹦跳跳，眨巴着的大眼睛里满是水汽。虽然司机师傅放慢了车速，想让大家多看看、多拍拍，但可惜的是，车窗玻璃太脏，没能拍上。

"可可西里"蒙语意为"青色的山梁"，是目前世界上原始生态环境保存最完美的地区之一，也是目前我国建成的面积最大、海拔最高、野生动物资源最为丰富的自然保护区之一。可可西里气候也是非常严酷，自然条件极其恶劣，人类无法长期居住，所以这里被誉为"生命的禁区"。然而正因为如此，却给高原野生动物们创造了得天独厚的生存条件，这里成了"野生动物的乐园"。整个可可西里平均海拔5000米左右，气候干燥寒冷，严重缺氧缺淡水，由于环境险恶，所以令人望而生畏。

青藏公路和青藏铁路也只是从可可西里边缘贯穿而过，一路走过，很多地方都是大家称为的"搓板路""波浪路"，还有"弹坑路"，这些路面，让见多识广的老司机也时常吃大亏。到这里自驾，必须有勇气，也得有细心，否则几百千米不见人烟，危险至极！

渐入可可西里腹地，天终于晴朗了。

不远处，青藏铁路和我们脚下的青藏公路像两条飘带，相依相偎，比翼齐飞。此刻的青藏线上，艳阳高照，空气干燥，云朵像棉絮一样低低地悬挂在空中，远处，雪山四处可见，脚底，草色黄绿、低矮稀疏。

远远地，一条大河在可可西里的怀抱中，像一条飘带饰于腰间，通天河到了。宽宽的通天河随性漫流，没有电视剧上波浪兼天的样子，在荒原之上，缓慢且温驯地流着，仿佛用它的不息向人们讲述着永久的故事，想起了唐僧师徒的故事，更想起那个徒步取得真经的玄奘，一千多年前，是怎样地走在了这样一条路上，真的是让人佩服得五体投地。在我的感叹中，有人告诉我此处所过的通天河并不是唐僧当年走的地方，唐僧所过的通天河是在下游，这条河是与沱沱河汇合后的通天河，穿行于唐古拉山脉和昆仑山脉的宽谷之中。通天河渡口是"唐蕃古道"上的一个重要渡口，通天河大桥南岸，有一块巨大的岩石名"晒经石"，石旁古柏群上挂满经幡。传为当年唐僧师徒取经归来，渡通天河时，因辜负老龟嘱托，被掀翻落水。唐僧师徒上岸后，在此石上晾晒被水浸湿的经卷，虽是神话传说，但据说石上字痕犹存，清晰可辨，成为玉树州一旅游胜地，可惜我们此行不能到达那里。不过想想也是，今天，这里的环境都如此恶劣，玄奘当年要走可可西里，估计就没有大雁塔了。

远远的，一座高大的石门出现在我们的视野里，青藏交界到了！历经半个月，穿越奇迹，见证神圣，满载感动，西藏，我们马上就要离开了！

（二十）可可西里

稍事休息，拍照留念，进入青海。

现在来给大家揭开青藏公路两侧大铅笔的秘密：因为公路建在了高原的冻土层上，所以建设者们使用了一种神奇的"散热管"，当气温低于冻土层时，外界冷气源源不断进入冻土层，而当气温高于冻土层时，"散热管"会自动停止工作，加上隔热措施可以保证冻土层的稳定。每根散热管就相当于一个小冰箱，管底部的液氮吸热蒸发气化，升至管顶的铁丝挥发掉热量，冷却为液态流到管底部，循环把路基下面的热量释放出来，从而隔绝冻土与路面的热传递，保证冻土层的稳定。所以这一路之上，有散热管的地方，路面状况相对平坦一些。

到达山下的唐古拉村，吃过午饭，立刻出发，驶过沱沱河，走到三江源头，歇下脚来。经历了半天如冬天般的寒冷的天气，在午后这温暖的时刻，我们仿佛才真正回到了人间。

青海三江源国家级自然保护区是长江、黄河和澜沧江三大河流的发源地，其自然保护区占据了青海省的 43.8% 的面积。此刻我们脚下的沱沱河，宽阔至极，黄浪翻滚，但流速却不让人感觉很快，我想这是它的深之所致吧。它缓缓地流向远方，而它的上面，青藏铁路像一条笔直的巨龙飞江而去，给藏地的百姓带来了幸福的生活！

青藏铁路河边的小兵站，就在那里静静地伫立，像一个忠实的护卫，守护着大桥的安宁。长江源头第一桥，最早建于 1950 年，当年没有公路，解放军进藏只能在沱沱河上建了一座浮桥，此桥是进藏的唯一生命线，经历时代的演变，1987 年开始修建青藏铁路时重新修建，2001 年修建的青藏铁路大桥，是整个青藏天路海拔最高大桥（4600 米），这些英雄的桥，为藏区人民的经济和交流带来了无限的福祉。岗哨上，站岗的哨兵也如他脚下的兵站，静静地伫立，笔直的身板，在高原强烈的紫外线下，让人不禁动容。哪里最艰苦，哪里就有我们的子弟兵，保家卫国，你们辛苦了！

再次走上征程，可可西里单调的景色总是让人昏昏欲睡，不经意间睁开眼，看，有野驴！当然我们还看到了许多土拨鼠，就是太小了，手机镜头拍不到。已是下午6：09，我们依然在可可西里无人区内随车跳舞，因为全是搓板路，好吧，就当在车内锻炼身体了，不过在难以坐稳的时候，我们隐约看见了昆仑山的雪山。6：27，我们终于在车上拍到了一只藏羚羊，接着便是一群群了，简直不要太壮观。

6：45，路遇沿西藏公路而行的朝圣之人，应该是爷俩吧，拉着小推车，上面装满了行囊，我不禁为他们今晚的安歇担忧，我们坐车，起早贪黑只为有一处能歇脚的地方，他们该不会就在路边吧？这可可西里，荒草连天，野物横行，但看着他们执着的步伐，除了担心，我只能愿他们早日到达拉萨，早日实现他们圣洁的灵魂膜拜！

路两边越来越开阔，雪山也渐渐退到了身后遥远的地平线，而前面有一道蔓延不断的山脉横亘在了我们的面前，我知道，那是昆仑山口，我们要和可可西里说再见的地方。

天色慢慢地暗下来，晚8：30，到达昆仑山口，在藏羚羊的雕塑下匆匆拍照，我们不敢过多停留，赶紧下山。但在这荒蛮之地，昆仑腹地，居然堵车了，能看见对面山上的车灯闪耀，慢慢前行，不知道我们的车怎么会停在这个地方，只有等了。无人烟无信号，外面还有山风呼啸，等了将近一个小时，幸好道路疏通，车辆缓缓向前移动，身边的运输车辆非常多，一辆接着一辆，青藏公路应该是最繁忙的路吧，而正是这奔忙的车辆，将温情传递到了西南边陲，跨过可可西里，翻过唐古拉山，为藏区百姓带去幸福与美好。双手合十，祝福他们，永远平安！

开始下坡，进军格尔木！

晚上十点半，到达格尔木，听说这是一座在黄沙戈壁滩上建成的小城，不过在夜色中，迎接我们的却是绿树环绕、水村山郭、灯红酒绿、一派祥和。

夏夜的风暖暖地吹过，我知道，我们已从天堂回到了人间。

结　语

回想这些天，就像在冰火两重天中不停地穿越，而且，你永远不知道下一秒会遇到什么样的惊喜或者惊吓，在大自然的面前，你会觉得自己的渺小和卑微，但你却强烈地希望自己与自然能融为一体，共同谱写生命的不朽之歌，于是，你会深深地感受到，完成一段旅行就像完成了一个壮举，经历了种种的洗礼，你的满腔敬意，从此就会挥之不去。

西藏，一个离天堂很近的地方，一个充满神奇色彩的地方。这儿的天很蓝，蓝得让人心醉；这儿的星空很近，近得让你几乎触手可及。如果，这是一个值得你憧憬的地方，那么，就去西藏走走吧！

（完）